说不尽的废名

陈建军 著

涵芬楼文化 出品

目录

说不尽的废名

3　　废名传略
13　　废名的童年记忆
27　　废名的"真"
39　　废名与鲁迅
55　　叶公超批废名
65　　"马良材"是谁
73　　废名致周作人信二十四封
99　　谈废名的一封残简
107　　废名的一则题笺
113　　废名的几副对联
121　　说说废名的印章
127　　《桥》版本摭谈
151　　别忘了,废名还是位学者
167　　废名对胡适新诗理论的反拨与超越

183　废名对进化论的反思与质疑

199　废名讲《诗经》

219　废名关于杜甫"三吏"编次等问题的考辨

231　废名的两部鲁迅研究专著

239　一场没有结果的争鸣

　　　——关于废名的《阿Q正传》研究

255　关于《废名年谱》

271　再关于《废名年谱》

277　《我认得人类的寂寞：废名诗集》前言后语

293　《废名集》：一个可供讨论的"范例"

305　《抗战时期废名论》：一部填补空白的学术著作

311　《关于废名》序

319　序《废名先生》

附　录

325　废名生前未刊著作目录

333　已版废名著作目录

341　废名研究著作目录

345　后　记

说不尽的废名

废名传略[*]

废名，原姓冯名勋北，字焱明，号蕴仲（又号蕴中或蕴重），乳名焱儿，学名文炳，笔名另有蕴是、病火、春风、丁武、惠敏、非命、法、补白子等。他是中国现代文学史上一位具有鲜明个性和独立精神的作家、学者，有"奇才""僻才"之称。

1901年11月9日（清光绪辛丑年九月二十九），废名出生在湖北黄梅县城东门一个小康家庭。其祖父冯汝顺为制作竹器的手工业者。两个叔父都经商，一开南货店，一开布店。父亲冯楚池，读书人出身，曾任县劝学所劝学员。母亲岳氏，为县城近郊岳家湾农家女，后皈依佛门，法名还春，修持甚谨。废名兄弟姐妹六人。姐远嫁，妹早夭，大哥幼亡。废名和另两个兄弟均毕业于湖北省立第一师范学校，并先后在武汉任小学教员。二哥冯文清，又名力生，为本县本省知名教育家，曾任省立第四小学校长，参与创办武昌艺术专科学校，并任校董。抗日战争时期回黄梅避难，一度任县中心小学校长、县初级中学校长。战后，就职于考试院湖北湖南考铨处。后定居武昌，1972年去世。弟冯文玉，又名经平，1935年病逝于汉口第一小学教师任上。

---

[*] 原载《废名年谱》，华中师范大学出版社2003年版，题名《传略》。

说不尽的废名

冯楚池（废名的父亲）

岳瑞仁（废名的夫人）

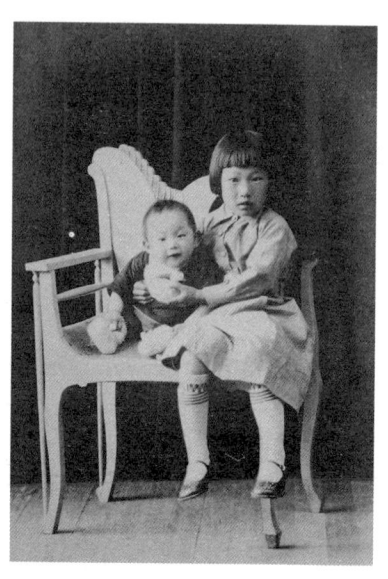

废名女儿冯止慈、儿子冯思纯

1906年，废名进县城大南门内都天庙私塾，从师读《三字经》《百家姓》和《四书》等。封建书塾生活，几乎与世隔绝，使他感到"乌烟瘴气"。不久，他因患淋巴腺结核病而辍学。一次，随外祖母、母亲和姐姐到五祖寺进香，给他留下很深的印象。黄梅县乃"禅宗圣地"，家乡的佛禅文化，对废名日后的思想和创作都产生了极其深远的影响。1908年，病愈，复入都天庙读书。1911年10月10日，辛亥革命爆发，听说武昌招募学生军，他想跑去当兵，"立志做一个英雄"。13岁时，父亲要他当学徒，将来经商，自谋生路，他不听从。父亲无奈，只得送他入黄梅县八角亭第一高等小学堂读书。

　　1916年，废名离开黄梅，来到武昌，考入湖北省立第一师范学校，开始接触新文学，想把毕生精力放在文学事业上。五四运动爆发后，他受反帝反封建爱国运动和新文化思潮的影响，经常阅读《新青年》等进步刊物，接触科学与民主思想，关心当时的革命和文学运动，有较强的政治热情。1921年2月，以名列全班第四的甲等成绩，从省立第一师范学校毕业。后任教于武昌模范小学（省立第四小学前身，即今武昌阅马场小学），业余时间学习写作白话诗文。同年，与其二舅之女岳瑞仁结婚，开始与周作人通信。1922年，考入北京大学预科，并在胡适主编的《努力周报》上发表文学作品。1924年，正式升入北京大学英国文学系。4月9日，作杂感《"呐喊"》，称鲁迅是"一个振臂一呼应者云集的英雄"。1925年10月，第一本短篇小说集《竹林的故事》作为"文艺丛书之九"由北京新潮社出版，内收小说14篇。1926年6月9日，起笔名为"废名"。6月11日，读鲁迅《马上支日记》后，在日记中写道:"倘若他[1]枪毙了,我一定去看护他的尸首而枪毙。"1927年,奉系军阀张作霖入京,下令将北京大学、北京师范大学等9所院校合并为"京师大学校",引起北大师生和社会各界的反对,废名愤而休学。冬,卜居西山,先住四棵槐树,不久搬到山北北营,后迁居西郊门头村正黄旗十四号一户贫寒人家。以后常在此过冬,夏天则每每因事进住城内。如此长达5年之久,故将其书斋取名为"常出屋斋"。这一期间的山居生活经历,对他创作长篇小说《莫须有先生传》影响很大。1928年2月,第二本短篇小说集《桃园》由北京古城书社编译所印行,内收小说10篇。6月,国民革命军正式接管北平。不久,京师大学校先后更名为中华大学、北平大学,废名复学,仍在英国文学系读书。1929年夏,北京大学校名恢复。同年秋,废名从北大英文系毕业,女儿冯止慈出生。

1930年,与冯至共同创办《骆驼草》周刊,并著文抨弹列名于《中国自由运动大同盟宣言》的鲁迅、郁达夫等人。1931年1月,赴青岛暂住,一度在青岛铁路中学任教,讲授高中之"文学史""学术史"等课程。杨振声时任青岛大学校长,废名拟在青岛大学谋得短期教职,曾写信求助周作人、俞平伯,未果。3月,返回北平。同月,编成《天马》诗集,收诗80余首,后散佚。5月,又辑成诗集《镜》,收诗40首,未出版。10月,第三本短篇小说集《枣》由上海开明书店出版,内收小说8篇。同年11月,经周作人推荐,在北大国文系任教,讲授"作文(一)(附散文选读)""新文艺试作(散文、小说、诗)"等课程。

---

[1] 指鲁迅。

1932年4月和12月，其长篇小说《桥》和《莫须有先生传》先后由上海开明书店出版。1934年6月，作《〈周作人散文钞〉序》，高度评价周作人的散文创作、历史态度和在新文化（文学）运动中的地位，并比较鲁迅与周作人的"不同之处"，对鲁迅颇有微词。同年，接妻女到北平，住东安门内北河沿甲十号。7月，作《知堂先生》，盛赞周作人。1935年，鲁迅写了一篇题为《势所必至，理有固然》的短文，严厉批评废名的文学观。同年，儿子冯思纯出生。

20世纪30年代的废名

1937年7月7日，中国全民族抗战开始。北京大学规定副教授以上人员随校内迁，其他人员自行安排。废名是讲师，不在内迁人员之列。因交不起房租，便住在雍和宫的喇嘛庙里。10月26日，母亲辞世。废名接到噩耗后，于12月离开北平。时交通大乱，历经千辛万苦回到黄梅。1938年8月，日军入侵黄梅县城，遂率妻儿躲避至南乡乡下。1939年夏，日军借口飞机失事，大规模骚扰黄梅，山区不得安宁，寄居东乡多云山姑母家。同年秋，往北乡任黄梅县金家寨第二小学国文和自然教员。先至腊树窠，后借住在停前镇龙锡桥边一户农舍里。1940年2月，黄梅县初级中学复学。废名改教中学英语，但仍有不少学生从其学国文。不久，随县立初中迁往东山五祖寺。1941年5月，集体加入中国国民党。1942年春，得熊十力从重

《桃园》,开明书店1928年10月再版

《竹林的故事》,北京新潮社
1925年10月初版

《枣》，开明书店1931年10月初版

《莫须有先生传》，开明书店1932年12月初版

庆所寄《新唯识论》语体本，决定著《阿赖耶识论》。同年冬，日军占领黄梅县城，炮击五祖寺，县立初中暂时解散，举家迁居东山脚下的小山村水磨冲。1943年春，县立初中复学，迁南山寺和北山寺。1944年4月，诗集《水边》（与开元合著）由北平新民印书馆印行，其中收废名诗16首。11月，北平新民印书馆印行其诗论《谈新诗》。此书系废名20世纪30年代在北京大学国文系开设"现代文艺"课时的讲义，共12章。1945年春，因校舍不能集中，管教困难，学生赌博，且与中学校长办学思路冲突，于是辞职，在其祖籍地后山铺冯仕贵祖祠堂办学馆。5月，诗文集《招隐集》由汉口大楚报社出版，内收诗15首、文8篇。8月15日，日本宣布无条件投降。同年秋，撰成《阿赖耶识论》，原计划写20章或更多，终得10章。

1946年春，返回县城。为了生计，在县城与岳家湾之间的鸡鸣寺招徒课书。7月，经俞平伯、杨振声、朱光潜向校长胡适、文学院院长汤用彤力荐，被北京大学聘为副教授。9月，由九江乘船至南京，通过叶公超之关系，探视关押在老虎桥监狱的周作人。后因火车不通，遂坐飞机抵北平。连载于《文学杂志》（朱光潜主编）上的长篇小说《莫须有先生坐飞机以后》，即以其在黄梅近十年的避难生活为蓝本而创作。到北平后，开始住袁家骅家，后被学校安置在沙滩校园内蔡子民先生纪念堂后面的一排平房里居住，与熊十力、游国恩、阴法鲁等人为邻。复校初，除每周教授两小时的《论语》课外，还开设有"大一国文""孟子选""英文文学选读"等课程。不久，国民党反动派常搜捕进步学生。对此，废名愤激地说："这年头道理也讲不通……"

1949年1月31日，北平宣告和平解放。废名开始认真学习毛泽东

《新民主主义论》《在延安文艺座谈会上的讲话》等著作，声言"相信党，相信毛主席"。8月，周作人回到北京，生活比较困难。废名经常去周家，并给周家捐款赠物。因此，北京大学中文系开会批判他，说他立场不坚定。1950年，晋升为教授。1951年，主动报名，随北京大学中文系师生赴江西吉安专区潞田乡参加土地改革运动，负责第三代表区工作。数月后，返回北京大学。不久，向北京大学中文系党组织递交了入党申请书。

1952年9月，全国高等学校院系调整。废名和杨振声、刘禹昌、赵西陆等人被调到东北人民大学中文系工作。11月，加入中国教育工会东北人民大学委员会互助会。1953年8月，参加中国第一汽车制造厂动工建设。劳动了半个月，右眼突然看不见东西，后被确诊为视网膜脱落。手术后，因效果不好，右眼几近失明，但仍坚持写文章、编讲义，按时上课。1956年7月，《跟青年谈鲁迅》由中国青年出版社出版。10月19日，发表《鲁迅先生给我的教育》，声称鲁迅给他的教育不是鲁迅生前给他的，而是在鲁迅去世后，在中国解放了之后，并说这是他的"痛苦的经验"。同年，担任中文系主任并加入中国作家协会。1957年4月，被推选为长春市文联副主席。11月，人民文学出版社出版《废名小说选》，内收小说32篇（章）。1958年8月，东北人民大学更名为吉林大学。1959年，当选为政协吉林省第二届委员会常委。1962年5月，当选为吉林省第三届文联副主席。同年夏，周扬到吉林大学视察，亲自召见废名，并要求学校给他配秘书，他拒不接受。1963年，患膀胱癌。自此，再未上课，在家看书，修改讲稿。同年，再次当选为吉林省政协常委。1966年，癌细胞扩散。1967年9月4日，因医治无效，逝世于长春,终年67岁。1994年清明节,其骨灰盒被安葬在黄梅后山铺,紧邻冯仕贵祖祠堂。

废名的一生,以1949年为界,可以分为两个时期。前期以文学创作为主,兼及诗学、佛学研究。其中,1922—1937年和1946—1948年是其创作的两个重要阶段。后期主要从事学术研究,涉及《诗经》、杜甫、鲁迅、新民歌、美学、语言学等领域。废名是一个复杂而独特的存在,早在1936年,刘西渭(李健吾)就说过:"在现存的中国文艺作家里面……有的是比他通俗的、伟大的、生动的、新颖而且时髦的,然而很少一位像他更是他自己的。凡他写出来的,全是他自己的。他真正在创造……"[1]无论是在文学创作上,还是在学术研究方面,废名都自有其特殊的意义和价值。然而,或许正因为他过于"特殊",所以生前身后并不被大众所接纳,独自承受着"光荣的寂寥"[2]。1996年,汪曾祺曾断言:"废名的价值的被认识,他在中国现代文学史上的地位真正的被肯定,恐怕还得再过二十年。"[3]二十年早已过去,废名的价值及其在文学史上的地位是否真正地被认识、被肯定了呢?

1　刘西渭:《读〈画梦录〉》,《文季月刊》1936年9月1日第1卷第4期。
2　刘西渭:《读〈画梦录〉》,《文季月刊》1936年9月1日第1卷第4期。
3　汪曾祺:《〈废名小说选集〉代序》,《中国文化》1996年第1期。

废名的童年记忆[*]

废名曾在《莫须有先生传》中借传主莫须有先生之口说过,"大凡伟大的小说照例又都是作者的自传"[1]。废名的小说创作,除少数者外,包括《桥》《莫须有先生传》《莫须有先生坐飞机以后》等长篇小说在内的绝大多数作品都带有鲜明的自传色彩。其中,不少作品又是直接取材于其童年经验或以其童年生活经历为蓝本而创作的。

1916年,快满16岁的废名第一次离开湖北黄梅到省城武昌,进入湖北省立第一师范学校[2]。此前,废名在故乡度过了他的整个儿童期。他自己也说过:"我的儿童世界在故乡。"[3]这一早年的生活经历是废名生命中至为重要的一个阶段,不仅给他留下了难以磨灭的记忆,而且对其日后的文学创作也产生了极其深远的影响。

通读废名的著述后,我们不难看出,在他的童年记忆里,至少有以下几个方面的人事对他来说是刻骨铭心、挥之不去的。

---

[*] 原载《名作欣赏》2009年第11期。
[1] 废名:《莫须有先生传·第一章 姓名,年龄,籍贯》,《骆驼草》周刊1930年5月12日第1期。
[2] 据湖北省立第一师范学校教学档案记载,废名的入学年龄是18岁,可能是他因故虚报的。
[3] 废名:《黄梅初级中学同学录序三篇》,天津《大公报·星期文艺》1946年11月17日第6期。

一是阿妹之死。

废名有兄弟姐妹6人，在兄弟4人中本来排行第三，因为大哥出生不久就死了，所以后来抗日战争期间他在黄梅初级中学教书时，学生都叫他二先生或者冯二先生。而他在不少文章或作品中所说的大哥，实际上是指他的二哥冯力生。他的姐姐最大，妹妹最小。妹妹叫阿莲，生于1912年6月30日。废名是1901年出生的，比他妹妹大11岁。妹妹天真、活泼、驯良、懂事，但命运对她实在是太不公平了。出生不久，她就差点被送给别人家做童养媳；从周岁的时候起就患有严重的耳漏，外耳道经常流出带有很重气味的液体，恶臭难闻；后来又不幸得了痨病（肺结核），因为不受父亲重视而没有能够得到及时医治，死时年仅7岁。妹妹的早夭使废名第一次尝到了失去亲人的苦痛，给他的精神创伤是巨大而严重的。在相当长的一段时期内，埋在高高山顶上的阿妹好比是压在他心头上的一座"坟"。

1923年12月18日，废名在远离故乡的北平，以阿莲为原型创作了一篇短篇小说，题目就叫《阿妹》，在收入短篇小说集《竹林的故事》之前，没有单独发表。这篇小说一开始就写道："阿妹的死，到现在已经是四年前的事了，今天忽然又浮上心头，排遣不开。"在小说中，废

冯力生（废名的哥哥）

名说:"阿妹的死,总括一句,又是为了我的原故了。"因为那个时候,废名也生病了,父亲大概有重男轻女的传统观念,把主要精力花在为废名请医生看病上,不怎么管妹妹阿莲。阿莲死后第49天("断七"的那天),父亲还在阿莲的坟前说"阿莲呵,保佑你的焱哥病好"。废名在字里行间,流露出一种懊悔、歉疚、自责之意。《阿妹》虽然是一篇小说,但可以说是一篇祭妹文,一篇悼念阿妹、寄托哀思哀痛的感人肺腑的至情之作。

二是病痛折磨。

在《阿妹》这篇作品里,废名除了写到妹妹的病情之外,还说他自己("我")"六岁的时候,一病几乎不起","五年的中学光阴,三年半是病,最后的夏秋两季,完全住在家"。在同一年(1923年)所写的短篇小说《病人》中,废名比较详细地描述了自己的病状。小说中写道:

> 没有谁的病比我更久,没有谁尝病的味比我更深……

> 我的病状很罕见。起初于颈之右侧突然肿起如栗子那样大小,经过半年,几乎一年,由硬而软,终于破皮而流脓;接着左侧也一样肿起,一样由硬而软而流脓,然而右侧并不因先起而先愈;颈部如此,两腋又继续如此。[1]

"我"因病回到家以后——

---

[1] 冯文炳:《病人》,《努力周报》1923年9月23日第71期。

母亲解开我的衬衣，我也数给母亲，这是先起，那是后发。我从此知道我的患处实在疼痛，我的心极力想陈述我是怎样的疼痛，我的眼泪也只用来压过一日中最难抵抗的疼痛……

废名得的是什么病呢？他得的是瘰疬症，也就是淋巴腺结核病。严重的病患，对废名的外貌和心灵都造成了很大的伤害。病愈后，他的颈部和腋下都留下了许多疤痕，说话的时候声音也因此显得有些沙哑。1938年11月，周作人曾在《怀废名》一文中说："废名之貌奇古，其额如螳螂，声音苍哑，初见者每不知其云何。"[1] 卞之琳跟废名往来比较密切，他是这样描述废名的相貌的："面目清癯，大耳阔嘴，发作'和尚头'式（非剃光），衣衫不检，有点像野衲，说话声音有点吵嗄，乡土气重。"[2] 声音"苍哑"或"吵嗄"，就是瘰疬症造成的，颈部和腋下的疤痕拉扯着，会影响发音。

人对疾病和疾病所引起的疼痛，其记忆是非常深刻的。在后来的作品中，废名一再提起自己的病。如在《莫须有先生传》第4章《莫须有先生不要提他的名字》[3] 里，房东太太看到"莫须有先生的可怜的皮骨"时，就问他："哎哟，莫须有先生，你的脖子上怎么那么多的伤痕？"莫须有先生回答说："过去的事情不要提，我也算是九死一生了……我害了几次重病，其不死者几希。"言外之意，"我"差点死了，

---

1 药堂（周作人）：《怀废名》，《古今》半月刊1943年4月16日第20、21期合刊。
2 卞之琳：《序》，载冯健男编：《冯文炳选集》，人民文学出版社1985年版，第4页。
3 废名：《莫须有先生传·第四章　莫须有先生不要提他的名字》，《骆驼草》周刊1930年6月16日第6期。

能够活下来，已经很不容易了。在《莫须有先生坐飞机以后》第15章《五祖寺》[1]中，莫须有先生说他六七岁时大病了一场，"这一病有一年余的时间，病好了，尚不能好好地走路，几乎近于残废，两腿不能直立"。还说这场大病给他"留下一个阴影"，"空气很是黑暗"。

三是私塾教育。

黄梅县城大南门内有一座都天庙，废名在那里断断续续上过近四年的私塾，时间虽然不长，但他的感受和记忆也是非常深刻的。几十年以后，废名"每每想起他小时候读书的那个学塾"，多次称之为"黑暗的监狱"，简直是"一座地狱"，"名副其实的地狱"；还说他小时所受的教育等于"有期徒刑"，"乌烟瘴气，把一颗种子被盖住了"。抗日战争时期，他在黄梅乡间听到一所私塾传出学童的诵读声，愤怒至极，斥之为"冤声"；把小孩子所读的课本，视为"中国儿童的冤状"，恨不得"火其书"。在他看来，"旧时代的教育是虐政"，"教育本身是罪行"，而儿童教育是"残害小孩子的教育"，是"黑暗的极端的例子"。他说："别的事很难得激怒我，谈到中国的中小学教育，每每激怒我了。"[2]他发誓将来要写一篇小说，描写乡村蒙学的黑暗。但是，自由的种子终究是盖不住的。教育虽然曾加害于他，而他自己反能得到心灵的自由，从《四书》的阅读中获得一定的乐趣和喜悦，在"坐井观天"的黑暗世界里自找一点阳光。1947年，他写了一篇散文《小

1　废名：《莫须有先生坐飞机以后·第十五章　五祖寺》，《文学杂志》月刊1948年9月第3卷第4期。

2　废名：《莫须有先生坐飞机以后·第六章　旧时代的教育》，《文学杂志》月刊1947年11月第2卷第6期。

时读书》，把他"小时候读《四书》的心理记下来，算得儿童的狱中日记"[1]。这篇文章写得很有趣，不妨挑选几段来看看：

> "子曰，视其所以，观其所由，察其所安，人焉廋哉！人焉廋哉！"我记得我读到这两句"人焉廋哉"，很喜悦，其喜悦的原因有二，一是两句书等于一句，（即是一句抵两句的意思）我们讨了便宜；二是我们在书房里喜欢廋人家的东西，心想就是这个"廋"字罢？
>
> 读"大车无輗，小车无軏"很喜悦，因为我们乡音车猪同音，大"猪"小"猪"很是热闹。
>
> 读"小子鸣鼓而攻之"觉得喜悦，那时我们的学校是设在一个庙里，庙里常常打鼓。
>
> 读"君子之德风，小人之德草，草上之风必偃"觉得喜悦，因为我们的学校面对着城墙，城外又是一大绿洲，城上有草，绿洲又是最好的草地，那上面又都最显得有风了，所以我读书时是在那里描画风景。

正因如此，所以废名在《莫须有先生坐飞机以后》中又说他想起小时候读书的那个私塾，"简直憧憬于那个黑暗的监狱了"，如果指定他以那个私塾的一切为题材写一部小说，他可以将那里写成一个"奇

---

[1] 废名：《小时读书》，南昌《中国新报·新文艺》1947年5月5日第29期。

异的乐园"[1]。

四是游五祖寺。

黄梅县有两大名寺,一是四祖寺,一是五祖寺。四祖寺是禅宗第四代祖师道信的道场,位于距离黄梅县城西北15公里的西山。五祖寺是禅宗第五代祖师弘忍在唐永徽五年(654年)主持建造的,位于距离黄梅县城大约15公里的东山,因此又叫东山寺或东山五祖寺。废名在6岁以前没有到过离家2.5公里以外的地方,很小的时候,他曾站在城墙上"看见五祖寺的房子,仿佛看画一样",可望而不可即。但是,他说他同五祖寺"简直是有一种神交的"[2]。废名的父亲曾做过黄梅县劝学所劝学员(相当于现在的县教育局工作人员),也算是地方绅士。有一回,五祖寺传戒,父亲被请去观礼,给他带回了一个小木鱼,他喜欢得不得了,心中萌发了对五祖寺的无限向往之情。后来,他到过五祖寺两次。一次是大病初愈的时候,跟随外祖母、母亲、姐姐等人到五祖寺烧香,目的是为他祈福。因为山路不好走,车子不能上去,而且他自己腿脚又不方便,所以只好一个人留下,在山脚下的一天门茶铺里等候,五祖寺在他等于是"过门而不入"。可是,这一次的经历对废名的影响非常之大,一是使他学会了"忍耐",二是一天门以上的"夜之神秘"给了他"一个很好的记忆"[3]。另一次是在高等小学堂读书的时

---

[1] 废名:《莫须有先生坐飞机以后·第六章　旧时代的教育》,《文学杂志》月刊1947年11月第2卷第6期。

[2] 废名:《莫须有先生坐飞机以后·第十五章　五祖寺》,《文学杂志》月刊1948年9月第3卷第4期。

[3] 废名:《父亲做小孩子的时候·五祖寺》,天津《益世报·文学周刊》1946年11月16日第15期。

候,他因为集体旅行而游五祖寺,并且在山上住了一宿。这一次,废名终于能够"游"五祖寺了,他真是"喜得不亦乐乎"。不过,"这回的游五祖寺,与那回的系于一天门,完全是两件事,各有各的优点了,后者不为前者之补偿,都是独立自由"[1]。黄梅县素有"禅宗圣地"之称,废名的作品禅味很浓,与这种特有的地域文化的熏染是有一定因缘的。

五是女性世界。

汪曾祺曾说过,废名的小说具有一种"女性美,少女的美"[2]。这种美的生成主要得之于其作品中所描写的女性形象,而这些描写对象大多则是废名童年记忆的复现。同以父亲为中心的男性世界相比,废名更关注以母亲为中心的女性世界。在封建宗法制时代,那些处于社会底层的女性对废名的影响也更深、更大。

20世纪30年代,废名曾在一位友人的结婚纪念册上题过一首小诗:

> 小桥城外走沙滩,至今犹当画桥看。
> 最喜高底河过堰,一里半路岳家湾。[3]

这是废名小时候的生活环境,是他的儿童世界,也是构成其众多作品的一个公共的文学背景。废名的家在县城,但他常常住在离县

---

1 废名:《莫须有先生坐飞机以后·第十五章 五祖寺》,《文学杂志》月刊1948年9月第3卷第4期。
2 汪曾祺:《万寿宫丁丁响——代序》,载冯思纯编:《废名短篇小说集》,湖南文艺出版社1997年版,第3页。
3 废名:《黄梅初级中学同学录序三篇》,天津《大公报·星期文艺》1946年11月17日第6期。

城不到一公里的岳家湾外婆家。《桥》中的史家庄,就是以岳家湾为蓝本的;《桥》中那位慈祥可爱、乐善好施的史家奶奶就是以废名的外婆为原型的。在外婆家,同废名一起玩得最多的是他二舅的女儿和姨妈的女儿,这两个女孩后来都成了《半年》《柚子》《鹧鸪》《桥》等作品中主要人物的原型。此外,《初恋》中的银姐、《我的邻舍》中的淑姐、《去乡》中的萍姑娘、《竹林的故事》中的三姑娘、《桃园》中的阿毛,

废名的母亲

乃至《桥》中的狗姐姐、《莫须有先生传》中的鱼大姐,等等,也都或多或少地带有废名童年经验的印记。但是给废名印象最深而且影响特别大的则是他的一位婶母。这位婶母家在小南门外,河边有一座茅草屋,是本族的人帮她盖的。婶母年轻孀居,有三个儿子,后来都死在了外面。婶母替县城内店铺里的学徒洗衣服,像对待自己的儿子一样抚爱他们。废名兄弟几个非常喜欢婶母,几乎都是靠吃她家的饭长大的。在废名看来,"婶母家形式虽孤单,其精神则最热闹"。同外婆家相比,婶母可以说是"贫无立锥之地",但正是她的贫苦使废名感到很富有。在他的心目中,婶母简直不是人,而是"神"。当他听说有一个后生利用婶母的茅草屋开茶铺,而且同婶母相好的"闲话"时,"愈觉

得姊母是神,她神圣不可侵犯"。几十年后,姊母的家虽然只剩下一片沙砾,但在废名的记忆里却依然"新鲜如故"[1]。他的代表作《浣衣母》,就是根据这位姊母的部分事迹而创作的。

1930年,废名曾以《往日记》为题发表过一组回忆其孩提时代往事的短文。在"前记"中,他说"我向来以为一个人的儿童生活状态影响于他的将来非常大"[2]。短暂的童年经历赋予了废名丰富而独特的人生体验,正是这种丰富而独特的童年经验成就了他的文学事业,成为他创作上用之不竭的动力和源泉。同时,童年经验作为一种意向性结构或心理定式,在某种意义上也制导着废名的个性特征、生命意识、文化选择、价值取向、情感基调,以及艺术风格。

童年经验作为创作资源,往往潜藏在作家的脑海深处,只有与作家的当下经验产生某种契合的时候才会被激活,才会被相应地召唤出来。这也就是说,童年经验进入作家的视野,必须"有偶然机遇的触发,有相互吻合的或对立的情感心境作为中介"[3]。废名常常由于某种偶然机遇的触发,引起他对童年往事的频频回顾。废名曾说,他是直到自己做大学生时才真正做了小学生,才感到自己拥有丰富的儿童世界。

废名最早读的一篇外国文学作品是英国女作家乔治·艾略特的小说《弗洛斯河上的磨房》,令他惊喜地感到儿童生活原来都是文学。

1926年6月10日,他逛北海,到什刹海,过小木桥,便"想起儿时见了桥是怎样的欢喜。倘若把儿时所欢喜的事物一一追记下来,当是

---

[1] 废名:《散文》,北平《华北日报·文学》1948年2月22日第9期。
[2] 废名:《往日记》,北平《华北日报副刊》1930年10月19日第289号。
[3] 童庆炳:《作家的童年经验及其对创作的影响》,《文学评论》1993年第4期。

一件有趣的事"[1]。

有一天,他读到老子《道德经》中"夫代大匠斲,希有不伤其手者矣"这一句后很有感触,于是想起小时曾"背着木匠试用他的一把快斧把我的指头伤了"[2]。

他读俄国作家索洛古勃的短篇小说《捉迷藏》,也引起"寂寞的共鸣","心想我也来写一篇《打锣的故事》罢"[3]。

他读《诗经》中《关雎》,"每每是回忆故乡小南门外的情景":

> 我读这篇诗,感得热闹极了,也便是记起小时故乡小南门外的情景。深则厉浅则揭已说过。有时车子渡河,或是货车,或女子回娘家坐的车,没有桥,水里过,我们小孩子在岸上看,惟恐把它濡了,又惟恐不把它濡了,因为小孩子总是淘气。把女子扎车的彩被濡了那更可惜。沙岸上车子的辙迹印得很深也很有趣。冬天里看人家"报日"(报日者,请期纳米,通俗以鸡和鹅代替古礼之雁者也),看人家抬花轿,都在沙滩上,因为这时河里没有水。至于"招招舟子,人涉卬否",我们小孩子则不觉得,这大约是寂寞的心事,小孩子隔膜了。诗真是写得热闹,是写实。或者是我的主观亦未可知。[4]

---

1 废名:《忘记了的日记》,《语丝》周刊1927年4月23日第128期。
2 废名:《教训・代大匠斲必伤其手》,上海《大公报・星期文艺》1947年1月12日第14期。
3 废名:《打锣的故事》,天津《大公报・星期文艺》1947年2月2日第16期。
4 废名:《散文》,北平《华北日报・文学》1948年2月22日第9期。

再如，他收到周作人的一封信，看到信封上有"砖鱼"图案，于是想起"小时有许多可记忆的事情，也记得钓鱼，最记得族里一位叔叔钓"，并由鱼竿而记得自己曾经想在故乡城外河边竹林里偷一竿竹子的事[1]。在北平看见雨天小孩蹚河，听到蛙声，感到有一种"淘气的空气"，于是记起小时候偷偷敲打和尚或道士法坛上锣鼓的情形[2]。

他看到自己的两个小孩拣柴，就想到"我做小孩子时也喜欢拣柴"，"喜欢看女子们在树林里扫落叶拿回去做柴烧"，"又喜欢看乡下人在日落之时挑了一担'松毛'回家"[3]。

1944年冬，黄梅初级中学第九班学生毕业的时候自办同学录，请废名写序。之前，废名曾替前两届毕业生写过同学录序，但是，对于第九班，他起初并不愿意写，因为这个班的学生在学校赌博，不听师长教训。直到一个学生代表向他当面认错以后，他才写了，并且借机把他"做中学生以前的事情检察一番"，说他小的时候"不能算是好孩子，也不能算是一个用功的学生"，但这个"坏孩子"跟现在的他却没有关系。可见，"坏事是无根的，如梦幻泡影"[4]。

废名就是这样，常常因为当前所读之"书"、所遇之"物"、所经之"事"、所见之"景"、所闻之"声"等中介的作用而不自觉地"想起""记得""记起"小时候的种种生活情景。这种情况，在《莫须有先生坐飞机以后》中表现得尤为突出。莫须有先生（废名）回到家

1　废名：《钓鱼》，《宇宙风》半月刊1936年11月1日第28期。
2　废名：《北平通信》，《宇宙风》半月刊1936年6月16日第19期。
3　废名：《树与柴火》，北平《平明日报·星期艺文》1946年12月29日创刊号。
4　废名：《黄梅初级中学同学录序三篇》，天津《大公报·星期文艺》1946年11月17日第6期。

乡，时时有一种"故地重游""旧雨重逢""朝花夕拾"之感。

废名如此关注、专注其儿童生活，自然与他那种割舍不断的乡土情结有着密切的关联。通过对自己儿童经验的书写和对幻美儿童世界的构筑，他释放其眷念家园的游子情怀，在一定程度上弥补了自己的缺失性经验，并在获得审美体验的同时，寄寓着自己的文化理想和审美追求。梁遇春曾在《第二度的青春》中说，像废名这样的人"天生一副怀乡

废名与外孙女文璐

病者的心境，天天惦念着他精神上的故乡"，"大好年华都销磨于绻怀一个莫须有之乡，也从这里面得到他人所尝不到的无限乐趣"[1]。梁遇春所说，的确是知音之言。

在短篇小说集《竹林的故事》"自序"中，废名希望读者能从他的小说中"理出我的哀愁"。鲁迅是理出了废名的"哀愁"，但认为废名过于珍惜他"有限的哀愁"。汪曾祺除了认为废名的小说有一种"女性美，少女的美"之外，还认为废名的小说"具有天真的美"。我认为，废名的小说创作之所以有一种"哀愁"的情绪、情调和气氛，之所以具有一种"女性美，少女的美"，之所以具有一种"天真的美"，与他的童年记忆、童年经验是分不开的。

1　梁遇春：《第二度的青春》，载《泪与笑》，开明书店1934年版，第102—103页。

废名的"真"*

一、与熊十力"打架"

有关废名与熊十力"打架"的传闻,坊间版本颇多,但大都极尽想象、虚构之能事,离事实相去甚远。

2002年《万象》第9期载有汤一介的一篇题为《"真人"废名》的文章,文中说:

> 大概在1948年夏日,他们两位都住在原沙滩北大校办松公府的后院,门对门。熊十力写《新唯识论》批评了佛教,而废名信仰佛教,两人常常因此辩论。他们的每次辩论都是声音越辩越高,前院的人员都可以听到,有时甚至动手动脚。这日两人均穿单衣裤,又大辩起来,声音也是越来越大,可忽然万籁俱静,一点声音都没有了,前院人感到奇怪,忙去后院看。一看,原来熊冯二人互相卡住对方的脖子,都发不出声音了。这真是"此时无声胜有声"。

---

* 原载《书屋》2005年第9期。

熊十力像

此文刚一发表，即招来张际会的质疑："莫非熊冯二先生又打了一架?"[1]嗣后，汤先生在《万象》上特作"一点说明"，声言熊十力与废名"互相卡住对方的脖子"事，是"听季羡林先生说的"；除"大概在1948年夏日"一句外，"其他细节都是亲耳听季先生所说，应不会有误"[2]。1998年，汤先生曾在《从沙滩到未名湖》一文中明确说过，熊、冯二人互卡脖子是季羡林亲眼所见[3]。早在1990年，汤先生就对废名的嫡侄冯健男说过"季羡林先生当年曾见，废名和熊老仍有'扭打'之事"[4]。汤先生所言或许"不会有误"，但诚如张际会所说的："似乎有演绎的成分。"其实，熊、冯二人"扭打"之事源自周作人的《怀废名》。周文是将其作为废名的"逸事"来记载的：

> 废名平常颇佩服其同乡熊十力翁，常与谈论儒道异同等事，等到他着手读佛书以后，却与专门学佛的熊翁意见不合，而且多有不满之意。有余君与熊翁同住在二道桥，曾告诉我说，一日废名与熊翁论僧肇，大声争论，忽而静止，则二人已扭打在一处，旋见废名气哄哄的走出，但至次日，乃见废名又来，与熊翁在讨

---

1 张际会：《莫非熊冯二先生又打了一架？》，《万象》2002年第11期。
2 汤一介：《一点说明》，《万象》2003年第1期。
3 汤一介：《从沙滩到未名湖》，《中华读书报》1998年5月13日。
4 冯健男：《废名在战后的北大》，《新文学史料》1990年第1期。

论别的问题矣。余君云系亲见,故当无错误。[1]

《怀废名》写于1943年,而所记乃是1937年以前的事,确切地说应当是1933年夏日的事,因为熊十力此时正住在北平后门二道桥。抗日战争爆发后,废名避难湖北黄梅。1946年9月返回北大,初住西语系教授袁家骅家,后被学校安置在沙滩校园内蔡子民纪念堂后面一排平房里居住。1947年春,熊十力由重庆返北京大学任教,与废名相邻而居,同年秋天离开北平。次年2月,熊十力应聘到浙江大学任教。可见,汤文中"大概在1948年夏日",与事实并不相符。据冯健男和废名哲嗣冯思纯回忆,当时熊十力单身一人住在北京大学,雇了一个男佣做饭、洗衣、打扫卫生。他让废名父子(思纯先生时年12岁)在他那儿搭伙[2]。熊、冯二人相聚北京大学后,"论道之事仍常有,争论亦常有,有时在房间里,有时在院子中,争得面红耳热几乎难免",但"扭打"之事却没有见过[3]。20世纪40年代后期,张中行主编佛学月刊《世间解》,因编务上的缘故,曾与熊十力、废名过从甚密。张中行也没有看见熊、冯二人"动手的武剧",他在《废名》一文中写道:

> 四十年代晚期,废名(冯文炳)也住在红楼后面,这位先生本来是搞新文学的,后来迷上哲学,尤其是佛学。熊先生是黄冈

---

[1] 药堂:《怀废名》,《古今》半月刊1943年4月16日第20、21期合刊。
[2] 冯思纯:《为人父,止于慈——纪念父亲废名诞辰100周年》,《新文学史料》2001年第4期。
[3] 冯健男:《废名在战后的北大》,《新文学史料》1990年第1期。

人，冯是黄梅人，都是湖北佬，如果合唱，就可以称为"二黄"。他们都治佛学，又都相信自己最正确；可是所信不同，于是而有二道桥（熊先生三十年代的一个寓所，在地安门内稍东）互不相下，以至于动手的故事。这动手的武剧，我没有看见；可是有一次听到他们的争论。熊先生说自己的意见最对，凡是不同的都是错误的。冯先生答："我的意见正确，是代表佛，你不同意就是反对佛。"真可谓"妙不可酱油"。[1]

熊、冯二人"动手的故事"，是一路传来的。冯健男是听汤先生说的，汤先生是听季羡林说的，周作人是听"余君"说的。"余君"虽云亲见，但正如季羡林一样，毕竟是孤证，真实与否，甚可疑。既然是"传说"，在传的过程中，难免会出现走样的现象。周文本是说熊、冯二人"扭打"，汤文则变成了"卡脖子"。另有人添盐加醋，说二人是在桌子底下扭成一团。还有人称，打架的时候，熊翁正坐在"马桶"上。苟如此，废名则未免不讲道义，有乘人之危之嫌。"扭打"之事或许仅此一次，后世好事者则妄称熊、冯二人"三天两头"打架，意见偶有不合，便拳头相见，大打出手。

二、佛学论著《阿赖耶识论》

1920年秋，熊十力经梁漱溟介绍赴南京支那内学院（金陵刻经处

---

[1] 张中行：《负暄琐话》，黑龙江人民出版社1986年版，第69—71页。

《阿赖耶识论》家藏本

研究部）从欧阳竟无大师学佛。1922年，熊十力受蔡元培聘请到北京大学哲学系任教，讲授唯识学。熊十力开始服膺法相唯识之学，他在北大所讲授的主要是世亲的唯识论。1923年，其讲义《唯识学概论》由北京大学印行。是年，他忽然对旧学产生了怀疑，颇不自安，于是毁弃前稿，由唯识而反唯识，改造《新唯识论》。1932年10月，其文言文本《新唯识论》由浙江省立图书馆发行。此论甫出，即引起佛学界的震荡，太虚、周叔迦、印顺、王恩洋、吕澂等佛学界人士纷纷著文批驳。欧阳竟无授意刘定权作《破〈新唯识论〉》，熊十力则以《破〈破新唯识论〉》予以回应。

熊十力曾屡劝当时还是英文系学生的废名学佛。但不久，熊十力自己却背弃师说，由佛归儒。一日，他俩同游北海，废名问熊翁："为什么反唯识呢？他的错处在那里呢？"熊翁答曰："他讲什么种子。"[1] 当时，废名因为没有学佛，所以"种子"于他完全是一个陌生的概念。但是，熊翁的答话则如同一粒种子深深埋藏在他的心里。1930年以后，废名系统阅读了《涅槃经》《智度论》《中论》等佛书，始信有佛、有三世，并对熊十力的学说多有不满之意。

抗日战争期间，蛰居黄梅的废名观乡人播种、收获等农事，乃悟得种子义。1941年元旦，他写了一篇《说种子》，抄了三份，一份寄北平的周作人，一份寄重庆的熊十力，一份寄施南办农场的朋友（可能是程鹤西）。三方面都有回信，但都令废名失望。在废名看来，熊十力因为反对唯识种子义而著《新唯识论》，他不懂佛教，于佛教无心得。"《说种子》一文等于写一封信，报告自己的心得，给熊翁一个反省，佛教的种子义正是佛教之为佛教。"[2] 1942年春，熊十力从重庆寄来《新唯识论》语体文本[3]，废名读罢，大不以熊翁为然，于是动了著书之念，并将其书名题曰《阿赖耶识论》。

废名著《阿赖耶识论》，据他讲，一是由其"友军"儒家挑拨起来的。他认为："儒家辟佛是很可笑的，他自己是差之毫厘，乃笑人谬以千里。"在他看来，儒佛两家实在是最好的朋友。"究其极儒佛应是一致，所谓殊途而同归"，"由儒家的天理去读佛书，则佛书处处有着

1　废名：《阿赖耶识论》，辽宁教育出版社2000年版，第40页。
2　废名：《莫须有先生坐飞机以后·第十七章　莫须有先生动手著论》，《文学杂志》月刊1948年11月第3卷第6期。
3　上、中两卷，1942年正月以北碚勉仁书院哲学组名义出版。

落，其为佛是大乘。因为天理便是性善，而佛书都是说业空，业空正是性善了"。他之所以要讲阿赖耶识，乃是教儒者以穷理，"使他们未圆满的地方可以圆满"。这是一个远因。还有一个近因，或者说直接原因，就是由熊十力挑拨起来的：

> 黄冈熊十力先生著有《新唯识论》，远迢迢的寄一份我，我将它看完之后，大吃一惊，熊先生何以著此无用之书？我看了《新唯识论》诚不能不讲阿赖耶识。熊先生不懂阿赖耶识而著《新唯识论》，故我要讲阿赖耶识。所以我的论题又微有讥讽于《新唯识论》之不伦不类。熊先生著作已经流传人间，是大错已成，我们之间已经是有公而无私。[1]

《阿赖耶识论》是废名1942年冬天在五祖寺山麓水磨冲一个农家宿牛的屋子里开始动笔的，1945年秋脱稿于其祖籍地后山铺冯仕贵祖祠堂。1947年，中国哲学会曾有意付梓，稿费已给了废名，但事不果行。对于《阿赖耶识论》这部著作，废名十分满意，也非常自信。1946年，废名欲回北大任教，俞平伯向胡适写了一封举荐信，信中特别提到《阿赖耶识论》，称这是废名"生平最得意"之作[2]。1947年，废名对僧人一盲说过："我的话如果说错了，可以让你们割掉舌头。"一盲曾将废名过访的情形以《佛教漫谭（四）》为题发表在《世间解》月刊

---

[1] 废名：《阿赖耶识论》，辽宁教育出版社2000年版，第2—3页。
[2] 俞平伯：《俞平伯致胡适（7月31日）》，载中国社会科学院近代史研究所中华民国史组编：《胡适来往书信选》下册，中华书局1980年版，第117页。

1947年10月15日第4期上，文中有"也许另有意见向他提出"之语。废名对此表示抗议："我将《阿赖耶识论》手抄本请他看，只是让他先睹为快，并没有想他另有意见向我提出的意思。这并不是我不谦虚，乃是我本不应该客气的。"[1] 1949年，卞之琳从国外归来，废名把《阿赖耶识论》给他看，还"津津乐道，自以为正合马克思主义真谛"[2]。

有人未曾得见《阿赖耶识论》而妄断这部佛学论著"未传"或"已亡失"。事实上，《阿赖耶识论》并未遗失。劫后犹存之手抄本，不仅完好无损，而且居然有两种。一种存于废名后人处。书稿除序（1947年3月13日作于北平）外，共有10章，即《第一章　述作论之故》《第二章　论妄想》《第三章　有是事说是事》《第四章　向世人说唯心》《第五章　"致知在格物"》《第六章　说理智》《第七章　破生的观念》《第八章　种子义》《第九章　阿赖耶识》和《第十章　真如》。该稿本之序及正文第3章、第9章的一部分系废名的手迹，其余则是冯健男抄写的。此稿本一函一册，装帧精美，由俞平伯题签，上署"丁亥夏日　俞平伯题"。2000年，辽宁教育出版社出版的《阿赖耶识论》系止庵根据这一稿本所整理、编订的。书中附录部分收废名《孟子的性善和程子的格物》《佛教有宗说因果》《〈佛教有宗说因果〉书后》和《体与用》等4篇与《阿赖耶识论》有关的哲学论文。可惜漏收了一篇很有分量的文章，即《说人欲与天理并说儒家道家治国之道》[3]。另一种

---

[1] 废名：《〈佛教有宗说因果〉书后》，《世间解》月刊1947年11月15日第5期。
[2] 卞之琳：《〈冯文炳[废名]选集〉序》，《新文学史料》1984年第2期。
[3] 冯文炳：《说人欲与天理并说儒家道家治国之道》，《哲学评论》双月刊1947年8月11日第10卷第6期。

手抄本,现藏北京大学图书馆。其内容与前一稿本完全相同,是废名和他的学生潘镇芳合抄的,也由俞平伯题签,上署"丁亥五月 槐居士平"。

三、废名之死

2000年,《中华读书报》发表了一篇署名文章,其中有一段文字是这样述及废名的:

> 1987年秋,有一老和尚去北京海淀的万国公墓,向李大钊墓敬献花圈,并低声吟哦《感怀》绝句一首:"临阵逃脱解甲兵,只留清白不留名;砍头烧戒一样痛,有脸敢来见先生。"这位老和尚就是废名,"五四"进步的热血青年,活跃的新派作家,曾师从李大钊、钱玄同,后趋向消沉,几度出家为僧。晚年去拜谒李大钊墓,明显带有自责忏悔之意。[1]

有资料显示,废名与钱玄同确曾有过交往,但他并未师从钱玄同,更未"师从李大钊",倒是师从过周作人。1927年,奉系军阀张作霖入京,下令将北京大学、北京师范大学等9所学校合并为"京师大学校"。废名愤而休学,卜居西山。废名信仰佛教,喜欢"静坐",还一度剃成

---

1 李思孝:《师生情和文人趣——读〈周作人俞平伯往来书札影真〉》,《中华读书报》2000年3月29日。

和尚头。抗日战争爆发后,作为讲师的他按规定不能随校内迁,因交不起房租,曾寄居在雍和宫的喇嘛庙里。废名始终不曾"出家为僧",又何来"几度"？关键的问题是：废名1967年就已殂谢,怎会于"1987年秋""拜谒李大钊墓"、"敬献花圈"、吟哦绝句、"自责忏悔"呢？看来,作者大概是张冠李戴了。由此亦可知,废名之"名"废得也实在太久矣!

关于废名离世的具体日期,目前存在两种说法。一是公历10月7日。这种说法最早见于陈振国编的《冯文炳研究资料》[1]。据说,陈振国曾到吉林大学调查过,"10月7日"是学校提供的日期。其实,这种说法是错误的。废名去世的准确日期应该是公历9月4日,这是冯思纯在《〈废名短篇小说集〉编后记》[2]中所说的。我查过万年历,发现农历1967年9月4日,恰是公历1967年的10月7日。我为此特地向思纯先生求教过,他回信说,吉林大学提供的日期不对,并称自己已于2003年当面向陈振国讲清楚了此事。可是,迄今还有不少人在其文章或著作中采用错误的说法。

关于废名的死因,乐黛云在《难忘废名先生》中是这样说的：

> 后来,到尘埃落定之时,才听说废名先生在长春一直很不快乐,没有朋友,被人遗忘。还曾听有人说"文化大革命"中,革命小将把他关在一间小屋里,查不出任何问题,遂扔下不管；病

---

[1] 海峡文艺出版社1991年版。
[2] 湖南文艺出版社1997年版。

弱的老伴不知道他身在何处，无法送饭，废名先生是活活饿死的！我听了不胜嘘唏，倒也不以为奇，在那种时候，这种事情司空见惯！后来又听说此说不真，废名先生是有病，得不到应有的医疗条件而孤独地离开了人世！[1]

"文化大革命"发生以后，身患重病的废名多多少少受到了一定的冲击。他虽然未被拉出去"批斗"，但家门上还是贴上了"反动学术权威"的标语；革

废名夫妇之墓

命小将为了买纸笔写大字报，常向他要钱；住房也被人强行占用了几间。但是，说废名是被革命小将"关在一间屋子里"，"无人送饭"而"活活饿死的"，此说的确"不真"。废名的的确确是因病去世的。1963年，废名在吉林省政协开会，突然小便带血，后被确诊为膀胱癌。1965年，又检查出胃癌。1966年5月旧病复发，到北京协和医院（时称"反帝医院"）做第三次手术，但癌细胞已扩散，女儿冯止慈只得将其送回长春。1967年8月底，思纯先生接到母亲"父亲病危速归"的电

---

1 乐黛云：《难忘废名先生》，《万象》2003年第1期。

报,遂乘飞机由北京赶回家。"到家后,见父亲躺在床上,面黄肌瘦,腹部已化脓、溃烂。"[1]一周后,即9月4日,废名就离开了人世。

  2004年4月间,思纯先生写信告诉我,废名去世后,其骨灰盒一直存放在他母亲身边。1971年,他将母亲由长春接到济南。1978年,他的母亲带上父亲的骨灰盒,打算去他姐姐那里长住,不幸的是他母亲当年就在天津溘然长逝了。因此,他父母亲的骨灰盒就一直放在他姐姐家里。1994年清明节前,他去天津将父母亲的骨灰盒取走,经北京、武汉、九江带到黄梅安葬,完成了父亲的遗愿,也了却了自己的心愿。"为什么要谈这个问题,是因为友人的回忆文章说是从吉林取回,因此想澄清此事。"

---

[1] 冯思纯:《为人父,止于慈——纪念父亲废名诞辰100周年》,《新文学史料》2001年第4期。

废名与鲁迅[*]

同那个时代的广大文学青年一样,废名也曾是中国新文学的先驱——鲁迅的忠实追慕者。一开始,废名并不知道鲁迅是何方神圣,更不清楚鲁迅与周作人到底是什么关系。直到1922年考入北京大学之前,他才从一位由北京返黄梅的同乡那里探听到鲁迅与周作人本是同胞兄弟[1]。进入北京大学之后,废名常常往来于周氏兄弟之间。鲁迅日记中提及废名来访或来信共有7次,其中1925年4次,1926年2次,1929年1次。但日记不可能完全,如下面一封信,鲁迅日记中就未记载:

鲁迅先生:

我这样的文章,可以在先生的副刊上凑篇幅吗?署名就用那两个字。编辑者如有权利多拿几份,我倒很盼望先生每期赠我一份,免得我到号房铺台上去偷看。

冯文炳,十二,二十六。

我的住址:马神庙西斋。

我到先生家来过几次,都是空空而返。[2]

---

[*] 原载《黄冈师范学院学报》2009年第1期,与孔杰合署。
[1] 参见陈建军:《废名致周作人信二十四封》,《鲁迅研究月刊》2008年第10期。
[2] 张杰编著:《鲁迅藏同时代人书信》,大象出版社2011年版,第140页。

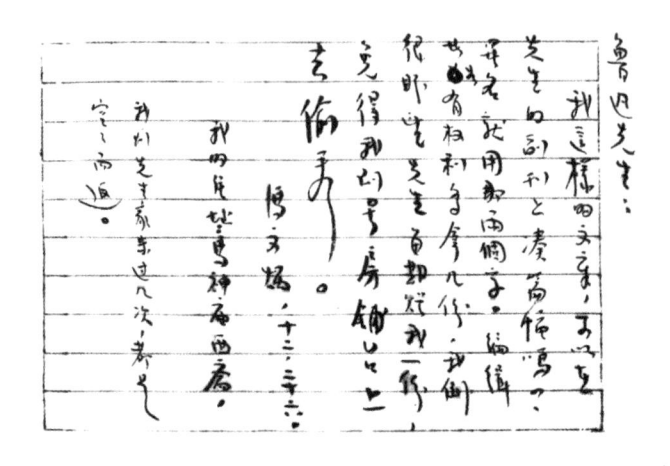

废名致鲁迅信手迹

　　这封信作于1925年12月26日，是现今所能见到的唯一一封废名写给鲁迅的书信。随信所附"这样的文章"即《也来"闲话"》，署名"春风"[1]。信中所谓"副刊"，大概是指鲁迅主编的《国民新报副刊》。

　　在写这封信之前，废名到鲁迅寓所去过几次，但只见过两回面。他曾在一篇文章里谈到他初见鲁迅时的感受：

　　　　鲁迅先生我也只见过两回面，在今年三四月间。第一次令我非常的愉快，悔我来得迟。第二次我觉得我所说的话完全与我心里的意思不相称，有点苦闷，一出门，就对自己说，我们还是不见的见罢，——这是真的，我所见的鲁迅先生，同我在未见以前，

---

[1]　参见陈洁：《废名的一篇佚文》，《鲁迅研究月刊》2013年第5期。

废名与鲁迅

单从文章上印出来的,能够说有区别吗?[1]

客观地说,在20世纪20年代,废名与鲁迅交往虽然不算密切,但他对鲁迅却是满怀敬意并主动亲近的;对鲁迅孤独、寂寞、苦闷的处境和心境,也总是表示出较为深切的理解和同情。

1923年,鲁迅的第一本短篇小说集《呐喊》出版,废名预约买了一本。他一遍一遍地读过之后,写了一篇题为《"呐喊"》[2]的读后感。在这篇短文中,废名说:"在文艺上,凡是本着悲哀或同情而来表现卑者贱者的作品,我都欢喜。"他尤为欣赏《孔乙己》,认为《故乡》和《药》除"意思固然更有意思"之外,"不能使我感觉什么",但读完《孔乙己》,"总有一种阴暗而沉重的感觉"。《白光》《端午节》《阿Q正传》与《孔乙己》都运用了"刺笑的笔锋",陈士成、方玄绰、阿Q"使人笑得个不亦乐乎",而"独有孔乙己我不能笑"。废名将这种相同表现手段所产生的不同阅读效果,归因于"著者执笔时的心情"之不同。在这篇文章中,废名还以多重否定的句式肯定鲁迅是"一个振臂一呼应者云集的英雄"。此文后被台静农编入《关于鲁迅及其著作》。这是最早的一部鲁迅研究资料集,经鲁迅亲自审阅、校订后,1926年7月由未名社印行。同年8月,鲁迅在离开北京赴厦门大学执教前致信韦素园,特嘱其派人送两本样书给废名。鲁迅在信中说:"《关于鲁迅……》须送冯文炳君二本(内有他的文字),希即令人送去。但

---

[1] 冯文炳:《从牙齿念到胡须》,《京报副刊》1925年12月14日第357号。
[2] 冯文炳:《"呐喊"》,《晨报副镌》1924年4月13日第81号。

他的住址,我不大记得清楚,大概是北大东斋,否则,是西斋也。"[1]

1925年10月26日,段祺瑞执政府邀请英、美、法等12国全权代表在北京召开"关税特别会议",企图与各帝国主义国家订立新的关税协定。北京各学校、各团体5万余人当日在天安门示威游行,主张关税自主,遭到大批武装警察阻止和殴打。次日,《社会日报》《舆论报》等报纸散布所谓"周树人(北大教员)齿受伤,脱门牙二"的流言,企图煽动教育当局对免职后的鲁迅进一步加以迫害。鲁迅为此作《从胡须说到牙齿》,对流言进行了有力的驳斥。同年12月,废名发表了一篇杂感,题为《从牙齿念到胡须》。文章开头,废名即表达了对鲁迅的想念之情:"鲁迅先生,你知道吗?在这里有一个人时常念你!"还说:"鲁迅先生近来时常讲些'不干净'的话,我们看见的当然是他的干净的心,(这自然是依照蔼理斯的意见,不过我自己另外有一点,就是,我们的不干净也是干净,否则世上到那里去找干净呢?)甚至于看见他的苦闷。"[2]废名戏仿鲁迅的文题,意在表明他是站在鲁迅一边的。

1924—1926年,鲁迅与陈源(西滢)之间主要围绕"女师大"事件、五卅运动和"三一八"惨案展开了一场"闲话"之争。作为"语丝派"的成员之一,废名也卷入了这场著名的论战。他极力为鲁迅辩护,在立场上始终和鲁迅保持一致。在《忙里写几句》中,废名针对陈源在《现代评论》第3卷第53期上的《闲话》中所论及的"文艺的

---

[1] 鲁迅:《260808 致韦素园》,载《鲁迅全集》第11卷,人民文学出版社2005年版,第538页。
[2] 冯文炳:《从牙齿念到胡须》,《京报副刊》1925年12月14日第357号。

标准"问题提出质疑[1]。1926年2月2日,废名发表了一封致陈源的公开信[2]。陈源曾声言鲁迅的文章"看过了就放进了应该去的地方",这种"一时快意"的话令废名"很伤心"。废名认为,鲁迅的文章具有"生活之实感"的特点。又说:"鲁迅先生一年来的杂感,我以为都能表现他自己,是他'辗转而生活于风沙中的瘢痕'。'刀笔吏'云乎哉!因为我同情于他的苦闷,他拿先生来做骂的对像[3],有时我竟忘记了先生也是我所熟识的人了。"陈源曾将《呐喊》列为"新文学运动以来的十部著作"之一,说他不能因为"不尊敬鲁迅先生的人格,就不说他的小说好"[4]。废名在《就算是搭题》中不同意陈源这种将作家的人格与其创作割裂开来的看法,认为它简直不像话[5]。相反,废名十分认同鲁迅的观点:"世间本没有别的言说,能比诗人以语言文字画出自己的心和梦,更为明白晓畅的了。"[6]"三一八"惨案发生以后,废名接连写了《狗记者》[7]《俄款与国立九校》[8]等数篇短论,抨击段祺瑞执政府。这些文章犹如一篇篇战斗檄文,言辞激越,充满血气,有很强的政治倾向性。这在废名后来的文章中是无法见到的。

1　冯文炳:《忙里写几句》,《京报副刊》1925年12月15日第358号。
2　冯文炳:《给陈通伯先生的一封信》,《京报副刊》1926年2月2日第403号。
3　即"对象"。
4　西滢:《闲话》,《现代评论》周刊1926年4月17日第71期。
5　冯文炳:《就算是搭题》,《京报副刊》1926年4月21日第474号。
6　鲁迅:《〈桃色的云〉序》,载爱罗先珂作、鲁迅译:《桃色的云》,新潮社1923年版,第2页。
7　冯文炳:《狗记者》,《京报副刊》1926年3月21日第445号。
8　冯文炳:《俄款与国立九校》,《京报副刊》1926年3月24日第448号。

1926年6月11日，废名在一则日记中写道：

> 昨天读了《语丝》八十七期鲁迅的《马上支日记》，实在觉得他笑得苦。尤其使得我苦而痛的，我日来所写的都是太平天下的故事，而他玩笑似的赤着脚在这荆棘道上踏。又莫明其妙的这样想：倘若他枪毙了，我一定去看护他的尸首而枪毙。于是乎想到他那里去玩玩，又怕他在睡觉，我去耽误他，转念到八道湾。[1]

这则日记如同一个寓言，颇有点象征意味。它预示着废名日后渐渐与鲁迅疏离，最终倒向了周作人。1927年5月，废名发表了一篇文艺随笔《说梦》，否定了自己先前对《呐喊》的看法。他说："我曾经为了《呐喊》写了一篇小文，现在我几乎害怕想到这篇小文，因为他是那样的不确实。我曾经以为他是怎样的确实呵，以自己的梦去说人家的梦。"[2] 1929年5月13日，鲁迅由上海至北平看望母亲。5月19日上午，废名特地到阜成门内西三条胡同拜访鲁迅。自此以后，他与鲁迅就再无通信，也没有见面了。

1930年5月12日，废名与冯至编辑的《骆驼草》周刊创刊。出自废名手笔的《发刊词》声明"不谈国事"，"不为无益之事"，"文艺方面，思想方面，或而至于讲闲话，玩古董，都是料不到的，笑骂由你笑骂，好文章我自为之，不好亦不知其丑，如斯而已，如斯而已"。

1　废名：《忘记了的日记》，《语丝》周刊1927年4月23日第128期。
2　废名：《说梦》，《语丝》周刊1927年5月28日第133期。

《发刊词》表现出一种强烈的自由主义的独立倾向。在创刊号上，废名化名"丁武"发表《"中国自由运动大同盟宣言"》。文中指责"由郁达夫鲁迅领衔的《中国自由运动大同盟宣言》，真是不图诸位之丧心病狂一至于此"，并抨弹鲁迅等人发表此宣言的目的是为了引起当局对自己的重视，以便"文士立功"。同年5月24日，鲁迅在写给章廷谦的信中说："《骆驼草》已见过，丁武当系丙文无疑，但那一篇短评，实在晦涩不过。以全体而论，也没有《语丝》开始时候那么活泼。"[1] 在5月26日的《骆驼草》第3期上，废名又以"丁武"的笔名发表了一篇《闲话》，对自己何以要写那篇短评专门做了解释："不愉快的事，因了郁达夫鲁迅的《中国自由运动大同盟宣言》，我刺了鲁迅先生一下。郁达夫先生呢，那实在是一个陪衬……"文中，废名还说：

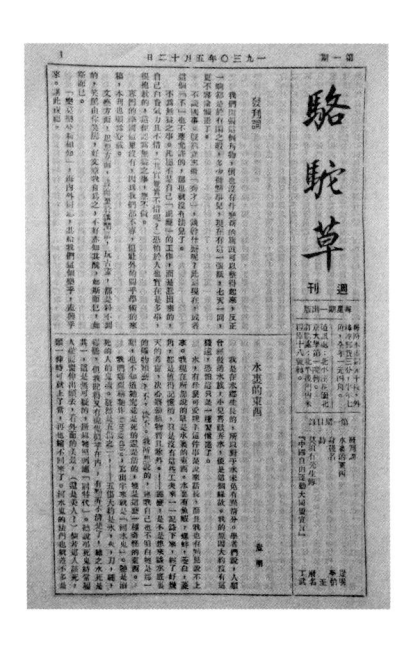

《骆驼草》周刊第一期

---

1 鲁迅：《300524 致章廷谦》，载《鲁迅全集》第12卷，人民文学出版社2005年版，第235页。丙文，即指废名本名冯文炳。

我时常同朋友们谈，鲁迅的《呐喊》同《彷徨》我们是应该爱惜的，因为我认为这两个短篇小说集是足以代表辛亥革命这个时代的，只可惜著者现在听了我的这句话恐怕不高兴了，倘若如此，我以为错在他，不在我。我以为我的这句评语是衷心的赞美，不胜恭敬，著者也足以受之而无愧了，可慰他多年的寂寞与沉默。与著者同时代的，除了这两本书没有别的书。辛亥革命打的旗帜是民族革命，而民族革命的内容是"排满兴汉"，一般革命家都以为只要这四个字办到了革命便已成功了，《呐喊》《彷徨》的著者，那时正是青年，已经感到了事情不是这样简单罢，孤独罢，感到了中国民族的悲哀的人是孤独的。沉默了好几年，等到"革命成功"之后，给了这两本小说我们看，而我们看见的是那时的一位先觉了。我们生得稍迟，等到年纪稍大了一点，对于那时的一位孤独者，是如何的有一种亲切之感！

早在1928年，钱杏邨就高喊过"阿Q的时代已经死去了"[1]。废名认为，"那自然是最好不过的"。在他看来，《呐喊》《彷徨》"足以代表辛亥革命这个时代"。他称鲁迅为"那时的一位先觉""那时的一位孤独者"。他所感到亲切的是初期的鲁迅，而对1930年前后鲁迅参加中国自由运动大同盟、中国左翼作家联盟等一系列举动，则大为不解。他质问鲁迅："'前驱'与'落伍'如果都成了群众给你的一个'楮冠'，一则要戴，一则不乐意，那你的生命跑到那里去了？"并讥讽鲁迅是"丢

---

[1] 钱杏邨：《死去了的阿Q时代》，《太阳月刊》1928年3月1日3月号。

掉了自己"[1]，即丧失了自我。从某种意义上讲，废名对鲁迅态度的变化，正是缘于鲁迅本身所发生的转变。

1932年4月6日，在为《周作人散文钞》所写的序文中，废名将周作人与鲁迅做了比较。他说：

> 说到这里我不禁想起鲁迅先生，鲁迅先生与岂明先生重要的不同之点，我以为也正就在一个历史的态度。鲁迅先生有他的明智，但还是感情的成分多，有时还流于意气，好比他曾极端的痛恨"东方文明"，甚致于[2]叫人不要读中国书，即此一点已不免是中国人的脾气，他未曾整个的去观察文明，他对于西方的希腊似鲜有所得，同时对于中国古代思想家也缺少理解，其与提倡东方文化者固同为理想派。岂明先生讲欧洲文明必溯到希腊去，对于希伯来，日本，印度，中国的儒家与老庄，都能以艺术的态度去理解它，其融汇贯通之处见于文章，明智的读者谅必多所会心。鲁迅先生因为感情的成分多，所以在攻击礼教方面写了《狂人日记》，近于诗人的抒情；岂明先生的提倡净观，结果自然的归入于社会人类学的探讨而沉默。鲁迅先生的小说差不多都是目及辛亥革命因而对于民族深有所感，干脆的说他是不相信群众的，结果却好像与群众为一伙，我有一位朋友曾经说道，"鲁迅他本来是一个cynic，结果何以归入多数党呢？"这句戏言，却很耐人寻思。

---

1 丁武：《闲话》，《骆驼草》周刊1930年5月26日第3期。
2 即"甚至于"。

> 这个原因我以为就是感情最能障蔽真理，而诚实又唯有知识。[1]

废名对周作人推崇备至，高度评价其历史态度、散文创作和在新文化（文学）运动中的地位及作用，对鲁迅则颇有微词。他说鲁迅感情的成分多，有时还流于意气；又借其朋友之口说鲁迅是一个愤世嫉俗者（cynic），表面上好像与群众为一伙，实际上是不相信群众的。鲁迅看过废名的序文，没有公开予以回应，但私下里所讲的话还是比较刻毒的。1932年11月20日，他在写给许广平的信中说："周启明颇昏，不知外事，废名是他荐为大学讲师的，所以无怪攻击我，狗能不为其主人吠乎？"[2]在鲁迅眼里，废名只不过是周作人身边的一只狗，是帮周作人来攻击他的。鲁迅的怀疑是有根据的，废名的观点与周作人对其兄的态度和看法是一脉相承的。但是平心而论，废名对鲁迅的评价固然有失偏颇，鲁迅对废名的反击则多少确有"流于意气"之嫌。

1934年7月，废名曾应林语堂之约请写过一篇《知堂先生》，刊在《人间世》半月刊1934年10月5日第13期"今人志"栏。在这篇文章里，废名盛赞周作人是一个"唯物论者"和"躬行君子"。针对这篇文章，积怨已久的鲁迅写过一篇不足四百字的短文，即《势所必至，理有固然》。因其不长，兹全文过录于下：

> 有时发表一些顾影自怜的吞吞吐吐文章的废名先生，这回在

1　废名：《废名序》，载《周作人散文钞》，开明书店1932年版，第6—7页。
2　鲁迅：《321120致许广平》，载《鲁迅全集》第12卷，人民文学出版社2005年版，第341页。

《人间世》上宣传他的文学观了：文学不是宣传。

这是我们已经听得耳膜起茧了的议论。谁用文字说"文学不是宣传"的，也就是宣传——这也是我们已经听得耳膜起茧了的议论。

写文章自以为对于社会毫无影响，正如称"废名"而自以为真的废了名字一样。"废名"就是名。要于社会毫无影响，必须连任何文字也不立，要真的废名，必须连"废名"这笔名也不署。

假如文字真的毫无什么力，那文人真是废物一枚，寄生虫一条了。他的文学观，就是废物或寄生虫的文学观。

但文人又不愿意做这样的文人，于是他只好说现在已经下掉了文人的招牌。然而，招牌一下，文学观也就没有了根据，失去了靠山。

但文人又不愿意没有靠山，于是他只好说要"弃文就武"了。这可分明的显出了主张"为文学而文学"者后来一定要走的道路来——事实如此，前例也如此。正确的文学观是不骗人的，凡所指摘，自有他们自己来证明。

这篇短文，鲁迅生前未曾发表，鲁迅去世后，许广平将其收入奔流社1941年11月19日出版的《直入》（奔流新集之一）。《鲁迅全集》把此文收在《集外集拾遗补编》中。关于这篇短文，有两个问题须得澄清一下。一是"弃文就武"之义。鲁迅在最后一个自然段中写道："但文人又不愿意没有靠山，于是他只好说要'弃文就武'了。""弃文就武"事出元无名氏《九世同居》第一折："吾闻诗礼传家，此子弃文就武,亦各言其志也,曾读《武经七书》么?"这里的"弃文就武"有二义:其一,是影射、暗讽废名丢掉本名"文炳"而改用笔名"丁武";其二,是明指周作人(知堂)的《弃文就武》。周作人《弃文就武》一文,发表于《独立评论》1935年1月6日第134号。周作人说:"我自己有过一个时候想弄文学,不但喜读而且还喜谈,差不多开了一间稻香村的文学小铺,一混几年,不惑之年倏焉已至,忽然觉得不懂文学,赶快下

鲁迅《势所必至,理有固然》手稿

匾歇业,预备弃文就武。"周作人所说的"弃文就武",是指不谈"文事"而谈"武备"。他之所以欲"弃文"而"就武",实乃迫于当时文坛状况和政治情形所发的牢骚话和无奈之语。鲁迅写那篇短文之前,显然是见过周作人的这篇文章的。鲁迅由废名而论及其"靠山"周作人,批评周作人"为文学而文学"的文学观。他以"弃文就武"一语,将废名、周作人二人连起来批驳,收到了一石二鸟、一箭双雕的效果。这正是鲁迅文章的高明之处。二是鲁迅不愿意发表的原因。据许广平回忆,《势所必至,理有固然》刚写完,她便跟鲁迅提及一件小事,无意中引起了鲁迅的烦恼,以致鲁迅把它团起来扔掉了。事后,她乘鲁迅不注意,捡起纸团儿,重新誊抄了一遍,准备投寄报刊发表。但征

询鲁迅意见时，得到的答复却是"不要不要"[1]。不少人认为，鲁迅之所以不同意发表，是因为不愿意把他跟周作人文学观的分歧公诸报端。这只是聊备一说，其真正的原因恐不在此。鲁迅在第一自然段中写道："有时发表一些顾影自怜的吞吞吐吐文章的废名先生，这回在《人间世》上宣传他的文学观了：文学不是宣传。"鲁迅以为"一切文艺固是宣传，而一切宣传却并非全是文艺"[2]，因此他自然不满"文学不是宣传"的文学观。问题在于，废名压根儿就没有讲过"文学不是宣传"的话。他在《知堂先生》最末一段，说他看了一部名叫《城市之夜》的国产影片，"悟到古今一切的艺术，无论高能的低能的，总而言之都是道德的，因此也就是宣传的，……当下我很有点闷室，大有呼吸新鲜空气之必要。这个新鲜空气，大约就是科学的。……后来同知堂先生闲谈，……他不完全的说道：'科学其实也很道德。'我听了这句话，自己的心事都丢开了"[3]。废名既没有明确主张文学艺术是宣传的，也没有否定文学艺术是宣传的。鲁迅大概也看清了这一点，故扔掉了稿子，且不同意发表。

1935年6月，鲁迅编选的《中国新文学大系·小说二集》由上海良友图书印刷公司出版。内中所收废名小说有《浣衣母》《竹林的故事》和《河上柳》3篇，均选自废名的第一本短篇小说集《竹林的故事》。在导言中，鲁迅说："后来以'废名'出名的冯文炳，也是在《浅草》

---

1 许广平：《〈势所必至，理有固然〉附记》，载鲁迅等著：《直入》（奔流新集之一），奔流社1941年版，第2—3页。
2 鲁迅：《文艺与革命》，《语丝》周刊1928年4月16日第4卷第16期。
3 废名：《知堂先生》，《人间世》半月刊1934年10月5日第13期。

中略见一斑的作者,但并未显出他的特长来。在一九二五年出版的《竹林的故事》里,才见以冲淡为衣,而如著者所说,仍能'从他们当中理出我的哀愁'的作品。可惜的是大约作者过于珍惜他有限的'哀愁',不久就更加不欲像先前一般的闪露,于是从率直的读者看来,就只见其有意低徊,顾影自怜之态了。"[1]如同废名对前期的鲁迅别有会心一样,鲁迅对废名的早期小说也给予了相当中肯的评价,而对废名后来创作上的转变则不以为然。有意思的是,废名遗憾于鲁迅丧失了自我,鲁迅则可惜废名只剩下"有意低徊""顾影自怜"的自我。

鲁迅去世以后,废名没有写什么回忆或批评的文字。但是,1936—1937年,他在北京大学讲授新诗时,专设一章讲了"鲁迅的新诗"[2]。在这一章里,他只选讲了鲁迅早期的一首诗,即1919年所写的《他》。废名认为这首诗是鲁迅新诗中写得最美的一首,"即是说这一首《他》最是诗","好像是新诗里的魏晋古风"。他说:"这首诗对于我的印象颇深,我总由这一首《他》联想到鲁迅先生《写在〈坟〉后面》那篇文章,那时鲁迅先生在厦门,我在《语丝》上读到他这篇《坟》的后记,不禁想着他很是一位诗人。这个诗人的感情,自然还是以较早的这一首新诗表现得最美好,我们读之也最感苍凉。"他又把这首诗与《药》里关于坟的描写联系起来,说《他》是"坟的象征",即是鲁迅所说的"埋掉自己"。废名对鲁迅的《他》不仅"印象颇深",而且感受亦深,见解独到。

---

[1] 鲁迅:《中国新文学大系·小说二集·导言》,上海良友图书公司1935年版,第6—7页。
[2] 冯文炳:《谈新诗》,新民印书馆1944年版,第103—106页。

废名与鲁迅

20世纪40年代后期,废名以其避难黄梅期间的生活经历创作了一部实录性长篇小说《莫须有先生坐飞机以后》(仅19章,未完)。在第8章《上回的事情没有讲完》[1]中,废名记述了他在黄梅县立小学教国语时的一件事。有一次,他出《枫树》一题,让学生作文。阅卷时,他发现有很多作文都是以"我家门前有两株树,一株是枫树,还有一株也是枫树"开头。他怀疑学生抄袭,于是去翻书,结果发现鲁迅的《秋夜》里有这样的句子:"我的后院里有两株树,一株是枣树,还有一株,也是枣树。"废名"得了这个发见时,一则以喜,一则以怒。喜者看了鲁迅的文章如闻其语,如见其人,莫须有先生很怀念他,虽然他到后来流弊甚大"。废名对学生讲:"鲁迅其实是很孤独的,可惜在于爱名誉,也便是要人恭维了,本来也很可同情的,但你们不该模仿他了。他写《秋夜》时是很寂寞的,《秋夜》是一篇散文,他写散文是很随便的,……他说他的院子里有两株树,再要说这两株树是什么树,一株是枣树,再想那一株也是枣树,如是他便写作文章了。本是心理的过程,而结果成为句子的不平庸,也便是他的人不平庸。"可见,这个时期的废名仍然没有改变对鲁迅的态度和看法。他虽然很怀念鲁迅,同情鲁迅,说鲁迅"不平庸",但还是认为鲁迅"爱名誉""要人恭维","到后来流弊甚大"。

废名对鲁迅的态度发生根本性的转变,则是1949年以后的事。正如废名自己所说的:"鲁迅先生给我的教育,不是鲁迅先生生前给我

---

[1] 废名:《莫须有先生坐飞机以后·第八章 上回的事情没有讲完》,《文学杂志》月刊1948年1月第2卷第8期。

的,是鲁迅先生死后,是中国已经解放了,有一天我感得我受了鲁迅先生很大的教育。说起来是我的痛苦的经验,我想告诉爱好文学的青年同志们。"[1] 废名在字里行间流露出深深的忏悔之情,同时也为自己终于能够"回归"鲁迅、"懂得"鲁迅感到无比的欣喜。

---

[1] 冯文炳:《鲁迅先生给我的教育》,《吉林日报》1956年10月19日"纪念鲁迅逝世二十周年"专版。

叶公超批废名 *

1936年3月27日北平《自由评论》周刊第17期载有一篇题为《意义与诗》的文章，是评介斯帕娄（John Sparrow，今通译斯帕洛）的现代诗学专著 *Sense and Poetry* 的，作者叶维之。据编者梁实秋"附识"介绍，叶氏这篇书评是一年多以前写的，本来预备给《学文》月刊（叶公超主编）登载，因《学文》停刊，征得叶氏同意后，梁实秋遂刊发在《自由评论》上。《意义与诗》中有这么一段话：

> 但是辨别一首诗的有无意义，读者是非十分细心不可的。斯帕娄在第四章中说："我们说一首诗'隐晦'时，先得问问自己，我们的困难是否由于自己头脑不灵或智识不足。"这种缺乏脑筋或知识的人，甚至于可以把很通的诗，解释成狗屁不通的诗。例如李商隐的"我是梦中传彩笔，欲书花叶寄朝云"，有位先生不懂"题叶"的典故，竟硬在"书"字下添了一道，又不知"朝云"是人名，竟把"云"改成"阳"，以为这两句诗是说："这些好看的花朵，虽然是黑夜之中，而颜色自在，好比就是诗人画就的寄给

---

* 原载《书屋》2009年第6期。

明[1]的朝阳。"西洋的批评家正与此相反,他们爱把无意义的诗解释成有意义的诗,然而这两种毛病,根本都是一样,都是自己杜撰了一篇神话,却以为是接受了人家的传达。

叶氏所说的"把很通的诗,解释成狗屁不通的诗"或"把无意义的诗解释成有意义的诗"是一种极其普遍的现象,是众多解诗(不限于诗)者容易犯下的"毛病"。

我所感兴趣者乃是叶氏不点名批评的"有位先生"。从"例如"以下的文字来看,这位"先生"必是废名无疑。1934年11月5日,上海《人间世》半月刊第15期刊有废名的《新诗问答》一文,其中写道:

> 最后两句"我是梦中传彩笔,欲书花叶寄朝云",我想这真当得起西洋批评家所说的Grand Style,他大约想像这些好看的花朵,虽然是黑夜之中,而颜色自在,好比就是诗人画就的寄给明日的朝阳。

叶氏所引用的文字就出自这里。"我是梦中传彩笔,欲书花叶寄朝云"是李商隐七律诗《牡丹》的尾联,全诗如下:

> 锦帏初卷卫夫人,绣被犹堆越鄂君。
> 垂手乱翻雕玉佩,折腰争舞郁金裙。

---

[1] 应为"明日"。

石家蜡烛何曾剪，荀令香炉可待熏。
我是梦中传彩笔，欲书花叶寄朝云。

相对于李商隐的某些无题诗，这首诗不算难懂。全诗以人写花，以花写人，借咏牡丹寄托诗人对意中人的倾慕、相思之情。诗中句句用典，仅尾联就用了三个。"梦中传彩笔"见《南史·江淹》："（淹）尝宿于冶亭，梦一丈夫自称郭璞，谓淹曰：'吾有笔在卿处多年，可以见还。'淹乃探怀中得五色笔一以授之。尔后为诗绝无美句，时人谓之才尽。"[1] "题叶"典出《魏书·彭城王勰传》，专指暮春时节，群臣相聚宴饮。叶氏所谓"题叶"的典故当不是指这个，而是指以红叶题诗传情的"题红叶"（省称"题红"或"题叶"）。关于红叶题诗的故事，历来记载很多，情节大同小异。如唐孟棨《本事诗·情感第一》载：唐玄宗时，顾况游于"苑中，坐流水上，得大梧叶"，上有题诗云"一入深宫里，年年不见春。聊题一片叶，寄与有情人"，顾况也在叶上题诗与之反复唱和[2]。至于"朝云"，通行的说法是指"巫山神女"，见宋玉《高唐赋》："旦为朝云。"[3] 也有认为这里的"朝云"系借指令狐楚。李商隐出身孤寒，受知于天平军节度使令狐楚，令狐楚视其如子侄，让他与儿子令狐绹同学，亲自教授。令狐楚出镇太原，非常关怀长安家里的牡丹。此时，李商隐正好在京城应举。因此，《牡丹》一诗既是李商隐呈献给令狐楚的习作，也有通报牡丹消息之意。此外，有说"朝云"

1　[唐]李延寿：《南史》卷五十九，中华书局1975年版，第1451页。
2　丁福保辑：《历代诗话续编》上，中华书局2006年版，第6页。
3　王飞鸿主编：《中国历代名赋大观》，北京燕山出版社2007年版，第37页。

是指李商隐的小姨子莫愁，也有说是指令狐绹的爱妾，李商隐与她有染。且不论废名是否懂得"题叶"的典故，知不知道"朝云"是人名，但若说他硬在"書"（书）字下凭空"添了一道"而变成一"晝"（昼）字，那可就有点冤枉。叶氏似过于坐实了，废名则加入了许多想象的成分。废名解诗每每如此，其解诗的文字往往比原诗还要美，还要富于诗意。卞之琳曾说过："废名对我旧作诗的一些过誉，令我感愧，有些地方，阐释极妙，出我意外，这也是释诗者应有的权利，古今中外皆然。只是知我如他，他竟有时对于其中语言表达的第一层的（或直接的）明确意义、思维条理（或逻辑）、缜密语法，太不置理，就凭自己的灵感，大发妙论，有点偏离了原意，难免不着边际。"[1]废名对"我是梦中传彩笔，欲书花叶寄朝云"诗句的阐释正是这样，所不同的是他对其中内含的"题叶""朝云"典故"太不置理"，倒是就语言表达的第一层意义"凭自己的灵感""大发妙论"。

不过，我最感兴趣者还不是"有位先生"，而是作者"叶维之"。据考证，"叶维之"就是大名鼎鼎的叶公超。叶公超与废名有师生之谊，二人常相往来。1926年，叶公超执教于北京大学，是当时北大最年轻的教授之一。他小废名三四岁，很器重废名。叶公超说废名"把很通的诗，解释成狗屁不通的诗"，言外之意是说废名"狗屁不通"。1931年以后，废名与叶公超共事于北大，二人又是朱光潜主持的"读诗会"上的常客，有时还在周作人的"苦雨斋"聚谈。既然有师生、同事等如此亲密的关系，那叶公超为何要写化名文章严厉批评废名呢？

---

[1] 卞之琳:《序》,载冯健男编:《冯文炳选集》,人民文学出版社1985年版,第9—10页。

叶公超批废名

北京大学1929届《毕业同学录》内页

废名北京大学毕业证书

解志熙有一种说法，大体上还能够令人满意："对废名的那种不脱浪漫的诗学见解和非常印象式的解诗作风，恐怕的确是看不惯，如骨鲠在喉不吐不快；但同样可以理解的是，叶公超也不能不顾及彼此抬头不见低头见的脸面。这或者正是他把《意义与诗》署上人所不知的'叶维之'之名的原因吧。"[1]

废名特别欣赏李商隐《牡丹》诗的最后两句，并多次做过解释。早在1929年，他在长篇小说《桥》中就借主人公小林之口说过：

> 今天的花实在很灿烂，——李义山咏牡丹诗有两句我很喜欢："我是梦中传彩笔，欲书花叶寄朝云。"你想，红花绿叶，其实在夜里都布置好了，——朝云一刹那见。[2]

1943年，周作人在《怀废名》中说废名常和他谈李商隐、庾信、莎士比亚、杜甫等，还专门引用上面一段文字，加以例证[3]。

废名是否看过叶公超《意义与诗》的书评，这个不得而知。但可以知道的是，1948年，废名在《再谈用典故》中提到"我是梦中传彩笔，欲书花叶寄朝云"的时候，他的看法仍未改变。他说：

> 有时有一种伟大的意思而很难表现。用典故有时又很容易表

---

[1] 解志熙：《现代诗论辑考小记》，《中国现代文学研究丛刊》2005年第6期。
[2] 废名：《八丈亭》，北平《华北日报副刊》1929年7月19日第116号；收入单行本《桥》，改题为《桥》。
[3] 药堂：《怀废名》，《古今》半月刊1943年4月16日第20、21期合刊。

现。这种例子是偶尔有之,有之于李商隐的诗里头,便是我常称赞的这两句:"我是梦中传彩笔,欲书花叶寄朝云。"这是写牡丹的诗,意思是说在黑夜里这些鲜花绿叶俱在,仿佛是诗人画的,寄给朝云,因为明天早晨太阳一出来便看见了。没有梦中五色笔的典故,这种意境实在无从下笔。朝云二字也来得非常之自然,而且具体。[1]

据说20世纪60年代初,废名有过为李商隐诗作笺注的计划,认为"从来的人都做错了"[2]。由于重病和时代的原因,废名的计划未能实现。若真实现了的话,我很想知道他对"我是梦中传彩笔,欲书花叶寄朝云"两句又是怎样解释的。

补记:

此文在《书屋》2009年第6期刊发后,偶然翻看湖北教育出版社1997年版《中国翻译词典》,其"综合条目"中对"叶维之"做了如下介绍:

> 叶维之(1906—1983) 祖籍浙江杭州,生于北京。1928年以最优成绩毕业于北京大学英语系后,曾相继任英文教师及译文校订等工作。叶维之自幼天资聪颖,博闻强记,中英文功力深厚,

---

1 废名:《再谈用典故》,《天津民国日报·文艺》1948年3月1日第117期。
2 冯思纯:《废名在长春》,《黄冈师范学院学报》2007年第4期。

做学问多有创见，生性恬淡坦诚，喜独居，不善交际而笃重友谊；好诗词、通音律，于昆曲、京剧、民间说唱、养育花草，凡有涉猎，必求精通。生前曾为北京昆曲研习社积极会员。这些兴趣爱好，对其译事多有滋养。叶维之于翻译，刻意求精，每遇疑难，常日夜以至旬月琢磨，与同行挚友，反复切磋，力求信、达、雅的完善统一。他所译的《亚瑟王朝的扬奇》《马丁·瞿述伟》为我国译界独具风格的优秀作品，尤能以委婉、俏皮之地道汉语传达原文幽默、讽刺之神韵，实为一般译作所难企及。主要译作有：[美]法斯特《斯巴达卡斯》、[美]马克·吐温《亚瑟王朝的扬奇》、[英]狄更斯《马丁·瞿述伟》等；此外，三四十年代，尚撰写过大量翻译评论文章，发表于报刊。[1]

后来，又看到洪炎秋的一篇《我的先生胡适之》。洪炎秋在文中说，叶维之是他的预科班同学，胡适嫡系高足，英文程度很好，"我有一次偷听英文系的功课，亲耳听到叶公超教授当面夸奖过他的英文"[2]。洪炎秋（1902—1980），原名洪槱，台湾彰化人，祖籍福建同安。1923年考入北京大学预科，后升入本科教育系，1929年毕业。如此看来，叶维之乃是叶公超的学生，且与废名同学。废名于1922年考入北京大学预科，1924年升入本科英文系，本应于1928年毕业，因休学一年，

---

1 林煌天主编：《中国翻译词典》，湖北教育出版社1997年版，第831页。
2 洪炎秋：《我的先生胡适之》，载唐德刚、夏志清、周策纵等：《我们的朋友胡适之》，岳麓书社2015年版，第5页。

故其与叶维之、洪炎秋是同一届毕业的。

问题是，查国立北京大学出版部1948年版《国立北京大学历届同学录》，在历届叶姓同学名单中，没有一个叫叶维之的。倒是有一个叫叶维的同学，其基本信息与《中国翻译词典》的介绍和洪炎秋的说法比较接近。叶维是浙江杭县（今杭州）人，1929年毕业于英文系，时为北京大学西文系讲师，通讯地址为"东城遂安伯胡同6号"[1]。

胡适有一篇演讲《再谈谈整理国故》，发表在《晨报副镌》1924年2月25日第38号，其笔记者即是叶维。1924年，《晨报副刊·文学旬刊》刊发有叶维的不少译作。读叶维1933年、1934年发表在《图书评论》上的书评《伍光建译约瑟安特路传》《再评伍光建译洛雪小姐游学记》，可见其"英文程度"确实"很好"。此外，商务印书馆1936年出版哈代的《还乡》（上下），由张谷若翻译，叶维之校订。

莫非叶维也叫叶维之，像胡适也叫胡适之一样？遗憾的是，目前还找不到相关的材料加以证实。

倘若叶维之另有其人，而且真是叶公超的学生，想必叶公超不至于化用其学生之名来批其另一个学生废名。倘若他真的这么做了，岂不是有移祸于人的嫌疑？况且，废名与叶公超的关系应该不差。1946年，废名重返北京大学，途经南京时，还在叶公超的帮助下，见过关押在老虎桥监狱的周作人。

倘若书评《意义与诗》并非叶公超所作而实出自叶维之手笔，那我的《叶公超批废名》这篇小文就要重写了。

---

[1] 五十周年筹备委员会编：《国立北京大学历届同学录》，国立北京大学出版部1948年版，第323页。

再记：

  本书稿提交给商务印书馆之前，翻阅国立北京大学1948年编印的《国立北京大学三十六年度教职员录》，终于证实我的猜测不妄：叶维，字维之[1]。

  又，关于"叶维之"问题，可参见清华大学解志熙教授的《关于"叶维之"——答陈建军》[2]。

1　《国立北京大学三十六年度教职员录》，国立北京大学1948年编印，第51页。
2　解志熙：《寄堂丛谈：新文学论说集》，生活·读书·新知三联书店2020年版，第260—263页。

"马良材"是谁[*]

1927年10月1日,废名曾发表一篇题为《死者马良材》的文章,载《语丝》周刊第151期"随感录"栏。这篇文章不足四百字,为行文方便,特抄录如下:

> 读了《随感录》四十,岂明先生的《偶感之四》,我又记起马良材君。马良材君我是时常记起的。马君,湖南人,我同他本不相识,只在他的同乡S君处会过几面,看出他是一个苦于现代的烦闷的青年,生气勃勃的青年。那时他刚刚卒业中学,到北京来求他的路,求他的生之路。他问过我,青年应该怎样?他要怎样?他说话有点口吃,这只表示他的迫切,迫切得要吊眼泪[1]。后来马君到上海去了,我也没有留心他的消息。去年夏,S君拿出几封信我看,是马君写给他的,我才知道马君已经实际的参加社会运动了。此时我对S君笑了一笑:
>
> "很好,他得了他的路。"

---

[*] 原载《名作欣赏》2020年第8期。
[1] 即"掉眼泪"。

字里行间我依然看得出他的烦闷,他的热力;现在只向S君索来马君在上海被杀以前写来的信,照录于此——

"我于四月三十号被逮,现在已决定大半会要去阴间了。几年来的辗轲(?),今日宣告满足我自杀之愿,快慰曷堪言喻!?请替我浮一大白罢,当你接到了此信之后。祝你身心愉快!"

马君正是中国现在的青年!

此文已收入北京大学出版社2009年版《废名集》(6卷本),编者在题注中称:"马良材情况不详。文章《偶感之四》系《偶感之二》之误,议论的是王国维自沉一事,见1927年6月11日《语丝》第135期。"[1] 周作人(岂明)《偶感之二》所谈确系王国维投昆明湖自尽之事,但废名读了而"又记起马良材君"者,实为《偶感之四》,并非"《偶感之二》之误"。在《偶感之四》中,周作人说:

> 昨夜有人来谈,说起一月前《大公报》上载吴稚晖致汪精卫函,挖苦在江浙被清的人,说什么毫无杀身成仁的模样,都是叩头乞命,毕瑟可怜云云。本来好生恶死人之常情,即便真是如此,也应哀矜勿喜,决不能当作嘲弄的资料,何况事实并不尽然,据友人所知道,在其友处见一马某所寄遗书,文字均甚安详……

文中,所谓"友人"即指废名;"其友"即指石民,亦即废名所说

---

[1] 王风编:《废名集》第3卷,北京大学出版社2009年版,第1160页。

"马良材"是谁

语丝　第一百五十一期

殷名

五一　死者马良材

读了随感录四十，豐明先生的「偶感之四」，我又记起马良材君。马良材君我是时常記起的。马君，湖南人，我同他本不相识，只在他的同乡S君处会过几面，看出他是一個苦于现代的煩悶的青年，生气勃勃的青年。那时他刚刚卒业于中学，到北京来求他的路，求他的生之路。他问过我，青年應该怎样？他说話有点口吃，這只表示他的追切，追切得要吊眼淚。後来马君到上海去了，我也没有留心他的消息。去年夏，S君拿出几封信我看，是马君写給他的，我總知道马君已經实际的参加社会运动了。比时我对S君笑了一笑。

「很好，他得了他的路。」

此字里行间我依然看得出他的煩悶，他的热力。现在只向S君索来马君在上海被殺以前写来的信，照录于哉。

「我于四月三十號被逮，现在已决定大半会要去陰間了。幾年来的縋桐（？），今日宣告满足我自殺之願，快慰曷堪言喻？！請替我浮一大白罷，當你接到了此信之後。祝你身心愉快！」

马君正是中国现在的青年！

五二　艺术界消息二

上海新月书店开幕了，這是北京新月社諸君南下後所创设，书目已经出板，最重要的有徐志摩先生的第二本詩集将要刊行，因为广告原文上说：

「读了「志摩的詩」，我們還有什麼可以要求这位作家的？一個人貢獻了許多。一隻手奠定了一個文壇的基礎。我們真沒有權利再要求徐志摩先生的貢獻！」

哦，哦！──我想當初杜子美先生假如要劉績集的時候，這几句話倒很是切貼的，然面即此也可想見徐先生的第二本詩集的重要了。

晨星

五三　辭「大義」

我自從去年得罪了正人君子們的「孤桐先生」，弄得六面碰壁，只好選出北京以後，默默無語，一年有

鲁迅

的"S君";"马某"即指"死者马良材"。

石民（1902—1941），湖南新邵人，象征派诗人、翻译家，著有诗集《良夜与恶梦》等。在北京大学英文系读书期间，和废名是同班同学。1929年5月27日，他以笔名"石沈海"在《语丝》周刊第5卷第12期上发表了一篇《友人马君的遗书》。此文所录马君遗书计15封，其中1925年5封，1926年4封，1927年6封，都是马君写给"石子"即石民的。石民在整理的时候，改换了马君的真名字，内中涉及的一些人名也多以罗马字母代替。尽管如此，从这些信中还是可以获取有关马君身份、行事等信息的。如：

我所住的是离上海十余里的江湾。（1925年9月22日）

近来我认识了三个文学家：迦尔洵，梭罗古勃，柴霍甫。大概你也看过了他们的《一夜》，《捉迷藏》，《陆士甲尔的胡琴》三篇小说吧？它们很感动了我。（1925年10月1日）

我在北京的时候，是那样潦倒，神经失了常度，思想错乱，谈话也是胡里胡涂的。（1925年10月5日）

呵，石子！你还记得有所谓"马竟西"其人么？最好把它（因太不像人，似乎不配称"他"）忘了，这劣种！也怪，还有点儿勇气将自己作人看待，这封回信便是个证据。……我现在只没有入工厂作工，进田间种田，其余的一切均已工农群众化了。我所交谈的都是工人。我和他们来往，教他们赛跑，唱歌，泅水……教他们反抗……打倒……哈哈，如果我说的话你还有点儿相信时，我要告诉你：现在我真正快活透了！（1926年6月20日）

"马良材"是谁

> 去年下期……说来真惭愧：我在立达每周旁听了四小时的日文，竟完全没有去念它！……没有一点事可做，愿做，于是我糊涂地译了几篇小说，做了几首狗屁诗，几篇臭痰盂里面的唾涎论文，投之《觉悟》。有一大部分登是登出来了。……我入了什么党，自然你猜得着。真的，此生此世，我已无复有所眷恋了。我愿以必死之心干一干非常之事（如果真的干成功时，石子，你也就要危乎殆哉了）。（1926年×月×日）
>
> 我于日前被逮。不久就要去见阎王了。数年来之辙轲，至今始得了却我自杀之愿。请你为我浮一大白吧。祝你愉快！（1927年5月1日）

信中，马君自述"译了几篇小说"，大部分登在《民国日报》附刊《觉悟》上。经查，《觉悟》刊载小说译作的马姓译者仅有一人，即马缉熙。马缉熙与石民所改换的"马竞西"谐音，因此马缉熙应该就是马君的真名字。

1933年，赵景深曾在《我的写作生活》中说："我到上海立达教书，一个校外的青年马缉熙时常来谈。他因了我的介绍也爱上了柴霍甫，也到丸善买了十本加耐特译本来，我有的他就不买。他陆续译了将近十篇在《民国日报·觉悟》上发表。后来他因为穷，把那十本书卖给收买旧书的爱华书社。"[1] 毫无疑问，赵景深笔下的马缉熙与石民的友人马君当是同一个人。马缉熙在《觉悟》上发表的柴霍甫小说译作

---

1 赵景深：《我的写作生活》，《文艺座谈》半月刊1933年8月1日第1卷第3期。

有4篇，即《赌采》（1925年10月8日）、《蝗虫（荡妇）》（1925年11月7日、10日、11日、12日、13日、14日、16日）、《爱人》（1925年11月24日、25日、26日）和《顽童》（1925年12月24日）。此外，他在《觉悟》上还发表了19篇作品，包括诗歌、杂感、小品文和其他译作等。兹将这些作品的篇目及发表时间一并过录于下，以备查考[1]：

《孙中山永不会死去的》（诗），1925年3月20日；

《春天一午夜》（小品文），1925年4月18日；

《仆人》（小说），西米诺夫原著，1925年10月19日、20日、21日；

《信号》（小说），迦尔洵原著，1925年10月24日、26日、27日；

《薤露歌》（诗），雪莱原著，1925年10月29日；

《偶感》（诗），1925年11月2日；

《默会》（杂感），1925年11月26日；

《给小弟弟》（诗），1925年11月28日；

《诚可动天》（小说），托尔斯泰原著，1925年12月1日、2日；

《冬之夜舒怀》（诗），1925年12月3日；

《评复大游艺会中的"好儿子"及"终身大事"》（评论），1925年12月7日、8日；

《伊的踪迹》（诗），1925年12月9日；

《与"寂寞"》（小品文），1925年12月11日；

《在乐园》（诗），1925年12月12日；

---

[1] 马缉熙还在《幻洲》半月刊1927年3月16日第1卷第10期发表了一篇《罪归"陈腐的思想"》。

"马良材"是谁

《文艺之所以为文艺》（文艺漫谈），1925年12月14日；

《为什么？》（诗），1925年12月17日；

《文艺与人生》（漫谈），1925年12月19日；

《文艺与革命》（文艺批评），1926年1月22日；

《极端说》（漫谈），1926年2月4日。

石民所整理的马缉熙致其最后一封遗书（1927年5月1日），与废名所抄录的"马君在上海被杀以前写来的信"基本相同，可见马缉熙就是"马良材"。问题在于，"良材"是废名对马君的赞称，还是马缉熙也叫"马良材"？

1927年12月7日，黎锦明曾在《罗黑芷的小说》一文中说："现代人的死原来不是稀奇啊。但这时代所产生的死的名词实在有些稀奇——尤其是在共产党这名词之下。我的几个旧同学毕三石，马良材，谢伯俞……就这么被人惨杀死了……"[1] 黎锦明是湖南人，1923年毕业于长沙岳云中学。从籍贯、经历等来看，其旧同学马良材应该就是废名所说的"死者马良材"。大概马君始名良材[2]，后改名缉熙。

据史料记载，1925年2月，马缉熙被上海大学英国文学系录取为试读生[3]。后加入共产党，负责在江湾地区立达支部开展工人运动[4]。

---

1 黎锦明：《罗黑芷的小说》，载罗黑芷：《春日》，开明书店1928年版，第132页。谢伯俞（1905—1927），湖南人，1924年毕业于长沙岳云中学，并考入北京师范大学理学预科。在校期间，秘密加入中国共产党。1927年4月，与李大钊等被奉系军阀逮捕，后惨遭杀害。

2 上海《时报·小时报》1924年7月14日第2537号上有一首小诗《现象》，署名马良材。

3 《上海大学第三届录取新生揭晓》，上海《民国日报》1925年2月28日第3245号。

4 《江湾部委工作报告》，《上海革命历史文件汇集（1922年7月—1927年1月）》，中央档案馆、上海市档案馆1986年版，第350页。

1927年，蒋介石发动"四一二"反革命政变，大肆屠杀共产党人和革命群众。同年4月30日，马缉熙被捕，不久被杀害。马缉熙牺牲后，"其部下即行用粉笔写标语，布满江湾"，表示对国民党反动派的愤怒和抗议[1]。

如此说来，马缉熙乃是一位被遗忘的革命烈士，其英名理当载入中国革命史册。倘若《革命烈士英名录》之类的书籍中要收录他，以下简介或许可供参考：

> 马缉熙（？—1927），又名良材，湖南人。长沙岳云中学毕业后到北京，与其同乡、诗人石民过从甚密。1925年，被上海大学英国文学系录取为试读生。后加入中国共产党，在江湾地区立达支部负责组织领导工人运动。1927年4月30日，被国民党反动派逮捕，不久惨遭杀害。曾在《民国日报·觉悟》等报刊上发表《孙中山永不会死去的》《文艺与革命》等作品。

1　《江湾缉获共产党六名》，上海《申报》1927年6月4日第19478号。

废名致周作人信二十四封[*]

废名一生给乃师周作人写过大量书信，起码有几百封。查大象出版社1996年版《周作人日记》，仅1933年，周作人就"得废名信"30封。早在1921年，废名在考入北京大学之前就开始与周作人通信。1943年，周作人在《怀废名》一文中回忆说："在他来北京之前，我早已接到他的几封信，其时当然只是简单的叫冯文炳，在武昌当小学教师，现在原信存在故纸堆中，日记查找也很费事，所以时日难以确知，不过推想起来这大概总是在民九民十之交吧……"[1] 1949年以后，甚至到了20世纪五六十年代，废名仍然与周作人有书信往来，且始终恭执弟子之礼。1961年7月31日，周作人在写给鲍耀明信中称："二君[2]近虽不常通信，唯交情故如旧。"[3] 所谓"不常通信"，并不是说不通信或没有通信，偶尔也会通通信的。

废名生前，其致周作人信公开发表的仅见以下两封：

---

[*] 原载《鲁迅研究月刊》2008年第10期。
[1] 药堂：《怀废名》，《古今》半月刊1943年4月16日第20、21期合刊。
[2] 指废名和俞平伯。
[3] 周作人：《知堂书信》，华夏出版社1994年版，第241页。

岂明先生：

　　今天本刊上先生关于陈源《闲话》的一篇文章，是在我意料之中的，——他那样杀人不见血，先生那得不气愤呢？我当时见了，也足有一个钟头说不出话，心酸而已。

　　但我现在的感想，是觉得先生以后还是沉默的好。我并不是说这样的题目太小，生在这样的中国，遇着这样的对手，自然会做出了这样的题目，如以为可惜，那是我们的命运，没有法。我的理由是，他们现在差不多是司马昭之心，路人皆知，如果还有受欺骗的，那正可以引用从前唐俟先生对于《礼拜六》的话。

　　至于"通缉"，也可怕，怕羞，——这与李彦青之牵累吴稚晖先生，相去几何？

　　就是我这封信，也愿先生"幽默"下去，——不答是也。

　　　　　　　　　　　　　　　　　　冯文炳，三月三十日。

岂明先生：

　　这一张稿纸只占去了两行，于是乎添一点蛇足。

　　我的名字，算是我的父母对于我的遗产，而且善与人同，我的伙计们当中，已经被我发觉的，有四位是那两个字，大概都是"缺火"罢，至于"文"，不消说是望其能文。但我一点也不稀罕，——几乎是一种耻辱，出在口里怪不起劲。因此每有所制作，总要替她起一个好听的名字。《雨天的书》，你说你喜欢，我也非常喜欢，你真是"名"家——现在这一套玩意儿，老是"无题"

下去，仿佛欠了一笔责似的，今天把这一章誊写起来，不禁喜得大叫，得之矣！——"雁字记"，不很好听吗？你以为何如？

惭愧得很，这《雁字记》不知要到二〇二几年才能出世，（不至于在陶梦和教授那部大著之后罢）颇费推敲也。

今日何日？"国耻"之日也，（你以为我忘记了日子吗？不，我可以引一句话来压倒你，"士大夫之无耻是谓国耻"是也。）而我犹这样谈闲天，毋乃不知耻？

四，八，又要用讨厌的名字——文炳。

前一封写于1926年3月30日，题为《给岂明先生的信》，载《京报副刊》1926年4月1日第456号；后一封写于1926年4月8日，作为《无题之二》（即长篇小说《桥》之一章）的"附记"，载《语丝》周刊1926年4月26日第76期。此外，在周作人为废名《谈新诗》所作的序文和《怀废名》中可见零星的片段。

这里所公布的废名致周作人信24封，有23封是由废名哲嗣冯思纯先生提供的。据说是前几年周作人家属发现后复印给他的。这批信件完好无损，信封尚存，邮票仍在，邮戳大多清晰可辨。历经大劫大乱，这批信件居然还能够保留到现在，不能不说是一个奇迹。另一封系残简，原件底部有部分文字被截掉，但信的内容还是大致清楚的。此简是由北京藏书家赵国忠先生提供的。

这些书信谈的多是写作、出书、办刊、翻译、谋职等方面的事，提供了许多不为人知的信息。如，《竹林的故事》（原名《黄昏》）的具

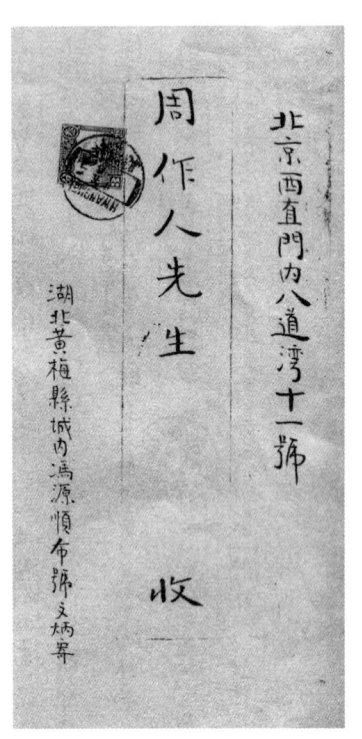

废名致周作人信（1922年5月）
信封

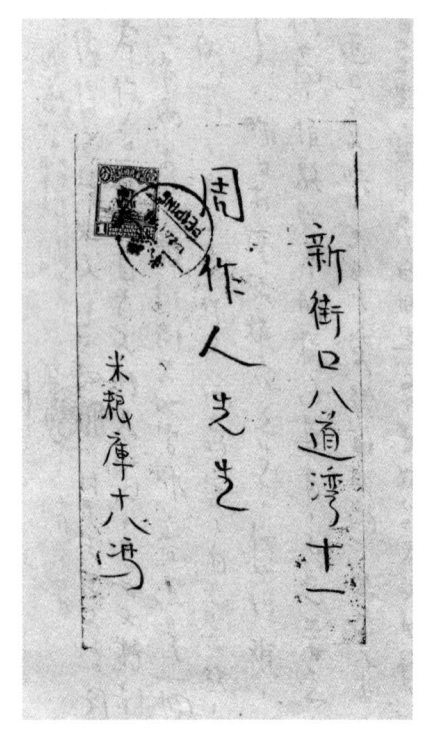

废名致周作人信（1930年10月22日）
信封

体出版经过；废名曾多次请求周作人帮忙找工作；废名不仅是《语丝》周刊的长期撰稿者，也曾一度参与其中的编辑工作等等。首次公开的这批信件，对了解废名与周作人之间的交往情形，对了解废名当年的思想和生活状况，都具有特别重要的史料价值。

所有书信落款日期都不全，或无年份，或无月份，或年月日均无。笔者根据邮戳、信中内容和其他相关资料一一做了考证，并按写作时间先后依次编号排列。个别书信具体是何月或何日所作，因限于资料，一时无法确定，盼专家、读者补正。兹将考定的写作时间说明如下：

第一封写于1922年5月，当在21日或21日前。寄信人地址为"湖北黄梅县城内冯源顺布号"，信封背面有"通信处同寄信地点"字样。

第二封至第六封写于1924年，其中第四封月份应为11月，第六封当写于12月中旬（17日或16日）。

第七封至第九封写于1925年，其中第七封第二自然段，除最后一句外，其他文字曾作为短篇小说《竹林的故事》的"赘语"，发表在《语丝》周刊1925年2月16日第14期，文末所具时间为"一月十七日"。第九封月份应为11月。

第十封、第十一封写于1927年。

第十二封写于1928年。

第十三封写于1929年，寄信人地址为"西郊门头村正黄旗十四"。

第十四封写于1930年，寄信人地址为"米粮库十八"。

第十五封写于1931年，寄信人地址为"青岛铁路中学"。

第十六封写于1932年，寄信人地址为"兴化寺街十七"。

第十七封、第十八封写于1933年，其中第十七封月份应为2月。

第十九封、第二十封写于1935年，寄信人地址为"东安门北河沿甲十"。

第二十一封、第二十二封写于1937年，其中第二十二封脱落字均以"□"标示。

第二十三封、第二十四封写于1951年，其中第二十四封月份不详。

附：废名致周作人二十四封信全文

一

作人先生：

我爱文学，爱先生，也爱鲁迅先生。前天遇着一个从北京回来的朋友，他说鲁迅先生是先生的兄弟。我的理性告诉我，这不必另加欢喜，因为文坛上贡献的总量，不因是兄弟加多；先生们相爱的程度，不因不是兄弟减少。然而我的感情，并不这样巧于推论，朋友的话没说完，我的欢喜的叫声已经出来了。

去年因几篇拙劣的稿子，博得先生那多的教训，至今想起来，还觉不好意思得。——这，在先生看来，也许是不正当的态度，虚荣心的发现。因为先生的广大的爱河里，什么肮脏东西都容得着，何况是虽然未成熟，却也含有一样的生命的果子。

现在又寄上几篇，都是得了教训以后试作的，或者仍然犯了以前的毛病也未可知。但是自己是不能知道的了。希望先生枉费一点工夫，给个指正！

"……我们上帝怜悯的心肠，叫清晨的日光从高天临到我们，要照亮坐在黑暗中死荫里的人，把我们的脚引到平安的路上……"《路加福音》第一章

"……你回去罢，照你的信心，给你成全了……"《马太福音》第八章

冯文炳谨上

二

启明先生：

许久未通只字，但至少每星期要怀念十遍，因为先生的婉讽而严肃的文体，包容而坚定胸怀，每每使我的心由停滞转到活泼。寄来小说两篇，切盼先生指点他们的缺欠。

我有几个朋友在武昌创办一个美术学校，今年六月间，整整一周年。他们昨天来信，拟出一本纪念册，题名"一周年的武美"，嘱我转请先生做篇序文或题几个字。我想，没有看见原物而来做序，岂不近于应酬？然而这几个朋友，很诚恳，颇有直立不挠的精神，在我的故乡，殊不多见；想拿着敬爱者的手迹，以夸诩于大众，似乎也不是不合理的心理。倘先生借这机会，做点艺术重要的介绍，俾得"化行南国"，那我不但为我的朋友道谢了。

^{学生}冯文炳。五，十三。

三

启明先生：

我现在借得了一笔款子，足够印行《黄昏》之用。恭请先生替我做序。我的心情，是得先生而养活；我的技术，大概也逃不了先生的影响，因为先生的文章（无论译或著）我都看得熟。所以由先生引我同世人见面，觉得是很有意义的事。而且倘若有可以嘉奖的地方，也只有出自先生之口才能够使我高兴。

我打算于先生做就了的那一日亲自来取，同时也把《黄昏》带回。

学生文炳。十一，四。

新作有两篇，其一即是《鹧鸪》，必要时也拟添入。

四

先生：

我突然又变冷淡了，不想把东西印出来。年来闲静生活，这几天搅乱得利害，很不值。还是候新潮社的资本与人力罢，不然，就是我已经不在这世界，而它还在我的屉子里，也不要紧。

学生文炳。十七日夜。

我在家里也常是这样一天十八变，我的父亲骂我而又怕我气闷。我现在也有点畏先生，虽然明知道先生必定还嘉奖我。

五

先生：

　　印刷事已否进行，为念。又我个人意见甚盼《陀螺》也出版，——近来实在想文章读（用中国字写的），而区区小子倘若跟先生一路，得意好多也。

^{学生}文炳。十二，六。

　　校对需不需自己，也盼示，以便与经手人接头。

六

先生：

　　今天上午写一封信先生，谅收到了，那广告请不登。说来真可怜。原来预备两人办而那朋友没有我这样坚决，于是我一人办。我打算把那印书钱拿来牺牲，所以卖不了一份，也不打紧。然而把稿子送交印刷课之后，两三次往返交涉，把心都纷乱了，找朋友帮忙，个个都是摆头；这还不说，最难的，将来还要自己买几张颜色纸写一个大广告到各院去贴！这叫我怎么行？不得已又决然的罢休。

　　交去的稿子，有两篇小说，已经排就，不过没有印，打算就改为印书，仍为新潮社文艺丛书之一，由自己同印刷课交涉，不过登广告同发行，请新潮社同人。这是我来问先生的又一原因。

　　先生或许我一见，或批几个字在后面。

学生文炳。

七

先生：

文章交了收发课，先生当接到了。

近来有一二友人说，我的文章很容易知道是我的，意思是，方面不广。我承认，但并不想改，因为别方面的东西我也能够写，但写的时候自己就没有兴趣，独有这一类兴趣非常大。波特来尔题作"窗户"的那首诗，厨川百村拿来作赏鉴的解释，我却以为是我创作时的最好的说明了。不过在中国的读者看来，怕难得有我自己所得的快乐，因此有一个朋友加我一个称号："寡妇养孤儿。"一个母亲生下来的，当然容易认识，那么，方面不广，似乎也就没有法了。先生以为如何？

学生文炳。十七日。

上面那一段话，似乎可以用来做文章后面的"赘语"。

八

先生：

看了《若子的病》，才知道中间经过了这么大的一个风暴，而又喜得我那天去，已经是快要天晴。我愿我是吉人，带来若子归家的好消息。

今天会着小蜂兄，似乎他当初拿我的小说去印，并不是受了先生的意旨，因为他问我将来放在那一个丛书里。请先生再告诉他一声。

我近来已经望见了我的命运，对于社会，不敢存什么奢望，不过能够利用一般盲目崇拜的心理，把他放在好招牌之下，因而多消几本赚几个钱，觉得也来利用，——万一真赚不到，我想我也能更活泼而且更骄傲的度日罢。

学生文炳，五，四。

九

启明先生：

　　来信收到了，欢喜非常。我这无名小子，将因了先生而博得人之一顾。

　　小周报实在是最重要的事，试看现在的中国有那几个是清楚头脑？最可怪者，大家都在那里做押韵诗！先生们再不出来，真不得了。我也想零细送点东西跟在先生后面走。

学生文炳，七日。

十

先生：

　　柳无忌君的那篇文章，照他自己的分配，还应登两期，但最后一部分是总括的说几句，我想可以省掉，就在135期替他把第三部分登完了帐，先生以为何如？又先生的《答芸深先生论曼殊》，可否把"论曼殊"三字省去，直写为《答芸深先生》？因为倘完全写，则目录上有两个"曼殊",不看内容者将真以为《语丝》替曼殊出"专号"也。(我又想把柳君的文章移在136期,但因篇幅的关系,不能够。)自136期起,稿件很感缺乏。我颇有些内容复杂一点的东西要写,但又恐一礼拜之内写不起,以致耽误出版,所以不得不图急就一点,拣便宜的写,颇感不足。倘若多有一两人执笔,能够挪出两星期的时间,我则大胆的为所欲为也。

炳,五,三一。

丘玉麟君的小说,已预备135期登。

十一

启明先生:

今早来,适先生出门。昨听说北大行将结束,则此地我实不能再留。本想还留一年的,以学校住卒业为借口,只要邮汇通,还可以向家里设法弄钱,就在这一年内,尽力写完《无题》。现在去往那里去呢?湖北,我的家乡,我是不肯去的,在那里虽容易找得饭吃,而是置自己于死地,不能工作,——这个我能预言。思之再三,广州中大,那般绅士似乎没有打算去,我们或者可以相容,而且我别无"野心",只要多有余闲,随便什么职事都行,请先生斟酌情形能否因写信江绍原等介绍一下而可成?如此路不通,前所云山西崞县托先生找教员,现已找得否?我看了一看地图,这个地方偏僻得可以,倘若我就去居下几年,人不知,鬼不晓,将来回来带几部稿子再跑到苦雨斋,迎面一声笑,倒真算得个"不亦快哉"。不过中学担课怕忙得很。至于寂宽，我实在有本领不怕。此孰吉孰凶，愿因先生决之。

炳，八，一。

十二

启明先生：

前日之来苦雨斋，是别有话说，座上有人，未说出。孔德学校，下学期，可由先生介绍给我月二三十元一教职否？（多了不要，少了也不成，最要紧的是一个"现"字）

我的性格不配像高尔该那样做流氓，窃有意于老和尚"无罪而尝谪居之月"。但我的谪居的心情似乎又是另外的一个。

炳，七，五。

十三

苦雨翁玺：

相片收到了。近日精力又似很健，中间疲乏了一些日子。沈钟四君子我现知道得很深，他们对于我也十分相爱。君培前几天写信给我，说他为一个"东西"所苦，我回信很是安慰他，说我也始终是为一个一个的东西苦着，有这样的话——

> 真实的生活不是一个慷慨的施舍，而是一笔一笔的还债，还债的时候总是有点吝，舍不得，但这样的结果是自由了。施舍者，

始终与自己不相干,他不是"贫穷"是什么?

又有云:

蜻蜓点水似的过生活的人,生活将过去了,他何所苦乐?步步踏实的人才真有所造化,到得他的法眼,蜻蜓点水那也就真美了。

又有云:

"人生虽短而艺术则长",然而,短的人生,也应该有五十岁月,而我同你刚刚到了一半,这一半里头又做了一半的小孩,紧要的日子在今日以后耳。若今日以前向我们大要成熟,岂不滑稽哉,非愚则妄也。

炜谟是我辈中很懂得道理的一位,与我很谈得来,他的遭遇不大好,还能抖擞精神,大有所作为,今天我忽然写这几句话给他——

孟夫子曰:天之将降大任于斯人也,必先苦其心志,劳其筋骨,饿其体肤,空乏其身,行拂乱其所为,所以动心忍性,增益其所不能也。话或者记错了一点也未可知,但我觉得有意义的是动心忍性四个字。

从你我看来,这分明是一个事实,谨以恭喜。然而,这两个字殊写得滑稽,颇苦,我们岂侥幸这个哉?然而,士不可以不弘毅,任重而道远。近来很懂得一个"忠"字。

圣人的道理都是对的。但生在我们今日这个社会里头又另外要有一副流氓本领才最占便宜。何况圣人本已懂得这个,孔子曰:吾少也贱,故多能鄙事。

炜谟他最可怜的地方就在于缺少这个本领,然而他也就最可爱了。观此,翁亦可以知道小子的园墙近来是建筑得如何巩固了。然而,还有点不敢包票,怕"魔鬼"的不听吩咐。我所谓的魔鬼,只是吴稚裈[1]老头子开口就是的那两个字。若我也活活的被他逼死了,那真是太滑稽了,悲哀亦无加于此也。小子有何力量哉?所以我不敢学圣人的话:天之未丧斯文也,匡人其如予何!此刻吃了午饭,本是打算做文章,却忍不住要写这封信与翁。

废,十,十。

十四

苦雨翁玺:

我向来有一种毛病,有时忽然间看一切的文字都没有意思,几乎是白纸黑字,要好几天又能复原,近日又如此,只是不如从前烦闷,悠游之本领似高,惟《骆驼草》的稿子无有,不免着急,苦了。昨日

---

[1] 应为"吴稚晖"。

打电话耀辰先生，他也说难，奈何？我平常作文，总要字字自己喜欢，字字有内容，敷衍则天地皆非，简直是一个致命伤。好在自己又能忍耐。近日又特别想像得各种好文章在那里，对于生活又特别能"游戏"。几乎望到我佛如来那里去了。

废 十月二十二日

十五

苦雨翁玺：

今早发一信，把日子都记错了。青岛这地方很好，想在这里住它一个春天，刻写一信给平伯，请他或由他另约几位与杨振声之有交情者共同写一信与杨替我谋三四点钟功课，不知如何，请翁就近向平伯打听一下。我写给平伯的信是由清华大学转，当能收到。

废 一月十二日夜。

来信寄青岛铁路中学修古藩转。

我本想到上海去，但又怕同李老板买卖做不成，如果这里实在留我不住，那就自然而然的扯起顺风篷走了。

十六

苦雨翁座右：

近日窗下作《芭蕉梦》，盖系题目之总名，篇幅谅都短，尚不知成功如何，惟已觉叶大如船，有潇潇雨意，是暑假之佳兆，或可不常出屋耳。此梦大概是什刹海之所得。

废，"五卅"。

十七

苦雨翁座右：

　　开明挂号信送到。旋又由邮差递到　手札矣，欢喜无量，今日拟写了送去。昨日小雪，懒得上东安市场，乃提壶到马神庙小铺打二两白干喝之。今日放晴，旭日上窗，尚眠未起也。故雪虽不能一尺，亦有红日三丈之妙也。开明板税[1]系由该北平分局划付，这封挂号信寄来的即是，虽稍迟数日，却不贴汇水，故亦可喜也。板税摺云另挂号寄来，所以日内再有挂号来时，无须遣人送来，等衲随便那一天自来拿可也。

废，二十二日。

十八

知堂师尊鉴：

　　谕敬悉。准特自然史在此，下次来庵时带来。昨日曾往北大医院检查，据诊断系肠胃出血，惟尚不能断定出自何部分，医意最好能住

---

[1] 即"版税"。

院数日检查清楚，当时未能听从，因小孩在家不能自己照料也。医亦不十分坚持，现在大约已不出血了，稍加休息或可渐复原。在面色发白与发肿前，大便深黑色，有两三日之久，后乃心跳气喘，现在这些情形都好了。匆匆敬叩
道安

学生文炳　十二月廿八日

十九

苦雨翁座右：

　　袁公也愿得沈二先生之字，彼云爱其"潇洒"，可惜那一张淡墨的已归衲所有，袁公只能得那一张较规矩的耳。

废　二十一日晚

二十

苦雨翁座右：

　　刚才发一信，忘了一句话，袁公字"嘉华"，而"家骅"乃其名，彼初无此分别，现在则确有此分别也。

废　六月二十一日晚

二十一

岂老尊前：

顷定于今日下午由平汉路南归，约二月二十五日左右由家回北平来。昨日得乡间来信，汉浔间江轮仍可行，惟夜间不开行，白天始行耳。敬叩

道安

废　一月二十二日晨

二十二

知堂师座右：

昨日信想已到。平伯亦有信去相告。家中系定□□

今晨《风雨谈》得读朱公一文，剪呈先生一览。该公大约开始受军训，太阳晒不了□□借大树乘阴，亦即是拖人下水，此亦幽默也。昨□与城北公夜谈，无非是一些夸大的话，结论有□□拔一毛而可以利天下，则一毛亦不忧愁，且有幸□□私心，此亦一幽默乎？日前写一首诗寄卞之琳，又前星期日来茶厂时出护国寺西口成一诗，□□先生一笑。《街头》一作不知写得像摩登诗人之诗否？丰一看之，看我把当时的情景写出来了否？殊无切切。

学生 文炳　五月十一日

二十三

知堂师：

九日信今晨奉到。五日信则迄未到，不知何也。查莎氏剧，Richard Ⅲ战败，死在Bosworth Field，但该剧中无Wolsey这个脚色，Richard Ⅲ死时亦无人叹惜他的生平不义之处，只在Richmond（后来的Henry Ⅶ）誓师时数出他的不义。又查百科全书，有Wolsey其人，注明是Cardinal and statesman，1475—1530，然而Richard Ⅲ是1452—1485，是后者死时前者仅十岁，不能由他叹惜也。

^{学生}文炳　四月十日

又，据莎氏戏序言，有拉丁剧本 *Richardus Tertius*，又有为Queen's players所排的剧本 *The True Tragedie of Richard III*。

莎氏戏 *Richard II* 与 *III* 俱有，昨记其一而忘其二也。[1]

二十四

知堂师座右：

in petto是"在计划中"的意思，兹从韦氏大字典中抄得它的注释与举例如下——

---

[1] 此句原件写在上边空白处。

in petto, in one's own breast or private thought; in contemplation. I have a good subject for a work of fiction in petto...

^学生^文炳　八日下午六时

补记：

　　此文在《鲁迅研究月刊》2008年第10期上发表以后，孙玉蓉先生写了一篇《废名致周作人第九封信的写作时间补正》，载《鲁迅研究月刊》2010年第1期。她认为废名信中所谓"小周报"是"代称《语丝》周刊"，"废名致周作人的第九封信写于1924年11月7日，而非1925年11月7日"。孙先生的意见可供参考。

废名致周作人信部分手迹

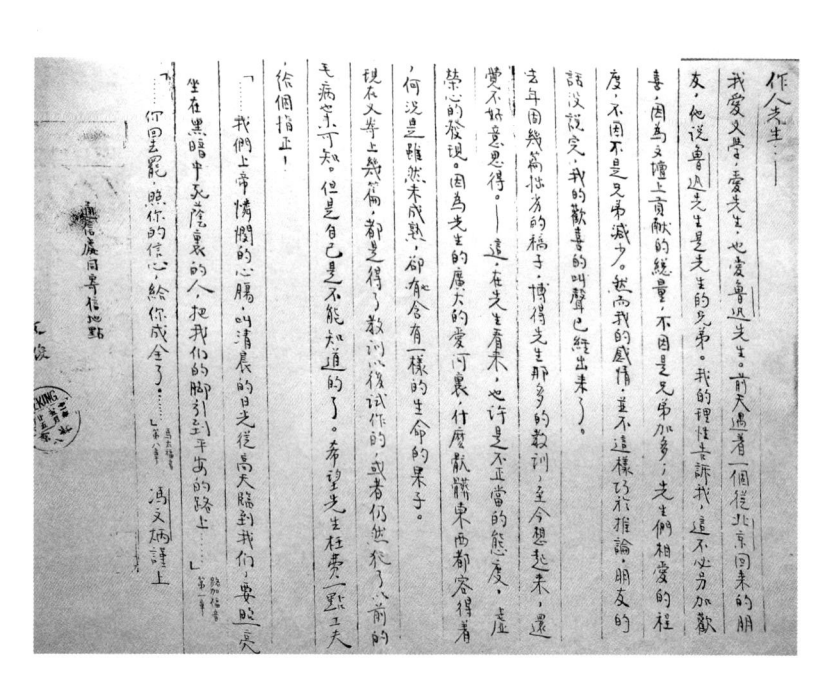

废名致周作人信手迹（1922年5月）

废名致周作人信手迹
（1924年11月4日）

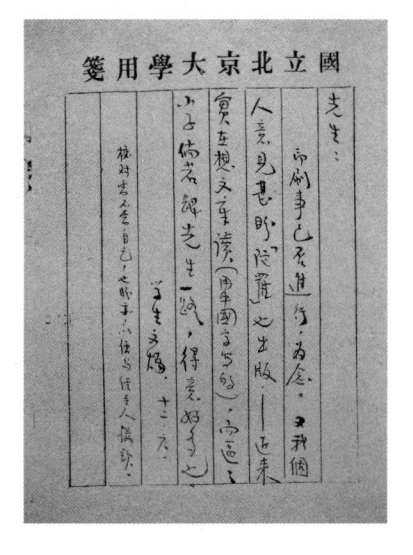

废名致周作人信手迹
（1924年12月6日）

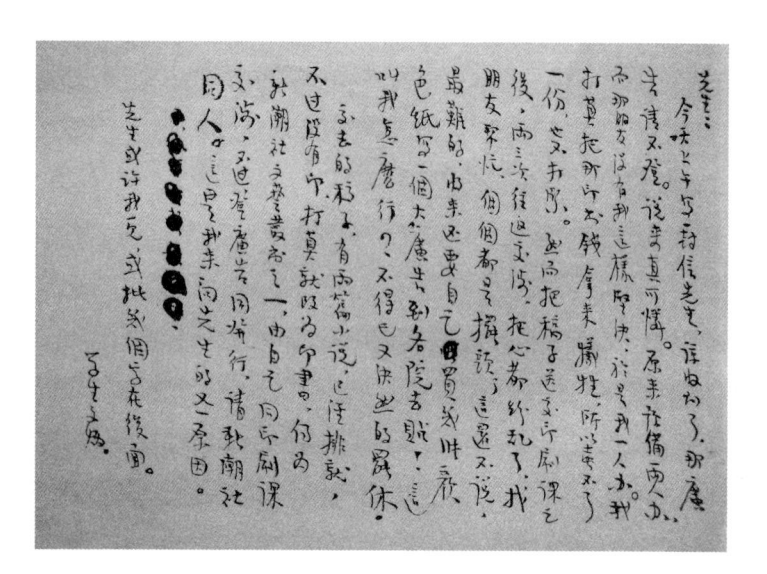

废名致周作人信手迹（1924年12月）

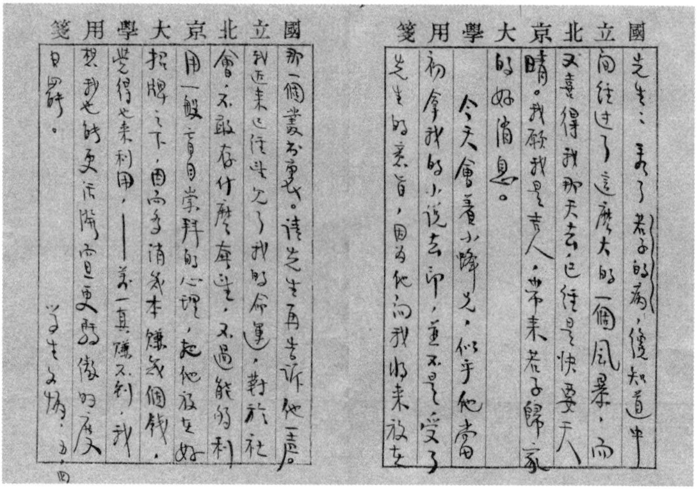

废名致周作人信手迹（1925年5月4日）

废名致周作人信二十四封

废名致周作人信手迹
（1930年10月22日）

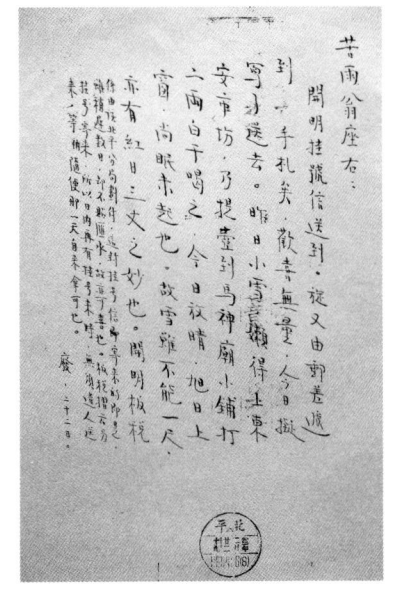

废名致周作人信手迹
（1933年2月22日）

谈废名的一封残简[*]

1949年2月,上海万象图书馆出版了一本《作家书简》(真迹影印本),共收蔡元培、陈独秀、鲁迅、胡适、郭沫若、周作人、徐志摩、许广平、陆小曼等74位现代文坛名家的书信80余通。除少数者外,这些书信多为"断简残札",大部分是编辑者虞山平衡(平襟亚)在"戊子孟冬,偶然于上海三马路冷摊上"[1]购得的。内中收有废名的一封残简,爰录于下:

> 这回想不到先生给了我一个烟士披里纯写了一篇长文章,虽见仁见知有不同,其同为正心诚意之处确是一桩大事,兹敬以呈教。此文在拙作中篇幅虽算长的,若较之先生之妙文章如《怎样洗炼白话入文》至多亦不过相等,请准在《人间世》一次登完,千万莫把他切断,因为我本来只写了两千字的,而正在病中吐不过气来还是要把他补成现在这样的篇幅,此话大有叫化子露出疮腿来伸手乞怜的样子,然而确是实在的陈情。[2]是可见真有不可切断之苦心焉,

---

[*] 原载《书屋》2007年第2期。
[1] 《作家书简·卷头语》。
[2] 此句为插入文字,书于信稿上边空白处。

若稿费则无妨打折。是为私心所最祷祝者。久有一点意见想贡献于左右，这回因为抄写这篇稿子遂越发的感觉到，便是简体字提倡也可不提倡也可，别人提倡也可而我们不提倡也可，我们如果偶然写了几篇红红绿绿的六朝那样的文章，岂不是亦大快事，简体字岂不大为之损色？不读书的人岂能看得懂我们的文章？能读书的人恐怕要讨厌简体字。故我以为简体字者非——林语堂先生主办的杂志所应提倡之字也。实在简体字者徒不简耳，不简手而烦目耳。在字模子上无所谓繁简，印出来看在眼睛里笔画少而难认耳。愚见如此，不知先生以为何如？中国目下的事情不在这些小事情上面，而我们的文章大事更不在这些小事情上面。匆匆不悉。敬请

道安

废名上言　三月十七日夜。

这封信无上款，编辑者也未注明收件人是谁，但根据信中"若较之先生之妙文章如《怎样洗炼白话入文》至多亦不过相等"一语，可以断定此信是写给林语堂的。林语堂时为《人间世》半月刊主编，《怎样洗炼白话入文》系其所作，载《人间世》1934年10月5日第13期。至于这封信的写作时间，当在1935年3月17日。

废名说，"这回想不到先生给了我一个烟士披里纯写了一篇长文章"。所谓"一篇长文章"，指的是《关于派别》一文，是废名于1935年3月13日、14日花两天时间写的，同年4月20日一次性刊登在《人间世》第26期上。在《关于派别》开头，废名写道："林语堂先生在《人

谈废名的一封残简

废名致林语堂信手迹（一）

废名致林语堂信手迹（二）

间世》二十二期《小品文之遗绪》一文里说知堂先生是今日之公安,私见窃不能与林先生同。"由此可知,触发废名"烟士披里纯"[1]的,正是林语堂的《小品文之遗绪》。林语堂在《小品文之遗绪》中说:

> 从前西滢说过,现代白话文体分二大派,一以胡适之为代表,一以周作人为代表。西滢此话曾在那里发表过,但我只是由他口头听来,现在也记不清他是如何说法了,姑就我的见解说说。一人有一人之笔调,本难于分类,所谓二大派,亦只是就大体上分出而已。二者之中,也没有什么鸿沟。但此二大派之分法,却甚有意义,推之于古今中外之论文,皆可依此略分其派别出来。周作人不知在那里说过,适之似公安,平伯废名似竟陵,实在周作人才是公安,竟陵无异辞;公安竟陵皆须隶于一大派,而适之又应归入别一系统中。愚见如此。

废名不同意林语堂将周作人归入公安派的做法,而把周作人的文章与陶渊明的诗相提并论,认为"知堂先生的散文行于今世,其'派别'也只好说是孤立,与陶诗是一个相似的情形"。"我觉得知堂先生的文章同公安诸人不是一个笔调,知堂先生没有那些文采,兴酣笔落的情形我想是没有的,而此却是公安及其他古今才士的特色。"《关于派别》本已于13日草就,可是废名意犹未尽,虽"正在病中吐不过气来",但他第二天又一口气续写了较前文四倍多的篇幅,大谈其关

---

[1] 烟士披里纯:inspiration之音译,意为灵感。

于《论语》的心解和对乃师周作人人品文品的看法。1934年7月,废名曾应林语堂邀请写过一篇文章,题为《知堂先生》,同年10月5日刊在《人间世》第13期"今人志"栏。在这篇文章里,废名盛赞周作人是一个"唯物论者""躬行君子",其待人接物行事总是"合礼";还说"知堂先生的德行,与其说是伦理的,不如说是生物的","'渐近自然'四个字大约能以形容知堂先生"。在《关于派别》中,废名对周作人依旧持同样的态度和认知。他以周作人比附孔子,视周作人为"儒家"。在他看来,周作人有着和平的心境,持身抑或待人都很宽容,"很少有责备人的意思"。他的文章如同"知者之言""仁者之声",弥散着诚实、和悦、慈祥的空气。在对周作人作了一番赞词之后,废名陡然意识到"题目扯得太大"了,于是回归本题,把文章的笔调分成三种类型:"一种是陶诗,不隔的,他自己知道;一种如知堂先生的散文,隔的,也自己知道;还有一种如公安派,文采多优,性灵溢露,写时自己未必知道。"林语堂在编发《关于派别》时,特地附了一篇跋文,文中说:"吾读此文甚得谈道及闻道之乐,益发增吾归北平之感。此文自有一番境界,恐非常人所易明白,且易启误会,非常人所易明白而吾仍必发表之,不得已也。""知人论世,本来不易,识得知堂先生面目更非私淑先生而心地湛然者莫办,废名可谓识先生矣。"[1]

废名在致林语堂信中,最有意思的是针对汉字简化问题发表了自己的"一点意见"。新文化运动时期,以钱玄同为代表的激进主义者在废灭汉字主张未能得到社会广泛赞同后,又大力提倡汉字简化,作为

---

[1] 林语堂:《语堂跋》,《人间世》半月刊1935年4月20日第26期。

汉字最终改用拼音的第一步。1934年1月7日，国语统一筹备委员会第29次常委会一致通过钱玄同的提案——《搜采固有而较适用的简体字案》，并委托钱玄同负责搜采、编选简体字表。在1934年大众语论战的推动下，简化汉字运动真正进入了实质性阶段。1935年年初，蔡元培、陈望道、邵力子、郭沫若、巴金、老舍、朱自清等200位文化教育界知名人士和小朋友社、太白社、中华教育社、文学社、译文社等15家杂志社联合组织、发起声势浩大的"手头字"（即简体字）运动，公开提倡和推行"手头字"，并选定300个"手头字"作为"第一期推行的字汇"。"手头字"运动在社会上产生了很大的影响，一些杂志纷纷开始试用"手头字"铜模浇铸的铅字排印。随后不久，国民政府教育部便在钱玄同所编选的《简体字谱》基础上，圈定324个字作为《第一批简体字表》，于1935年8月21日明令正式公布。主张汉字简化者普遍认为，现行汉字笔画太多，难写费时，不适用，是学术上、教育上、文化上的大障碍；而简化字，具有"简""便""明"的优点，易识易写，可提高书写速度，更能够普及到大众。

此前，废名对汉字问题也有所关注，而且零星表示过自己的一些看法。1932年4月6日，他在为《周作人散文钞》所写的序文中曾说过，汉字之所以能"形成中国几千年的文学"，是因为"有一个必然性在里头"，是由其独特的性质所决定的。他认为，中国研究文字学的人应当认清汉字的历史，不要把气力花在"一个汉字拼音问题"上，而应当从文字音韵方面归纳出一个定则来，这样至少可以解决"今日的新诗的问题"[1]。1933年2月1日,他在给胡适的一封信中讲过这样的话:"天下事真是要试验,单理论每容易违背事实,好比文字这件东西本应该由象形而进化到拼音,然而中国的方块文字一直沿到现在,因此而形成许多事实,现在主张改成拼音的人其实是很简单的一个理论罢了。"[2]

　　在写给林语堂的这封信当中,废名站在"读书人"的立场上,对简体字抱着一种"提倡也可不提倡也可"的两可态度。林语堂虽然不是手头字运动发起人,但他一直是汉字简化的积极鼓动者。他曾写过一篇《提倡俗字》的文章,并主持《论语》半月刊"俗字讨论栏",号召有识之士共同探讨俗字的制作方法及其运用。林语堂认为:"今日汉字打不倒,亦不必打倒,由是汉字之改革,乃成一切要问题。如何使笔画减少,书写省便,乃一刻不容缓问题。"[3] 由繁到简,毕竟是汉字演变、发展的历史总趋势。废名并没有完全拒斥汉字简化乃至拼音化,他与后来下跪请求政府废止简体字的顽固保守者们是有本质区别的。在废名看来,字模子无所谓繁简,简体字既"不简手"又"烦目"。简体字因笔画少,反倒成了习惯于繁体字的"能读书的人"阅读上的障碍。更为重要的是,字体的繁简与文章本身的高下优劣并无直接关联。况且,同"中国目下的事情"和"我们的文章大事"相比,汉字简化问题,只不过是一桩"小事情"而已。现今国人如此大规模地提倡汉字简化,实有避大趋小、舍本逐末之嫌。因此,他借投稿之机顺便

1　废名:《废名序》,载《周作人散文钞》,开明书店1932年版,第4页。
2　《冯文炳信五通》,载耿云志主编:《胡适遗稿及秘藏书信》第36卷,黄山书社1994年版,第571页。
3　林语堂:《提倡俗字》,《论语》半月刊1933年11月16日第29期。

"上言"，进劝林语堂不要在其主办的杂志上运用简体字排印。

20世纪50年代初期，报刊开始试用简体字的时候，废名是举双手赞成的[1]。这是后话，也超出了本文讨论的范围，恕不赘。

1　参见冯文炳：《歌颂》，《人民日报》1956年8月15日。

废名的一则题笺

1982年6月30日、7月1日，香港《大公报》连载黄裳先生的《废名》一文。文中，黄裳先生对废名的文学创作和学术研究做了简要评介，同时披露了1947年6月16日废名给他的一纸题笺：

李义山咏月有一绝句："过水穿楼触处明，藏人带树远含清。初生欲缺虚惆怅，未必圆时即有情。"其第二句意甚晦涩，似指月中有一女子并有树，如小孩捉迷藏一样，藏在月里头，不给世人看见，所以我们只见明月。诗人想像美丽，感情溢露，莫此为甚。

民国三十六年六月十六日录呈

黄裳先生　雅正　　　　　　　　　　　　　　　　　　　废名

看过这则题笺，一直心存疑惑：黄裳先生认识废名吗？他是怎么获得这一张字的？为了弄清这两个问题，2008年3月底，我冒昧给黄裳先生写了一封信，并随寄了一册《废名讲诗》。没想到，两周后，就收到黄裳先生的复函。全文如下：

---

* 原载《中华读书报》2015年10月21日第14版《文化周刊》，题名《关于黄裳的一封短笺》。

建军先生：

　　我在报上见此书出版，就托人去买，尚未得，即得惠赐，真是喜事。谢谢。

　　此书编得甚好，尤其是将废名的短篇散见之论诗者辑入，甚善。

　　废名给我写的那张字，是我托静远（潘齐亮）兄转讨来的。我不认识废名，静远是北大的学生。

　　所知不过如此，简复并志谢忱。

　　祝

好！

黄裳08/4/17

　　2007年10月，我与废名哲嗣冯思纯先生合作编订的《废名讲诗》由华中师范大学出版社出版。全书包括"废名讲新诗"和"废名讲旧诗"两大部分，除成集者外，还收录了其他散见于报章杂志上的集外文。2008年3月5日、19日，《中华读书报》先后刊出眉睫的《谈〈废名讲诗〉的选编》和止庵的《也谈〈废名讲诗〉的选编》。两文作者分别针对《废名讲诗》的选编问题发表了各自的意见。黄裳先生说他"在报上见此书出版"，他所阅读的报纸很可能就是《中华读书报》。

　　从来信得知，黄裳先生并不认识废名，废名给他写的那张字是通过静远转讨来的。静远（1923—1968），即潘静远，又名潘齐亮，笔名丕强、不耳等，江苏宜兴人。时为北京大学历史系学生，"风雨社"骨干成员，兼任《文汇报》特约记者。废名于1946年9月由湖北黄梅重返

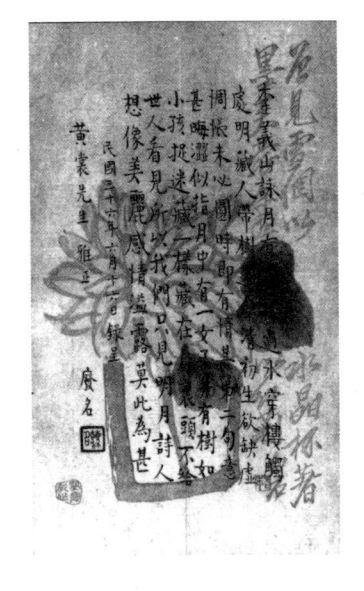

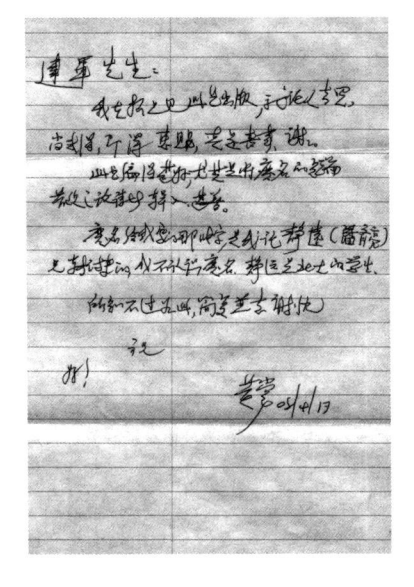

废名为黄裳题笺　　　　　　黄裳致陈建军信

北京大学以后，曾多次接受过他的采访。1947年1月，静远在题为《关于废名》的访问记中，对废名的唯心思想及其对待东方哲学和西方文明的态度做了较为详细的述评。颇为吊诡的是，静远预言废名"老境将很孤独寂寞"[1]，后来果真一语成谶。

还有一个问题，即题笺中既言"录呈"，那废名所题之文字是从何处录来的呢？本想也向黄裳先生请益，但他在《废名》中已经明确说过："他给我写的这一张字，也是转录他自己的玉溪诗论，不知道出

1　静远：《关于废名》，载文汇报编辑部编：《走过半个世纪：笔会文粹》，文汇出版社1996年版，第126—132页。

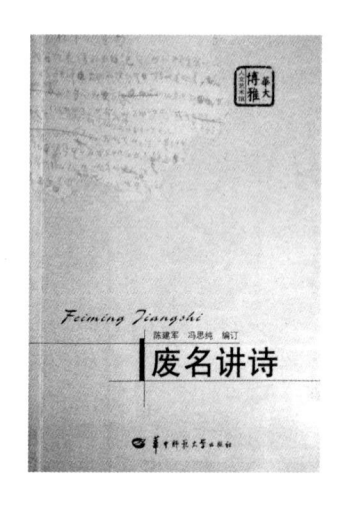

《废名讲诗》,陈建军、冯思纯编订,华中师范大学出版社2007年版

处在哪里……"据《北京大学史料》[1]和吴小如、汤一介、梁治平等废名的嫡系学生回忆,1946年度第一学期和第二学期,废名开设了三门课程,即二、三、四年级的选修课"论语选""孟子选"和三、四年级的必修课"英文文学选读"(与杨振声合开)。他为学生讲"李商隐诗",是1948年秋季以后的事,而且"事先好像并未写成讲义",只是拿着《李义山集》"一句一句地讲"。所谓"玉溪诗论",吴小如先生说他彼时"并未听说过"[2]。

这则题笺的出处到底在哪里呢?

1947年1月12日,废名在北平《平明日报·星期艺文》第3期上发表了一篇短文,题名《讲一句诗》。在全文抄引李商隐绝句《月》之后,废名讲了这么一段话:

> 这首诗怎么讲呢?我曾考了好些个人,没有一个人的答案同我相同。因此我很有点儿惶恐,难道只有我是对的,大家都不对么?连忙我又自信起来,我确实是对的,请大家就以我的话为对

---

1 王学珍、郭建荣主编,北京大学出版社2000年版。
2 吴小如:《读止庵编〈废名文集〉琐记》,《文史知识》2002年第12期。

好了。四句诗只有"藏人带树远含清"一句难懂,这一句见诗人的想像丰富,人格高尚。相传月亮里头有一位女子,又相传月亮里头有一株树,那么我们看着,像一面镜子似的,里面实藏着有人而且有一株树了。月亮到什么地方就给什么地方以"明",而其本身则是一个隐藏,"藏人带树远含清",世间那里有这么一个美丽的藏所呢?世间的藏所那里是一个虚明呢?只有诗人的想像罢了。李商隐的这首诗,要说晦涩晦涩得可以,要说清新清新得无以复加。大凡想像丰富的诗人,其诗无有不晦涩的,而亦必有解人。我真忍不住还要赞美两句,这样说月,月真不是空的;这样写世界,世界真是美丽的。

废名给黄裳先生所写的那张字,其出处或许就在这里。有意思的是,自己的答案与众不同,一般人会怀疑自己可能错了,废名却说:"难道只有我是对的,大家都不对么?"这就是废名,很自信甚至有些自负。不过,他对李商隐"藏树带人远含清"一句诗的读解,确实别有会心,足可以聊备一说。在他看来,这一句诗之所以难懂,是缘于诗人丰富的想象,而"大凡想像丰富的诗人,其诗无有不晦涩的,而亦必有解人"。这也是废名的夫子自道。他以李商隐诗的"解人"自居,同时也可以视为他对自己的那些被称之为晦涩难懂的作品(包括小说、诗歌等)"必有解人"的期许。

黄裳先生谢世已有三年了,我将这封短柬公之于世,一方面是想提供给那些有心整理、编纂、出版黄裳先生遗著者,另一方面也算是借此表达对黄裳先生的怀念和感激之情吧。

废名的几副对联[*]

湖北黄梅素有"楹联之乡"的美誉。作为黄梅之子的废名,深受故乡传统文化的熏染,除创作了一些风格特异的诗文外,还撰有不少对联。今择其数副,以飨读者。

微言欣其知之为诲
道心恻于人不胜天

这是废名书赠乃师周作人的一副对联。废名是周作人的得意弟子,也是周作人难得的知音。他以欣羡的眼光和善意的态度看待周作人的"历史宿命论",相当中肯地道出了周作人的人品和文品。周作人曾在《药味集序》中不无感慨地说过:"拙文貌似闲适,往往误人,唯一二旧友知其苦味,废名昔日文中曾约略说及。"[1] 1932年3月24日,周作人在写给沈启无的信中说:"废名君近来大撰其联语,且写以送人,右联即系送给不佞者也,大有竟陵气,亦觉别致,只是未免过奖耳。"[2] 1943年,

---

[*] 原载《黄冈日报》1997年9月14日第4版。
[1] 周作人:《药味集序》,《古今》月刊1942年7月第5期。
[2] 周作人:《与沈启无君书二十五通》,载《周作人书信》,青光书局1933年版,第253页。

周作人极为想念远在黄梅乡间的废名,写了一篇《怀废名》,文末特抄录此联,并说:"废名所赞虽是过量,但他实在是知道我的意思之一人,现在想起来,不但有今昔之感,亦觉得至可怀念也。"[1]同年11月1日,周作人将此联手迹连同废名赠呈他的两张照片,刊登在《艺文杂志》第1卷第5期。由此可见,周作人对这副对联是十分珍爱的。

高山流水不朽
物是人非可悲

废名赠周作人联语

1932年7月20日,卜居北平西山的废名接到刘天华死去的讣告。刘天华(1895—1932),江苏江阴人,刘半农的弟弟,作曲家、演奏家和音乐教育家。1922年至北京大学音乐研究会(后易名音乐传习所)教授琵琶,并兼教于北京女子高等师范音乐科和北京艺术专门学校音乐系。1932年5月31日不幸染猩红热病,于6月8日去世,年仅37岁。废名虽然"不知道刘君",但仍然"颇有兴致来吊一吊琴师",因为"自古看竹不问主人,'君善笛请为我一奏',千载下不禁神往也"[2]。他化用春秋时期伯牙

---

1 药堂:《怀废名》,《古今》半月刊1943年4月16日第20、21期合刊。
2 废名:《今年的暑假》,《现代》月刊1932年9月1日第1卷第5期。

与钟子期的故事，作此挽联，以示自己对刘君的敬仰与哀悼。此联后收入国立中央研究院历史语言研究所1933年版《刘天华纪念册》（刘复编纂），署名冯文炳。

此人只好彩笔成梦
为君应是昙花招魂

这是废名为梁遇春所作的一副挽联。梁遇春（1906—1932），笔名秋心、驭聪等，福建闽侯人，现代散文家。1924年入北京大学英文系，是废名的同班同学。1928年秋毕业，曾到上海暨南大学任教。翌年，返回北京大学，在图书馆工作。1932年6月25日，同刘天华一样，也是患急性猩红热病故的。1931年11月19日，徐志摩遇难后，梁遇春曾作一篇悼文 Kissing The Fire（《吻火》），备受废名称赞。因了这篇短短的文章，梁遇春硬要废名送点礼物做纪念，废名就把一支刻有"从此灯前有得失，不比酒后是文章"的稿笔送给了他。没想到，几个月后，梁遇春即英年早逝了。7月9日上午10时，由叶公超等人发起的梁遇春追悼会在北京大学第二院举行，会场设理学院大讲堂，梁遇春遗像旁配金色联一副，即废名所作"此人只好彩笔成梦，为君应是昙花招魂"。在提到为梁遇春所撰的这副挽联时，废名说他"即今思之尚不失为我所献于秋心之死一份美丽的礼物"[1]。

---

[1] 1932年12月8日作，载《现代》月刊1933年3月1日第2卷第5期，题为《秋心遗著序》。后作为"序一"，收入《泪与笑》。

仗酒祓清愁，花销英气
正十分皓月，一半春光[1]

梁遇春像

这是一副集句联，由废名与俞平伯为梁遇春合撰，上联出自南宋词人姜夔的《翠楼吟·淳熙丙午冬》，下联出自南宋词人吴文英的《高阳台·寿毛荷塘》。

梁遇春的去世，对废名打击甚大，他在很长一段时间内一直沉浸在失去挚友的哀痛中。7月5日，废名应天津《大公报·文学副刊》之约，写了一篇《悼秋心（梁遇春君）》。他说："秋心君于六月二十五日以猩红热病故，在我真是感到一个损失。"又说："秋心君的才华正是雨后春笋，加之他为人平凡与切实的美德，而我又相知最深，哀矣吾友。"[2] 追悼会后不久，废名返回西山。7月17日，周作人在写给施蛰存信中说："秋心（梁遇春）病故，亦文坛一损失，废名与之最稔，因此大为颓丧，现又上山休养去，一时或不写文章也。"[3] 据沈启无讲，废名曾将梁遇春的遗札装订成册[4]。后来，废名又编辑、出版梁遇春的遗著《泪与笑》[5]，并在"屡次提起笔来又搁起"之后，终于写就一篇情真意切的序文。序文中，废名

1　《追悼梁遇春》，《京报》1932年7月10日第6版。
2　废名:《悼秋心（梁遇春君）》，天津《大公报·文学副刊》1932年7月11日第236期。
3　孔另境编:《现代作家书简》，生活书店1936年版，第79页。
4　参见沈启无:《〈露〉诗后记》，载废名、开元合著:《水边》，新民印书馆1944年版，第54页。
5　开明书店1934年版。

说:"秋心之死,第一回给了我丧友的经验。"同时,废名对梁遇春的文学才华和散文成就给予了很高的评价。他认为梁遇春"文思如星珠串天,处处闪眼",他的散文是"新文学当中的六朝文",具有"玲珑多态,繁华足媚"的特色。

可爱春在一古树
相喜年来寸心知

这副对联见于废名为俞平伯《古槐梦遇》所作的《小引》:"我曾有赠师兄一联,其文曰,'可爱春在一古树,相喜年来寸心知',此一棵树,便是'古槐梦遇'之古槐也。记不清在那一年,但一定是我第一次往平伯家里访平伯,别的什么也都不记得,只是平伯送我出大门的时候,指了一棵槐树我看,并说此树比此屋还老,这个情景我总是记得,而且常常对这棵树起一种憧憬。等待要我把这憧憬写给你们看时,则我就觉得我的那对子上句做得很好。"[1] 周作人有"四大弟子",俞平伯是大弟子,生于1900年,比废名大一岁,是废名的师兄。俞平伯出生于世代书香门第,其祖父是清代经学大师俞樾,著有《春在堂全书》等("春在堂"是其斋堂名)。俞平伯曾将周作人写给他的书札裱成三册,题为《春在堂所藏苦雨斋尺牍》,并请废名作跋。俞家老宅在北京东城老君堂77号,是一座四合院,进大门左边有三间坐北朝南的屋子,屋前有一棵古槐树。俞平伯因之将其书斋名为"古槐书屋"。表

---

[1] 废名:《"古槐梦遇"小引》,北平《华北日报·每周文艺》1934年1月9日第5期。

面看来，此联是写树，实际上是写人；既写出了俞氏家学渊源的深厚，也道出了废名对师兄手足般深挚的情谊。正如废名自己所说的："天下未必有那样有情的一棵树，其缘分总在这两个人。说起来生怕人家见笑似的，说我们有头巾气，自从同平伯认识以来，对于他我简直还有一个兄弟的情怀。"[1]

看得梅花忘却月
可怜人影不知香

此联是废名写给好友鹤西的，联上且有题记："人道同衾还隔梦，世间只有情难懂。然则必有异梦而同者矣，斯则可悲。"[2]鹤西（1908—1999），原名程侃声，湖北安陆人，现代作家，著名的水稻种质资源专家。1927年，考入北平大学农学院农学系。后因北平大学改组停课，在孔德学校当图书管理员，并与时在该校任课的废名相识。此后，二人常相过从，谈诗论文，结为至交。到现在，废名的后人处还保存着鹤西寄给废名的《行路》《雁》《学语》等三篇文稿原件，都是用钢笔书写在卡片上的，有的在标题下钤"门外行者"条形朱文闲章。据鹤西回忆，废名的字写得并不好，但他还是装裱了起来。他说废名送给他的这副充满禅意的对联，"后来在我生活中有点近于诗谶"[3]。

---

1 废名：《"古槐梦遇"小引》，北平《华北日报·每周文艺》1934年1月9日第5期。
2 鹤西：《序》，载倪伟编：《纺纸记》，珠海出版社1997年版，第1页。
3 鹤西：《怀废名》，《新文学史料》1987年第3期。

废名的几副对联

卞之琳曾说过,废名"好像与人落落寡合,实际上是热肠人。……他虽然私下爱谈禅论道,却是人情味十足"[1]。透过以上几副对联,我们不仅可以看出废名与周作人、梁遇春、俞平伯、鹤西等人之间的关系,更可以看出废名的确是一位"人情味十足"的"热肠人"。

补记:

据我所知,废名所撰对联还有一些。如他送给徐祖正的联语是:"万竹欲扫明月意,一树不说梅花心。"[2] 1934年,刘半农病逝,废名作了两副挽联,一是"学问文章空有定论,声音笑貌愈觉相亲";一是"脱俗尚不在其风雅,殁世而能称之德行"[3]。1935年,曾朴去世后,废名作的挽联是:"名下士无虚擅文章仕学兼优不显哉远绍南丰遗绪,小说林有几真美善父子合作今去也共悼东亚病夫。"[4] 抗日战争前,黄梅石蔷园老人七十大寿,废名特地从北平寄一贺联:"塞外风云天高承露百尺塔,岁寒松柏春余幸草六卷诗。"[5] 避难黄梅期间,废名所作的对联流传下来的至少有两副,即"此老为栽花养鹤之客,这时离人间地狱而归"和"万紫千红皆不外明灯一盏,高云皓月也都在破衲半山"[6]。前者是废名为战时饿死的一位族叔而作的挽联,后者是他1940年春节前应紫云阁道姑之请所作的春联。

---

1 卞之琳:《〈冯文炳[废名]选集〉序》,《新文学史料》1984年第2期。
2 鹤西:《怀废名》,《新文学史料》1987年第3期。
3 废名:《关于派别》,《人间世》半月刊1935年4月20日第26期。
4 见1935年由曾朴家人印制的《曾公孟朴讣告》。
5 冯健男:《我的叔父废名》,接力出版社1995年版,第132页。
6 废名:《莫须有先生坐飞机以后·第十二章 这一章说到写春联》,《文学杂志》月刊1948年6月第3卷第1期。

说说废名的印章*

废名遗物中有12枚印章,仅印文为"废名"的朱文方印就有3枚。

一

废名在《莫须有先生传》第6章《这一回讲到三脚猫》中说:"我的莫须有先生之玺,花了十块左右请人刻了来,至今还没有买印色,也没有用处,太大了。"[1]据鹤西(程侃声)讲,废名曾书赠他一副对联,即"看得梅花忘却月,可怜人影不知香","上面盖着他在《莫须有先生传》里说的请齐白石刻有废名二字的'莫须有先生之玺'"[2]。齐白石(1864—1957),现代书画篆刻家。初名纯芝,字渭清,后更名璜,字濒生,号白石。其刻印辑有《白石印草》《白石山翁印

废名印章(齐白石刻制)

---

* 原载《中国社会科学院报》2009年5月5日第57期。
1 废名:《莫须有先生传·第六章 这一回讲到三脚猫》,《骆驼草》周刊1930年7月21日第11期。
2 鹤西:《怀废名》,《新文学史料》1987年第3期。

存》等。废名花10块左右请他篆刻的"莫须有先生之玺"系石质,边款署阴文"白石"。1927年7月31日,《晨报》副刊《星期画报》第94号刊"齐白石刻印"两枚,一是为周作人刻的"苦叶庵",一即为废名刻的"废名"。在废名发表《莫须有先生传》第6章之前,1928年由古城书社编译所出版的《桃园》版权页印花票上就钤有这方名印。

二

废名印章(张樾丞刻制)

周作人曾请人为废名篆刻过两枚印章。查《周作人日记》,1929年3月22日,周作人赴琉璃厂"同古堂取废名银章",当日"像记"栏内还钤有此印[1]。第二天下午,废名访周作人,周作人"以银印予之"[2]。4月8日,周作人又赠废名印泥一盒,是他7日在富晋书庄花两元买的。这枚银印据说是周作人请张樾丞刻制的。张樾丞(1883—1961),名福荫,以字行,河北新河人。曾在北京琉璃厂创设同古堂,以制作、出售铜墨盒为主业,兼营治印和古董买卖。"仅1929年到1933年,周作人就在同古堂刻制了各种材质的印章25枚。此外,他还经常代别人到同古堂治印,如废名、羽太信子、川岛等人的印章,均请张樾丞刻制。"[3]

---

1 《周作人日记》中,大象出版社1996年版,第616页。
2 《周作人日记》中,大象出版社1996年版,第617页。
3 李蒙:《篆刻世家与罗格之印》,《传记文学》2004年第1期。

三

  1929年6月17日,周作人日记云:下午"四时后至孔德,隅卿招饮,共来尹默、凤举、耀辰、幼渔、叔平、玄同、建功等十二人。叔平赠石经三帧,又所刻废名印一方"[1]。这枚"废名"朱文方印钤在次日的"像记"栏内。叔平,即马衡(1881—1955),马裕藻的弟弟,时任故宫博物院古物馆副馆长。马衡精究金石六书,工篆隶,善治印,生前辑有《凡将斋印存》。废名1929年6月13日赠呈周作人照片[2]、1932年12月10日赠康嗣群《桃园》再版签名本(陈子善藏)和1947年6月16日为黄裳题笺[3],上面盖的都是这方石质印鉴。

废名印章(马衡刻制)

四

  废名原名冯文炳,废名系其笔名,有不少人因此称他为冯废名。1935年9月25日,周作人致信施蛰存:"废名兄现住……请转告公司,赠书可请其直寄,以省周折,但最好还于废名上加一冯字。"[4] 同年,女诗

---

1 《周作人日记》中,大象出版社1996年版,第665页。
2 见《废名先生赠呈苦雨翁的照片及对联》,《艺文杂志》月刊1943年11月1日第1卷第5期。
3 据黄裳先生致笔者信,此题笺是托静远即潘齐亮求得的。
4 孔另镜编:《现代作家书简》,生活书店1936年版,第85页。

废名印章：冯废名

人徐芳在其毕业论文《中国新诗史》中就直呼废名为"冯废名"[1]；1937年2月21日，曾指导过徐芳毕业论文的胡适选录李商隐七言绝句《嫦娥》的时候，特加一注，说"冯废名先生最赏识此诗"[2]；1941年，嘘嘘馆主（黄源）依周作人《五十自寿诗》原韵作《闻某老人荣任督办戏和其旧作打油诗二首嘘》，中有"堪念最是废名子"一句，并加注曰："冯废名曾在《人间世》大捧该老人，备极五体投地之至，今日不知作何感想。"[3] 1943年11月15日、16日、17日、18日，上海《新申报·北斗》连载湘波一篇评介废名的文章，题名为《冯废名论》。迄今为止，尚未见到署名"冯废名"的作品。1936年，Harold Acton 和 Chen Shih-hsiang（陈世骧）合译的《中国现代诗选》（*Modern Chinese Poetry*）由伦敦 Duckworth 公司出版，内收废名的《论现代诗》（英译题为 *On Modern Poetry—A Dialogue*）和《掐花》（*The Plucking of a Petal*）、《妆台》（*The Dressing-table*）、《海》（*The Sea*）、《花的哀怨》（*The Complaint of a Flower*）等4首诗，都是署名"Fêng Fei-ming"。废名大概也认可这个笔名，故专门请人刻了一枚木质、无边朱文条印。至于这枚印章出自何人之手，则不得而知。

---

1 台北秀威资讯科技股份有限公司2006年版。该书第4章《现在状况（一九三二—现在）》第2节《现代诗人》之第7条，即题名《冯废名》。

2 胡适：《绝句一百首》，载胡明主编：《宁鸣而死，不默而生》，光明日报出版社1998年版，第328页。

3 嘘嘘馆主：《闻某老人荣任督办戏和其旧作打油诗二首嘘》，载鲁迅等著：《直入》（奔流新集之一），奔流社1941年版，第73页。

五

"常出屋斋"是废名的书斋名。关于这个书斋名的来历,废名在《今年的暑假》中说过:"前年冬去青岛,在那里住了三个月,慨然有归与之情,而且决定命余西山之居为'常出屋斋'焉。亡友秋心君曾爱好我的斋名,与'十字街头的塔'有同样的妙处。我细想,确是不错的。其实起名字的时候我没并[1]有想到许多,只是听说古有田生,十年不出屋,我则常喜欢到马路上走走,也比得上人家的开卷有得而已。"[2]在《我怎样读〈论语〉》中,他也说过:"我记得有一天我忽然有所得,替我的书斋起了一个名字,叫做'常出屋斋',自己很是喜悦。因为我总喜欢在外面走路,无论山上,无论泉边,无论僧伽蓝,都有我的足迹,合乎陶渊明的'怀良辰以孤往',或是'良辰入奇怀',不在家里伏案,而心里总是有所得了。……我觉得'常出屋斋'的斋名很有趣味,进城时并请沈尹默先生替我写了这四个字。后来我离开香山时,沈先生替我写的这四个字我忘记取下,仍然挂在那贫家的壁上,至今想起不免同情。"[3]这枚斋名印是沈启无托人为废名篆刻的。沈启无曾在《刻印小记》中说:"昔者莫须有先生隐居山中,名其斋曰常出屋斋,他殆真是常得闲步之趣也,所谓'落日西山,总无改于野花芳草的道上,我总是一个生意哩'。及至于后来我托人刻

废名印章:
常出屋斋

---

[1] 应为"并没"。
[2] 废名:《今年的暑假》,《现代》月刊1932年9月1日第1卷第5期。
[3] 废名:《我怎样读〈论语〉》,《天津民国日报·文艺》1948年6月28日第132期。

了一块常出屋斋图章送他,他却不久又移到城里住了。然而每逢下雨天,他仍是打一把伞悠然出门而去,真个是一个行脚僧的风流。"[1] 沈启无所托之人当是金禹民。金禹民(1906—1982),满人,原名马金澄,字宇民,后以金姓,改字禹民,曾师从寿石工,广涉古玺汉印,擅长书法篆刻,有《金禹民印存》行世。他为废名篆刻的"常出屋斋"也是朱文方印,石质,边款署阴文"禹民"。

六

废名印章:
所作已办

此外,废名遗物中还有4枚签名章,其中3枚为朱文方印(2枚印文为"冯文炳",1枚为"冯文炳印"),1枚为无边朱文条印(印文为"冯文炳")。另有3枚闲章,均系方形,印文分别为"所作已办"(阴文)[2]、"禀生"(朱文)和"涘"(朱文)。这些印章都无边款,不知是谁为废名刻制的。

---

[1] 沈启无:《刻印小记》,《人间世》半月刊1935年2月5日第21期。文中"莫须有先生",指废名。

[2] 1932年6月22日,废名签赠"苦雨翁"(周作人)《桥》初版普及本,所钤印章即为"所作已办"。1962年4月6日,周作人将这本签名本转赠给了香港鲍耀明。

《桥》版本摭谈[*]

废名所作长篇小说《桥》，版本甚夥。从初稿写出到陆续刊发再到结集梓行，其版本几经流变，且多有差异。在废名的所有作品中，《桥》可谓是版本最为复杂者。本文主要依据废名后人所提供的资料，拟对《桥》的版本情况做一简单的介绍。

一

除多种印刷版本（包括原刊本、清样本、单行本）外，《桥》尚有1种手校本和5种手稿本。为方便起见，姑且把5种手稿本分别称之为甲稿、乙稿、丙稿、丁稿和戊稿（具体见文后"表一"和"表二"）。

《桥》分上、下两卷，上卷又分上、下两篇。甲稿属于上卷上篇，从写作时间上看，应为初稿，今存7章，有序号而无题名，共15页。第1章首页右边空白处有"一九二五年十一月"字样。乙稿包括上卷上、下两篇，当为誊清稿，也是有序号而无题名。其中，上篇缺"七"和"十"两章，存15章，共53页。据废名自述，上篇未写的内容还有三

---

[*] 原载《新文学史料》2012年第1期。

分之一,他写到《碑》这一章就跳过去写下篇了[1]。下篇计26章,仅第21章无序号,共89页。第26章末尾所具日期为:"一九三〇,三,六。"废名在作于1931年4月20日《桥》之《序》中说,"我开始写这部小说是在十四年十一月,至去年三月本卷最后一章脱稿"[2]。这一说法可从其手稿中得到印证。

甲、乙两稿均未标点,但有分段提示,即凡有空格处,就表示另起一段。这两种稿本,应该都不是供报刊编辑之用的底稿。

《桥》上卷全稿共44章,在刊物上陆续刊载过。从1926年4月5日起,到1928年11月22日止,以《无题》在《语丝》周刊上刊出30章;1929年6月6日至1930年3月10日,《华北日报副刊》先后刊出10章。1930年8月11日至9月15日,上篇各章经著者重新厘定后,又悉数连载于《骆驼草》周刊,其中第1章《第一回》、第2章《金银花》、第3章《史家庄》、第5章《落日》和第7章《猫》系首次发表。今存《第一回》手稿一页,有分段提示,无序号、题名和标点,文字上与《骆驼草》本几乎完全相同,疑与乙稿非一时之作,可能是厘定稿。

1932年4月,《桥》上卷单行本("普及本")由开明书店印行。全书除《枣和桥的序》(岂明即周作人)和《序》(废名)外,凡43章,分"上篇"和"下篇"两个部分。上篇18章,下篇25章,均有章目,但序号不是从"一"到"四三",而是上下两篇分开排列。同年6月,其"精本"由开明书店出版。1933年6月,又由开明书店再版。

---

1 废名:《序》,《桥》,开明书店1932年4月版。
2 废名:《序》,《桥》,开明书店1932年4月版。

在家藏"普及本"中，著者手校了个别文字和标点，对章目、段落的编排格式做了部分调整。人民文学出版社1957年版《废名小说选》所收《万寿宫》《闹学》《巴茅》《狮子的影子》《习字》《花》《"送路灯"》《瞳人》《碑》《棕榈》《清明》《路上》《茶铺》《花红山》《今天下雨》《桥》《八丈亭》《塔》和《桃林》等19章，也有少量删改。

丙稿、丁稿、戊稿属于下卷。丙稿当系初稿，丁稿当为誊清稿，但仍有不少改动的痕迹。丙稿前两章和丁稿前5章均写在同一软面抄上，封面字样为印刷体"HAMMERMILL BOND LINEN Writing Pas. GEORG EWELSON & CO. 149 ROAD WAY NEW YORY U. S. A"，扉页署"桥 下卷 二十一年七月二十八日"，正文50页。丙稿第1章无序号、题名，第2章序号为"二"，亦无题名。丁稿前两章分别题作"一 水上""二 钥匙"。这两章之后紧接第3章、第4章、第5章，仅有序号，分别为"三""四""五"。丙稿后5章写在另一抄本上，共67页，其中前两章无序号和题名，后3章无题名，序号分别为"八""九""十"。丁稿"六""七"两章合为一册，共18页。戊稿《萤火》《牵牛花》两章为《文学杂志》所用之底稿，系以方格稿纸誊抄，前者有12页，后者有13页。其首页右上方空白处均有"原稿用毕请退还"字样。类似这种供报刊编辑之用且留存至今的手稿，大概只有这两章。

《桥》下卷今存10章，《水上》《钥匙》《窗》《荷叶》《无题》《行路》《萤火》《牵牛花》等8章先后在《新月》《学文》、天津《大公报·文艺》和《文学杂志》上刊载过；《蚌壳》一章依例应当刊于1937年9月1日《文学杂志》第1卷第5期，因时局不靖，没有付印，只留下清样；第10章未曾公开发表（北京大学出版社2009年版《废名集》失收）。上卷四十几章总共不到7万字，而下卷10章就有近5万言。

从1925年到1937年，《桥》之写作前后历时十余载，在中国现代文坛上留下"十年造《桥》"的佳话。上卷出版以后，废名的写作兴趣一直未减，他总想把它续完，但由于内外种种原因，这部小说最终还是成了一部未竟之作。

二

《桥》开始在《语丝》周刊发表的时候，因为没有题目，所以就总题曰《无题》。废名曾一度想取名为《雁字记》，他在1926年4月8日致周作人信中说："现在这一套玩意儿，老是'无题'下去，仿佛欠了一笔责似的，今天把这一章誊写起来，不禁喜得大叫，得之矣！——'雁字记'，不很好听吗？你以为何如？"[1] 上卷脱稿以后，废名又拟命名为《塔》，但听说郭沫若有一部小说剧作集就叫《塔》[2]，乃改题《桥》。刊于《骆驼草》上的上卷上篇各章，总题即为《桥》。《塔》和《桥》都是上卷下篇的章目，相对而言，废名似乎更喜欢《塔》这个题目。定名《桥》，实在有点不得已而为之。

发表在《骆驼草》上的上卷上篇和《华北日报副刊》上的下篇后10章均有题目，前者的题目与单行本的章目完全一致，后者的题目与单行本的章目略有出入。下篇第19章、第20章、第24章，《华北日报副

---

[1] 冯文炳：《〈无题之二〉附记》，《语丝》周刊1926年4月26日第76期。
[2] 商务印书馆1926年版。

刊》本分别题作《八丈亭》《顶上》和《颜色》，单行本分别改为《桥》《八丈亭》和《塔》。而原载《语丝》上的篇章则多无题名，有题名的仅7章，即上篇第5章、第15章和下篇第7章、第8章、第12章、第13章、第14章。除下篇第8章与单行本章目相同外，其余的题名都有变动。上篇第5章原拟题为《夏晚》，第15章原拟题为《夜》，但这两个题目，废名后来都没有用，分别换成《洲》和《花》。下篇第7章本题《沙滩上》，单行本改题《沙滩》。下篇第12章、第13章和第14章，原刊本合题为《上花红山》，单行本则分别题作《路上》《茶铺》和《花红山》。

《骆驼草》和《华北日报副刊》上的各章都是顺次发表的，而发表在《语丝》周刊上的各章则次序较为凌乱（可参见"表一"）。最先在《语丝》刊出的是上卷上篇第8章、第9章和第10章，直到1927年5月21日第132期，始见上卷上篇第1章部分文字。为便于读者阅读，废名常常在某一章之前或之后附上一段说明性文字，以交代章与章之间的关系。例如：

这是还没有名字的一部东西上面的八，九，十，三章，情节比较同前后少连络，特地誊写出来。三月七月。[1]

这是原稿第十一章，与《语丝》七十三期上的三章是一串的，可参看。[2]

这一章之前，有两章，是相关的，钞出来太长，没有钞，然

---

[1] 冯文炳:《〈无题〉前记》,《语丝》周刊1926年4月5日第73期。
[2] 冯文炳:《〈无题之二〉前记》,《语丝》周刊1926年4月26日第76期。

而有几处要统而观之才好，实在抱歉。[1]

又这两章照原稿秩序在本刊九三期上所发表的以及八九期所发表的之二之前。[2]

这两章之间有一章，就是本刊八九期上所载之二。这三章之前紧接着九八期上的两章。[3]

读者如果真要看"下回"，请去翻本刊一二二期。如果要知道"程小林之水壶"，还得翻七三期，在那里也可以知道"王毛儿"。至于"金银花"，我可还留在我的书架上，非有特权看不到。[4]

这回越发回转头去了，从原稿卷一第三章钞一点，讲的是"程小林之水壶"那个小林。[5]

读者不知记得《无题之四》与《无题之六》否？这一章前接着无题六第二节，后接着无题四。倘若不惮烦，可翻本刊九三期与一零五期。[6]

从发表时间上看，这几章的次序应该是：上篇第8章、第9章、第10章、第11章、第18章、第12章、第13章、第15章、第14章、第16章；下篇第1章；上篇第1章、第3章、第17章。在报刊上以这种忽前忽后、

---

[1] 冯文炳:《〈无题之四〉附记》,《语丝》周刊1926年8月23日第93期。
[2] 废名:《〈无题之五〉附记》,《语丝》周刊1926年9月25日第98期。
[3] 废名:《〈无题之六〉附记》,《语丝》周刊1926年11月13日第105期。
[4] 废名:《〈无题之十一〉附记》,《语丝》周刊1927年5月21日第132期。
[5] 废名:《〈无题之十二〉前记》,《语丝》周刊1927年6月4日第134期。
[6] 废名:《〈无题之十三〉前记》,《语丝》周刊1927年6月18日第136期。

《桥》版本摭谈

忽上忽下的方式连载一部长篇小说,《桥》恐怕算是中国现代文学史上绝无仅有的一例。《桥》之所以能以这种"异类"的方式发表,与其本身的文体特点不无关系。《桥》上卷上篇厘定稿在《骆驼草》第14期开始连载的时候,废名特地写了一篇《附记》,文中简要谈及自己的小说创作观。他说:

> 关于长篇小说与短篇小说,我向来就有我的意见,一直到今日还没有什么改变。……无论是长篇或短篇我一律是没有多大的故事的,所以要读故事的人尽可以掉头而不顾。我的长篇,于四年前开始时就想兼有一个短篇的方便,即是每章都要它自成一篇文章,连续看下去想增读者的印象,打开一章看看也不致于完全摸不着头脑也。因为这个原故,所以时常姑且拿到定期刊物上发表一下。[1]

应该说,废名的这种长篇小说创作理想,在《桥》中得到了充分的体现:既"没有多大的故事",又把各章当短篇来写,使其"自成一篇文章"。当时的一些评论者早就注意到了《桥》的这一文体特征。余冠英认为这部小说"章与章之间无显然的联络贯串,几乎每章都可以独立成篇"[2]。朱光潜也指出:"《桥》里充满的是诗境,是画境,是禅趣。每境自成一趣,可以离开前后所写境界而独立。"[3] 包括上、下两卷在内

---

1 废名:《〈桥〉附记》,《骆驼草》周刊1930年8月11日第14期。
2 灌婴:《评废名著〈桥〉》,《新月》月刊1932年11月1日第4卷第5期。
3 孟实:《桥》,《文学杂志》月刊1937年7月1日第1卷第3期。

133

的《桥》着重写的是"情趣"和"理趣",而不以经营"故事"为目的。不过,《桥》虽然"没有多大的故事",但多少还是具有一定的故事性,其各章之间毕竟存在着时间上的承继关系。尽管"几乎每章都可以独立成篇"或"可以离开前后所写境界而独立",但有的章节正如废名自己所说的,还是"要统而观之才好"。每章独立成篇,可以为写作和发表提供一些方便,但是把构成一部长篇小说的各章以非连贯性的方式刊出,假如没有附上相关的说明性文字,有可能会给阅读造成一定的障碍,使读者有丈二和尚摸不着头脑之感。

《桥》(普及本),
开明书店1932年4月初版

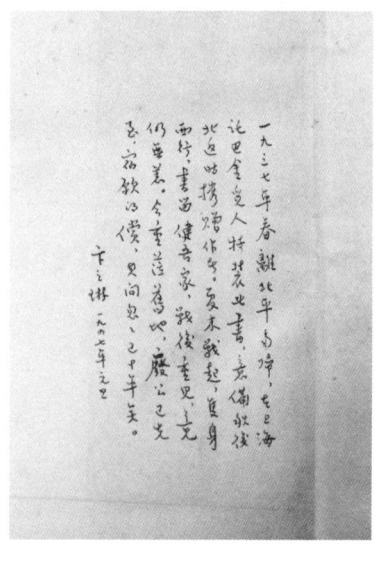

卞之琳赠废名《桥》特装本扉页

《桥》版本摭谈

《桥》前七章初稿

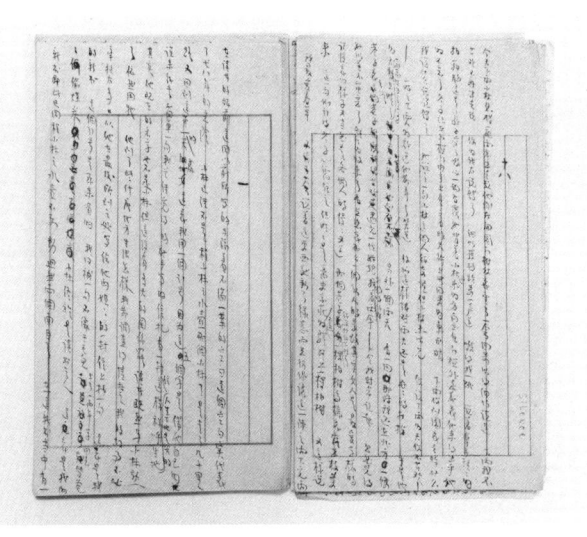

《桥》上卷部分手稿

说不尽的废名

《桥》下卷《萤火》《牵牛花》二章手稿

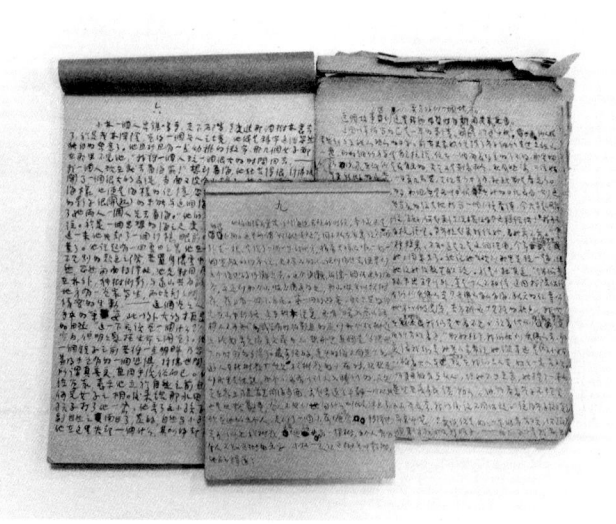

《桥》下卷部分手稿

三

《桥》各版本（文本）之间存在很大的差异，特别是上卷上篇《第一回》经过多次改写，其安放的位置也做了几次大的调整。为便于比较，不妨将前四种文本一并过录于下。

文本一：

我曾经读过希腊近代一位作家短短的一篇故事，题名《失火》。当我着手写我的故事的时候，我便不知不觉联想到那故事。

那是叙述一个乡村晚间的失火，十二岁的小孩从睡梦中被他的母亲喊醒，叫他跟着使女到他的叔父家去，并且叮咛使女立刻又让他好好的睡，否则他明天会不舒服的。

使女率着小孩走，小孩的母亲又从后面追来了，另外一个小姑娘也跟他们一路去。这小姑娘是她父亲唯一的孩子，父亲正在从窗户当中搬出他的家具。

于是他们三人走。

刚刚到了叔父家里，他们跑到那窗户旁边看。这真是他们永远忘不掉的景致，窗户正对火，远远的海同山都映照出来了。倘若不是天上的星，要疑心天已经亮了哩。

这男孩与其说他不安，倒不如说他是欢喜这样不经见的情境。但是小姑娘她非常的窘，她的心痛楚了，她有一个娃娃，她不知道她的娃娃掉在那一角了。倘若火延到她的房子，她的娃娃将怎样呢？有谁救她没有呢？

小姑娘开始哭了,那孩子也不能再睡,她的哭使得他难过。

屋里的人都去睡。孩子爬起来,对他的小邻家说道:

"我去替你拿娃娃。"

小姑娘的父亲吃惊不小,见了孩子走到面前说着:

"亚莎巴斯亚的娃娃!"

娃娃在父亲的荷包里,有眼睛,有鼻子,有嘴,用墨水画的,棉布结成一个团团做脑袋。

孩子拿了娃娃又跑去。

小姑娘的欢喜是不用说的,她抱着她的娃娃睡着了。

孩子的名字叫做斯得凡拿克斯。最后著者这么说:我为什么写这一篇故事呢?单为了那娃娃吗?还是别有原故呢?但是,我可以告诉你的,亚萨巴斯亚同斯得凡拿克斯现在是两口子了。

我为什么引这篇故事呢?它同我的故事有什么关系呢?那是很简单的。我们回到十年后,我也将学了那著者的话那么说:我们的主人公,如你所读过的,一个是坐在树上掐金银花,一个站在树脚下接花。

事情的决定就在梅英祖母的上街。

文本二:

在这"新书"当中,有一篇小小的文章是我此刻就要谈的。

题名Fire,叙一个乡村晚间的失火。一个较大的孩子,名叫Stephanakis,同一个小姑娘,Aspasia,一路到一个地方去躲

避——这样反而麻烦得很,抄原文罢:

接着著者这么说:

小林读了这一个故事,是怎样的欢喜入迷!他也常常喊什么厌世,叹什么"万古共悲辛",那是无聊赖罢了,这故事——让我打一个比方,不亚于日本的什么仙人见了洗衣的女人露出来的腿子。

至于原因,当不用我说,他同他的琴子正有类似的遭际。所不同的,他们的doll是金银花。而我著者,也还要待些时才能这样说:

据我访问他在那里一些知友的结果,他决然归家,简直是因了这Doll's Story。

文本三:

在这"新书"当中,有一篇小小的文章是我此刻就要谈的。
……

They took their way down, and arrived at their destination. As soon as they got inside, they hurried to the window to see a sight which they never could forget. The window looked in the direction opposite to the fire. They saw the sea and the hills beyond it, all illuminated. You might have thought that the day had already dawned, but for the stars.

The little lad was not very much discomposed; he rather enjoyed this unusual occurrence. But as for the girl, she was quite upset, and her heart bled. It was for a doll that her heart bled; she had lost it in some dark corner. What would become of poor dolly if their house should take fire, and who would save her? The child began to cry, and the boy could not get to sleep again; the girl's crying made him sorry.

All the others went to sleep. The boy got up, and said to his little neighbour: "I'll go and get your doll." And out he went, very quietly. By this time the fire had been got in hand; still it had not ceased to burn, and before long Stephanakis was close to the little girl's house, and there he stood in front of it, in the midst of all their goods and chattels.

"Aspasia's doll!" he said.

The girl's father turned round, and saw the boy with alarm.

"What do you want here?" said he.

The lad again asked for the doll.

"Here, take it, and be off, you imp, before your parents see you," said he, and pulled out of his pocket a homemade doll, with eyes, nose and mouth, all drawn in ink, upon a hump of calico tied into a knot to make its face.

The child took the doll and fled.

When she saw it, the little girl's face beamed with joy.She hugged her dolly, and went to sleep.

那著者接着这么说:

And now, how shall I explain it? Was it because of the doll's story? or was it some other reason? Anyhow, as a matter of fact, Stephanakis and Aspasia are now man and wife.

小林读了这一个故事,是怎样的欢喜入迷!他也时常喊什么厌世,叹什么"自古共悲辛",那是无聊赖罢了,这故事——让我打一个比方,不亚于日本的什么仙人见了洗衣的女人露出的腿子。

至于原因,当不用我说,读者自然记得,他同他的琴子正有类似的遭际。所不同的,他们的doll是金银花。而我著者呢,还要待些时才能这样说:

And now, how shall I explain it? ...

文本四:

我在展开我的故事之前,总很喜欢的想起另外的一个故事。这个故事,出自远方的一个海国。一个乡村,深夜失火,一个十二岁的小孩,睡梦中被他的母亲喊醒,叫他跟着使女一路到他的叔父家躲避去,并且叮咛使女立刻要让他好好的睡,否则明天他会不舒服的。使女牵着小孩走,小孩的母亲又从后面追来了,另外一个小姑娘也要跟他们去。

这个小姑娘,她的爸爸只有她这一个孩子,他正在奔忙救火,要从窗户当中搬出他的家俱。

于是他们三人走,到了要到的所在。这个地方正好望得见火,他们就靠近窗户往那里望,这真是他们永远忘记不了的一个景致,远远的海同山都映照出来了,要不是天上的星,简直天已经亮了。

这个男孩子,与其说他不安,倒不如(说)他乐得有这一遭,简直喜欢得出奇。但是，那个小姑娘，她的心痛楚了，她有一个doll，她不知道她把她放在那一个角落里，倘若火烧进了她的家，她的doll将怎么样呢？有谁救她没有呢？

小姑娘开始哭了，孩子他也不能再睡了，她的哭使得他不安。

大家都去睡了。他爬起来，对他的小邻家说道：

"我去拿你的doll。"

他轻轻的走，这时火已经快要灭了，一会儿他走到小姑娘的门口，伸手向她的爸爸道：

"亚萨巴斯的doll！"

姑娘的爸爸正在那里搬东西，吃惊不小，荷包里掏出亚萨巴斯的doll给了他，而且叫他赶快的走了。

这个故事算是完了。那位著者，最后这么的赞叹一句：这两个孩子，现在在这个村里是一对佳偶了。我的故事，有趣得很，与这有差不多的地方，开始是掐花。

《第一回》文本的变化，主要表现在以下几个方面：

一是人名的变化。从"文本一"（甲稿）可知，《桥》中的女主人公起初是叫"梅英"，到了乙稿才更名为"琴子"。在乙（上）稿"六"中，有两处把"琴子"写成"梅英"；一处未动，一处涂改了。关于《火》(Fire)中两个人物的名字，前三种文本都同时出现了。"文本二"（乙稿）和"文本三"（《语丝》本）直接用的是英文名Stephanakis和Aspasia，"文本一"译为"斯得凡拿克斯"和"亚莎巴斯亚"。"文本四"（即前文所提到的那一页手稿）未见小男孩的名字，只有小姑娘的名字，且译成"亚萨巴斯"。《骆驼草》本及其之后的几种版本（包括初版普及本、初版精本、再版本和自留手校本），又将其名译作"亚斯巴斯"。

二是文字的变化。单行本与《骆驼草》本相比，《第一回》只有一处异文，即末尾一句"开始是掐花"（"掐"字系误植，应为"掐"），单行本作"开始的掐花"。《骆驼草》本与"文本四"相比，除小姑娘的名字外，也仅有四处异文。"另外的一个故事"（第一自然段）、"天已经亮了"（第三自然段）、"他爬起来"（第六自然段）和"姑娘的爸爸"（第十自然段），《骆驼草》本分别改为"另外的一个小故事""天已经亮了哩""孩子他爬起来"和"姑娘的父亲"。这些文本之间的差异还不算大，与单行本有较大差异的是前三种文本。不难看出，所有文本都叙述了"出自远方的一个海国"的故事。"文本一"几乎是原作的译文；"文本二"在"抄原文罢""接着著者这么说"和"也还要待些时才能这样说"之后均省略了计划抄引的原文；"文本三"将"文本二"所省略的英文一一补上了；"文本四"基本上是对原故事的复述。有趣的是，在由这四种文本所形成的文本链中，"文本三"与"文本二"大体一致，"文本四"则出现了"返祖"现象，反而接近"文本一"，只不过在文字上更为简练罢了。

三是地位的变化。"文本一"在初稿中是作为上卷上篇第7章来写的，"文本二"和"文本三"在乙稿和《语丝》本中只是上卷下篇第1章的后半部分，而"文本四"及其之后的文本则被列为上卷的开篇之章。这种结构上的调整，势必会带来文本地位和功能的变化。

废名对其曾经读过的短篇小说《火》，始终念兹在兹。《火》出自英国古希腊学者劳斯（Rouse）为希腊现代小说家蔼夫达利阿谛思（Ephtaliotis）所编译的《希腊岛小说集》(*Tales from the Isles of Greece: Being Sketches of Modern Greek Peasant Life*)，在废名的遗物中存有这篇小说的英文原文打印件。废名说："我在展开我的故事之前，总很喜欢的想起另外的一个故事。"与其这样说，倒不如反过来讲：或许废名正是看了《火》这篇小说，令他想起自己的"故事"，并由此而展开《桥》的写作。《火》中的小男孩与小姑娘因为一个"doll"，后来成了一对佳偶；《桥》中的小林和琴子，"一个是坐在树上掐金银花，一个站在树脚下接花"，他们在某年"菊花开时，将成夫妇之礼"[1]。两篇小说的"故事""有差不多的地方"，男女主人公也有"类似的遭际"，所不同者小林和琴子的"doll"是"金银花"。废名最终把"文本四"（包括后出文本）题作《第一回》置于《桥》上卷卷首，有预示或暗示整篇小说的结局之意，同时表明《桥》与《火》确实有差不多的地方，所以接下来的第2章写的便是《金银花》。这一结构上的调整与安排，较之于此前几种文本，显得更为合理些。

---

[1] 废名：《水上》，《新月》月刊1932年11月1日第4卷第5期。

附：

表一 《桥》（上卷）版本

手稿本		《语丝》本		《骆驼草》本		《华北日报副刊》本		单行本
甲序号	乙(上)序号	题名	发表时间期号	题名	发表时间期号	题名	发表时间期号	章目（上篇）
七		无题之十一	1927年5月21日第132期	第一回				第一回
一	一			金银花				金银花
二	二			史家庄				史家庄
三	三	无题之十二	1927年6月4日第134期	井	1930年8月11日第14期			井
四	四			落日				落日
五	五	无题之三	1926年7月26日第89期	洲				洲
六	六			猫				猫
	八	无题	1926年4月5日第73期	万寿宫	1930年8月18日第15期			万寿宫
	九			闹学				闹学
				巴茅				巴茅
	十一	无题之二	1926年4月26日第76期	狮子的影子				狮子的影子
	十二	无题之五	1926年9月25日第98期	"送牛"	1930年8月25日第16期			"送牛"
	十三			"松树脚下"				"松树脚下"
	十四	无题之六	1926年11月13日第105期	习字	1930年9月1日第17期			习字

说不尽的废名

(续表)

手稿本		《语丝》本		《骆驼草》本		《华北日报副刊》本		单行本
甲序号	乙(上)序号	题名	发表时间期号	题名	发表时间期号	题名	发表时间期号	章目(上篇)
	十五	无题之三	1926年7月26日第89期	花	1930年9月8日第18期			花
	十六	无题之六	1926年11月13日第105期	"送路灯"				"送路灯"
	十七	无题之十三	1927年6月18日第136期	瞳人	1930年9月15日第19期			瞳人
	十八	无题之四	1926年8月23日第93期	碑				碑
	乙(下)							(下篇)
	一	无题之十一	1927年5月21日第132期					"第一的哭处"
	二							
	三							"且听下回分解"
	四	无题之七	1927年3月12日第122期					灯
	五	无题之八	1927年4月9日第126期					日记
	六							棕榈
	七	沙滩上(无题之九)	1927年5月7日第130期					沙滩
	八	杨柳(无题之十)	1927年5月14日第131期					杨柳

《桥》版本摭谈

(续表)

手稿本		《语丝》本		《骆驼草》本		《华北日报副刊》本		单行本
甲序号	乙(下)序号	题名	发表时间期号	题名	发表时间期号	题名	发表时间期号	章目(下篇)
	九	无题之十四	1928年2月27日第4卷第9期					黄昏
	十							灯笼
	十一	无题之十五	1928年3月5日第4卷第10期					清明
	十二	上花红山(一)(无题之十六)	1928年3月19日第4卷第12期					路上
	十三	上花红山(无题之十七)	1928年5月7日第4卷第19期					茶铺
	十四							花红山
	十五	无题之十八	1928年11月12日第4卷第44期					箫
	十六							诗
	十七					天井	1929年6月6日第82号	天井
	十八					今天下雨	1929年6月8日第84号	今天下雨

147

说不尽的废名

(续表)

手稿本		《语丝》本		《骆驼草》本		《华北日报副刊》本		单行本
甲序号	乙(下)序号	题名	发表时间期号	题名	发表时间期号	题名	发表时间期号	章目(下篇)
	十九					八丈亭	1929年7月19日第116号	桥
	二十					顶上	1929年7月26日第122号	八丈亭
	无序号					枫树	1929年9月5日第154号	枫树
	二十二					梨花白	1929年10月17日第184号	梨花白
	二十三					树	1929年10月28日第193号	树
	二十四					颜色	1929年11月16日第205号	塔
	二十五					故事	1930年1月17日第253号	故事
	二十六					桃林	1930年3月10日第280号	桃林

148

表二 《桥》(下卷)版本

手稿本			清样本	原刊本	
丙 序号	丁 序号、题名	戊 题名	题名	题名	发表时间、报刊、期号
无序号	一 水上			水上	1932年11月1日 《新月》第4卷第5期
二	二 钥匙			钥匙	
	三			窗	1933年6月1日 《新月》第4卷第7期
	四			荷叶	1934年6月1日 《学文》第1卷第2期
	五			无题	
无序号	六			行路	1935年12月15日 天津《大公报·文艺》第60期
无序号	七	萤火		萤火	1937年7月1日 《文学杂志》第1卷第3期
八		牵牛花		牵牛花	1937年8月1日 《文学杂志》第1卷第4期
九			蚌壳		
十					

别忘了，废名还是位学者*

废名以其数量不多却风格特异的小说、诗歌和散文创作，在中国现代文学史上占有一席之地。自20世纪80年代以来，这位个性鲜明的作家，日益为一般读者所熟悉，越来越受到学界重视。一直比较冷清、沉寂的废名研究，也随之渐渐热闹起来。

除"作家"的头衔之外，废名还有一个很重要的身份，那就是"学者"。作为学者的废名，同样取得了相当突出的学术成就。但与文学创作相比，废名在学术研究方面的述作则可谓知者寥寥矣。

1931年，废名经周作人推荐，被北京大学聘为国文系讲师，由专事于文学创作转向为以学术研究为主，从此开始了长达30余年的学术生涯。其学术研究涉及古代文学、现代文学、哲学、美学、语言学等诸多领域，主要著作有《谈新诗》《阿赖耶识论》《一个中国人民读了新民主主义论后欢喜的话》《古代的人民文艺——〈诗经〉讲稿》《跟青年谈鲁迅》《杜诗讲稿》《鲁迅的小说》《新民歌讲稿》《毛泽东同志著作的语言是汉语语法的规范》《鲁迅研究》《美学讲义》《杜甫论》《杜甫诗论》《杜诗稿续》等10余种。如果把单篇论文算在内，废名的

---

* 原载《中国社会科学报》2012年6月8日第314期。

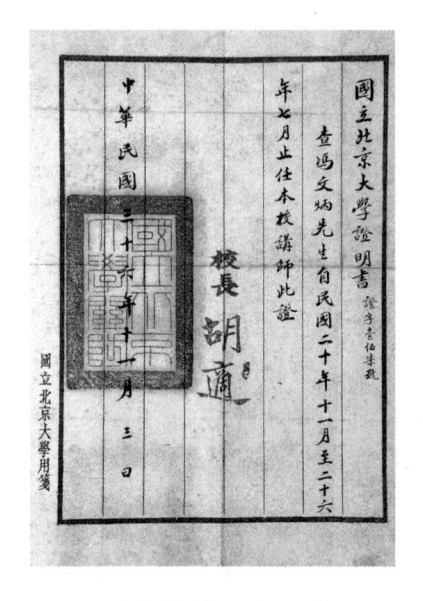

北京大学讲师职称证明书

学术著述有上百万字。这些著述，除《谈新诗》[1]、《跟青年谈鲁迅》[2]和已刊文章外，其余均为手稿、打印稿或油印稿，在废名生前乃至身后很长一段时间内未曾公开发表。废名的众多学术成果不为世人所知，其主要原因大概就在这里。

早在1983年，吴小如就向社会大声呼吁，希望由废名的亲属协助，尽快搜集、整理、编纂、出版废名的遗著。1999年，在纪念五四运动80周年之际，他"以按捺不住的渴望心情"，呼唤《废名全集》问世。但是，在20世纪最后十几年间，陆续问世的差不多都是废名文学作品的单行本或选集本，而学术著作始终仅有《谈新诗》一种。尽管《冯文炳选集》[3]、《废名选集》[4]、《废名散文选集》[5]、《诗探索》1981年第4期和《吉林大学社会科学学报》1982年第6期也收录或刊发了废名的部分学术论文，但毕竟只是

1　新民印书馆1944年版。
2　中国青年出版社1956年版。
3　人民文学出版社1985年版。
4　四川文艺出版社1988年版。
5　百花文艺出版社1990年版。

"冰山一角"。直到进入21世纪以后，这种情况才有所改观。2000年1月，一些人以为已经亡佚的《阿赖耶识论》由辽宁教育出版社出版。同年2月，《废名文集》由东方出版社出版，内中收有不少废名的学术随笔。2007年10月，华中师范大学出版社出版的《废名讲诗》辑录了废名谈论旧诗和新诗的所有文字，其中《杜甫论》《杜甫诗论》《杜诗稿续》是首次公之于世。2009年1月，6卷本《废名集》历时12载，"千呼万唤始出来"，由北京大学出版社印行。《废名集》的出版，使废名的全部学术研究成果得以"浮出水面"，为我们了解废名的学术思想提供了极大便利。一个在学术史和思想史上近乎失踪了的学者，有望重新进入研究者的视野。

《一个中国人民读了新民主主义论后欢喜的话》手稿封面

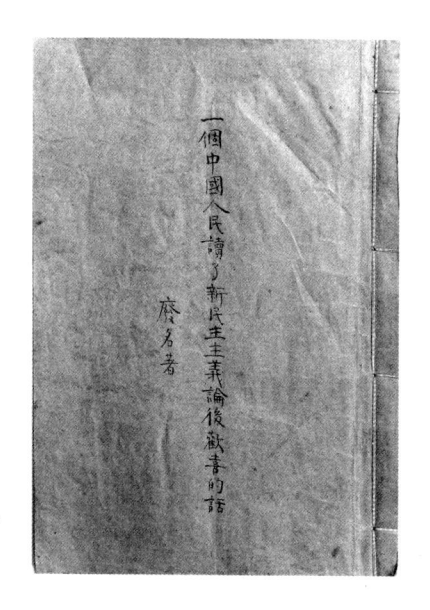

1949年以后，废名在思想上发生了很大变化。而变化后的思想，又必然对其学术研究产生重大影响。但在废名身上，"变"与"不变"是同时存在的。仅就学术研究而言，他的"不变"主要表现在以下几点：

一是学术生产方式未变。

废名的学术著作几乎都是为教学而撰写的，是教学实践活动的产物。废名大半生所从事的是教育工作,除在湖北省立第四小学、北平孔德学校、青岛铁路中学、黄梅县金家寨小学、黄梅县初级中学做过短期教员外,主要在北京大学和东北人民大学(吉林大学)任教。在这两所大学执教期间,他先后开设过近20门课程。具体如下:

一、北京大学任教期间

1931—1937年:作文(一)(附散文选读)、作文(三)·新文艺试作(散文、小说、诗)、现代文艺等。

1946—1952年:《论语》选、《孟子》选、《庾子山集》、《李义山集》、陶诗、大一国文、英文文学选读等。

二、东北人民大学(吉林大学)任教期间

1953—1962年:语法修辞、文选习作、写作实习、鲁迅研究、杜甫研究、美学、新民歌研究等。

废名所讲授的课程,有必修课,也有选修课;有基础课,也有专题课("专门化课程");有的是学校按计划安排的,也有的是他主动要求开设的;有的只讲了一个学期,也有的连续讲了几个学年;有的有教材,也有的无教材;有的"只拿着原书一句一句地讲,事先好像并未写成讲义"[1],也有的事先写出了比较详细、完整的讲义或讲稿。废名所遗留下来的学术著作,大部分就是在其授课讲义或讲稿的基础上整理、修改而成的。特别令人感动和值得敬佩的是,废名1949年后的学

---

[1] 吴小如:《读止庵编〈废名文集〉琐记》,《文史知识》2002年第12期。

废名部分手稿、讲义

术著作，大都是他在双目几近失明、罹患绝症的情况下，以常人难以想象的毅力陆续完成的。

在吉林大学任教期间，作为一名老教师，废名所开设的课程应该说并不算少，但他一再要求多讲课、开新课。为了开新课，废名总是提前准备，制订并按期实施科研计划。1958年3月20日，他在《个人规划》中说："此外本人的科学研究还有下列四个总题目：一、鲁迅作品的语言和艺术风格；二、作家、作品和作品的语言（小说重点放在《水浒》上面，另一个重点是历代诗词）；三、中国文学上的问题（企图把马克思主义的文学理论应用到中国文学实际）；四、中国诗的问题（从《三百篇》到新诗）。视工作需要定研究的先后，三年内（1960—1962）完成两种，切合学生的实际，作专门化课程的教学之用。"[1]

---

[1] 冯文炳：《个人规划》，《作家通讯》1958年第2期。

1962年10月17日，他在《论共产党员的修养》的学习笔记中，又对其今后的教学与科研进行规划，打算撰写《文体研究》《诗形式与诗内容》《作家风格研究》《汉语语法研究》等教材[1]。他还有过为李商隐诗作笺注的计划，认为"从来的人都做错了"[2]。可惜，由于身体和时代的原因，废名的这些计划未能完全实施或实现，不然的话是会留下更多的学术遗产的。

二是学术自信心未变。

读废名的文章，会发现他自始至终对自己的创作和学术充满强烈的自信。早在20世纪20年代，他就深信其长篇小说《桥》的艺术寿命"要长过几百千年"[3]。1932年，《莫须有先生传》行将出版时，由于这部小说很难懂，差不多举国一致要求废名写一篇序加以解释，他却认为"难懂正是它的一个妙处"，认为"《莫须有先生传》实有一思索的价值也"[4]。写诗本不是废名的主业，但他非常看重自己的诗作，声称"若就诗的完全性说，任何人的诗都不及它"[5]。1952—1957年，人民文学出版社相继出版了一套"现代作家选集"。巴金、曹禺等不少作家在序言或后记中对自己的旧作从思想内容到艺术形式几乎都做了全盘否定，姑不论他们的态度是否是"真诚"的，但总觉得有些夸大其词、刻意自责，带有某种"仪式性"。废名虽不满于自己"过去五十年躲避了伟大的时代"，对其过去的思想也做了深刻检讨，但认为他的作品仍然有

---

[1] 据废名手稿。
[2] 冯思纯：《废名在长春》，《黄冈师范学院学报》2007年第4期。
[3] 废名：《说梦》，《语丝》周刊1927年5月28日第133期。
[4] 废名：《序》，载《莫须有先生传》，开明书店1932年版。
[5] 废名：《新诗讲义——关于我自己的一章》，《天津民国日报·文艺》1948年4月5日第120期。

可取、可供借鉴之处，那就是"不肯浪费语言"[1]。1958年，针对长春市一些青年诗人所写的诗在感情和语言上不"节制"而一味"发泄"的毛病，废名不无自信地说："我过去写的新诗，比起随地吐痰来，是惜墨如金哩。"[2]

在学术研究上，废名同样拥有超乎寻常的自信。《阿赖耶识论》是废名的一部得意之作，他曾对僧人一盲戏言："我的话如果说错了，可以让你们割掉舌头。"[3]自信得近乎有点自负。李商隐有一首绝句，题作《月》。废名在问过很多人之后，认为只有他自己的解释是正确的[4]。

1949年以后，废名依然保持着相当的学术自信。面对众多论者对其鲁迅研究、杜甫研究、美学研究的批评，他一直我行我素，坚持己见。在读过刘忠恕、庐湘批评其关于《阿Q正传》研究的文章后，废名特地写了一篇反批评文章。他说："如果发现我自己有错误，我就修正错误。我现在只能写这一篇反批评的文章，表示我坚持真理，我对鲁迅的《阿Q正传》的研究应该说是没有错误的。"[5]

废名出身于北京大学英文系，学贯文史哲，理通儒释道。这是其学术自信的根基所在。但是，在那险象环生、人人自危的特殊年代，对学术研究能抱有如此这般的自信，除了丰富的学识外，还必须有足够的胆识和勇气。废名在《鲁迅研究》中提出了一些与当时观点相左

---

1 废名：《序》，载《废名小说选》，人民文学出版社1957年版。
2 冯文炳：《谈谈新诗》，《吉林日报》1958年1月26日；另见《长春》文学月刊1958年2月1日2月号。
3 废名：《〈佛教有宗说因果〉书后》，《世间解》月刊1947年11月15日第5期。
4 废名：《讲一句诗》，北平《平明日报·星期艺文》1947年1月12日第3期。
5 冯文炳：《关于〈阿Q正传〉研究》，《吉林大学人文科学学报》1959年第4期。

的看法,"这些看法,在当时来说,是冒天下之大不韪。1956年纪念鲁迅逝世二十周年时,从延安来的革命干部何其芳,仅因为在《论阿Q》中说阿Q精神胜利法代表了人类的一种普遍弱点,就遭到了无情批判。冯文炳身为旧社会来的'资产阶级知识分子',竟然讲这种比何其芳还要大胆的异见,岂不要引来杀身之祸?"[1]

学术自信并不意味着妄自尊大、自以为是甚至刚愎自用。废名对学术有极强的自信心,但一旦发现自己错了,也是会及时修正、从善如流的。吴小如在《废名先生遗著亟待整理》中所记载的一件小事,就有力地证明了这一点:"不过就我所知,只要先生一旦认为自己的看法错了,立即公开改正,并勇于自我批评。先生讲陶诗,备课极认真,而丁福保的《陶诗笺注》却一直不曾寓目。某次上课,先生见我拿着这本书,便借去阅读。到下一次上课,先生根据丁氏所引的材料,当堂纠正了自己以前的一些看法。由此可见先生的虚怀若谷。"[2]

三是基本学术风格未变。

吴小如认为,1949年以后,"废名先生也同大多数旧知识分子一样,追求进步,力图改造自己,这多少却影响了先生原有的神韵和文风"[3]。十七年时期,废名的学术著述中确实充斥有不少"标签"和"套语",但其基本学术风格并未因此而丧失。假如揭去、剔除那些"标签""套语",就会现出其"原有的神韵和文风"来。

废名讲《诗经》、杜诗、新民歌,与其20世纪30年代讲新诗的模

---

[1] 张梦阳:《论邵荃麟对鲁迅研究的贡献与特点》,《鲁迅研究月刊》2010年第8期。
[2] 吴小如:《废名先生遗著亟待整理》,香港《大公报》1983年1月16日。
[3] 吴小如:《呼唤废名全集问世》,《中华读书报》1999年4月28日。

1950年6月30日，废名（最后排左八）与北京大学中文系师生合影

式基本上是一致的，都是在一个大体的具有内在自洽性的理论框架下，按照预设的标准，有目的地选讲一些合乎标准或不合乎标准的诗，并往往采取一种感性的、即兴的、印象式的表述形式，对所讲的诗做出或详或略的点评。废名不太注重概念诠释，而是通过对大量事例的讲解，让读者从中体悟概念的内涵。在理论色彩较浓的《美学讲义》中，他也不是一开始就讲"什么是美"的问题。"我根本不从'观念'出发。当我开始在课堂讲课的时候，同学们对我的讲法也是不满足，他们问我，'美'是什么呢？应该先讲讲！我就告诉同学说，我们是马克思主义者，不应该先讲'美'是什么，好比我们不应该先问'绿'是什么，最好先看看树叶子，因为树叶子是绿的，这样对'绿'就有感

性的认识了。同学们慢慢也就习惯我的方法了。"[1]先讲还是后讲或者不讲"美是什么"与是否是"马克思主义者"当然没有必然联系,不过,从废名的这一段自述中,也多少可以窥见其学术研究的特点。

废名是"作家中的作家",也是一个作家型的学者,既有相当丰富的创作经验,又有极其细腻的艺术感受力和极其敏锐的艺术判断力。一旦涉及具体作品,其作家的当行本色就会呈现出来。他能结合自身创作的"甘苦",对杜甫、鲁迅等作家创作上的"得失"做出独到的裁断。正因如此,鹤西在对废名的学术观点进行比较客观评价的同时,甚至还认为"讲稿中的许多话,不但是指导人们读书,也是指导人们创作的箴言"[2]。

苏轼在《书吴道子画后》中说:"余于他画,或不能必其主名,至于道子,望而知其真伪也。"[3]废名也是这样,是不是他写的东西,一看便"知其真伪"。废名是一位"文体家",其学术著作一如他的文学创作,在表达方式、叙述风格等方面极具个人化色彩。如:

> 民国十九年以后,我能读佛书,龙树《中论》于此时读之,较《智度论》读之为先,读《智度论》时则已读《涅槃经》,已真能信有佛矣。[4]

---

1 冯文炳:《我对建立辩证唯物主义美学的愿望和实践》,《吉林大学社会科学学报》1962年第4期。
2 鹤西:《废名讲诗——〈杜诗讲稿〉与〈新民歌讲稿〉》,《书城》2000年第8期。引文中的"讲稿",指《新民歌讲稿》。
3 苏轼:《书吴道子画后》,载《东坡题跋》,上海远东出版社1996年版,第264页。
4 废名:《阿赖耶识论》,辽宁教育出版社2000年版,第41页。

周作人曾将废名的部分小说编入《中国新文学大系·散文一集》，并说："废名所作本来是小说，但是我看这可以当小品散文读，不，不但是可以，或者这样更觉得有意味亦未可知。"[1] 依我看，废名的绝大多数学术著作也都可以当散文读，包括佛学著作《阿赖耶识论》同样可作如是观。

四是某些学术观点未变。

废名的某些学术观点，特别是诗学上的某些看法，前后是一以贯之的。他对庾信、李商隐的认识，由于其价值立场的转变，所得出的结论虽然不同或不尽相同，但在基本事实的判断与认定上却是完全一致的。他认为杜甫的诗是对"最急迫的社会现实"的"当下记录"，明显带有其前期"当下性"论的印痕。1961年，废名在《美学讲义》中多处谈到过旧诗与新诗的问题。例如：

> 根据诗的特点，中国的新诗将如何？中国的新诗已经自己闯出了一个方向，新民歌又证明五七言体是汉语歌唱的最自然的节奏，这两个东西，新诗和新民歌，都是告诉我们中国诗应该离开词曲发展的道路，回到诗是有节奏的语言的道路。一句话，诗要节奏和韵，但它不要音乐的谱子。历史上中国的诗，由诗而发展为词曲，是把诗的路变为歌唱的路，也就是走音乐的路，词离诗的路还不甚远，但已离开不少，曲则已经不是诗了，是歌舞剧了。今天的诗是还了原，事实明明摆在面前：旧诗一直有人在做；新

---

[1] 周作人：《中国新文学大系·散文一集·导言》，良友图书印刷公司1935年版，第13页。

诗虽是和外国诗有关系，但它到底不能学外国诗的格律，它应该是汉语的有节奏和韵的一种体裁，另外也可以有不要韵的新诗；再就是新民歌。词，我们当然承认它的民族形式的性质，它是中国诗的一种，但在路程上，词是背离了诗的发展的道路，那是无疑义的，所以它一变就变成曲了，曲就决不是诗了。诗如果朝音乐方面走，确不是进步的路，黑格尔的意见应该供我们参考，只是我们不同意他的音乐—诗—散文这一条直线，我们认为音乐，诗，散文，永远是三样的美，同时散文的发展更无止境也是事实。关于旧诗和新民歌的民族形式的性质，我们已讲得不少，现在应该讲一讲新诗。有人认为新诗相当于词，因为新诗也是一种长短句，这是不正确的说法，他们不知道词是中国诗走音乐的道路的结果，新诗是离开音乐的谱子而走散文造句的道路，就是自由诗。自由诗，它当然还是要节奏的，不过它不是歌咏的节奏，是朗诵的节奏。既然是诗，它当然还要韵。不要韵的自由诗可以有，不过这种自由诗很难，名叫自由，它最不自由，它好像一座雕像一样，不要衬托而本身完整，不是任何时间的动作都能在空间站立得起来的。在古典文学里可以找出自由诗的例子，陈子昂的《登幽州台歌》就是。这首诗是散文造句的路子。这首诗有雕塑的美，刻划一瞬间。[1]

---

[1] 冯文炳:《美学讲义》，载王风编:《废名集》第6卷，北京大学出版社2009年版，第3221—3222页。

这一段诗话简直就是从《谈新诗》照搬而来的。可见，此时的废名仍旧主张新诗是"自由诗"，是用"散文造句"。他认为新诗离开了中国传统诗歌的"歌"的性质（即"音乐的谱子"），"它当然还是要节奏的，不过它不是歌咏的节奏，是朗诵的节奏"。这是废名以前没有明确讲过的，可以看作是他对其新诗理论的一种补充或发展。

以上种种"不变"，多少可以说明废名在政治立场、思想意识发生很大转变的同时，并未泯灭其作为一个"纯学者"的学术品格。他于民国时期所养成的学术习惯、学术个性乃至学术精神，已经渗透到他的血液中，常常会不自觉地流露出来。难怪1958年还有论者批评他研究杜甫及其诗歌时仍未摆脱过去的一套治学方法。从某种程度上讲，以上种种的"不变"正是废名学术研究的特点之所在。

从历史和现状来看，论者对废名学术思想所做的探讨都属于散点式的局部研究。迄今为止，尚无一篇整体研究的文章，更遑论一部整体研究的专著。全面、系统地研究废名的学术思想，至少有以下四个方面的意义。

其一，可以真正达到认识废名之"全人"的目的。只研究废名的文学创作而不研究其学术著作，或者只研究民国时期废名的学术思想而忽视、忽略其1949年后的学术思想，是绝对不可能认识废名的整体面貌的。

其二，有助于分析、理解废名的文学创作。废名的文学创作与其学术思想之间存在着一种互动关系，如他的新诗创作与新诗理论就是这样。一方面，丰富的创作经历和深刻的创作体验，为废名构想新诗方案提供了切实而有力的支撑；另一方面，新诗的写作又是他对其所预设的新诗理论的具体实践和印证。再如,废名有着"深玄背景"的《桥》《莫须有先生传》《莫须有先生坐飞机以后》等小说及其20世纪30年代所创作的诗歌,甚是难懂。研究他的佛学思想,对于准确理解、深度阐释这些作品是大有助益的。废名认为夔州诗是杜甫"晚年的雕刻",是"老杜的文字禅"。这可以说是废名的"夫子自道"。从"文字禅"的角度切入废名小说的语言世界,对于把握其文字技巧和表达方式,

20世纪60年代的废名

也是一个相当有效的途径。

其三,对相关领域的学术研究具有启示作用。卞之琳曾在为《冯文炳选集》所作的序中指出:"他晚年论鲁迅、论杜甫,却也不时'闪露'一些真知灼见,是经验中人所能道,创作过来人所能道,非纯学者所能道,亦非任何他人所能道。"[1]无论是在鲁迅、杜甫研究方面,还是在《诗经》、新诗、美学、语言学等研究领域,废名都能够"发他人所未发",提出大量独到而新颖的观点。如,历来研究律诗者均将注意点放在音韵上,废名则认为:"其实律诗之所以能够成立,根本原因还

---

[1] 卞之琳:《〈冯文炳[废名]选集〉序》,《新文学史料》1984年第2期。

在乎语法。如果不是汉语语法的规律适合于做对偶,律诗问题根本谈不上了。"[1] 诸如此类富有原创性的学术观点,对于后来者进行相关领域的学术研究无疑具有启示意义,值得认真梳理和总结。

其四,为丰富或改写学术思想史提供参考。废名向来被搁置在学术思想史的边缘,偶尔有幸被列入某种学术思想史,也只是以一个"异数""另类"或"反例"的面目出现。废名在新诗理论的探索上取得了卓越成就,已有的新诗理论史著作仅仅把他当作新诗理论建构的一般参与者,并未将其重要地位凸显出来。对废名学术思想进行全面、系统、深入的研究,可以大大改变我们对他的既有认识,对于《诗经》学史、杜甫学史、新诗理论史、鲁迅学史、现代佛学史等学术史、理论史、思想史的书写是有重要参考价值的。

---

[1] 冯文炳:《杜甫的律诗和他的伟大的抒情诗》,《东北人民大学人文科学学报》1956年第3期。

废名对胡适新诗理论的反拨与超越 *

对胡适诗论的反拨,这是废名探求新诗本质及其出路的逻辑起点。据说,1936年,废名在讲"现代文艺"课程之新诗部分前,曾向时任北京大学文学院院长兼国文系主任的胡适请教过这门课程的讲法,胡适告诉他就照《中国新文学大系》讲[1]。废名看完十来本《中国新文学大系》特别是胡适的《谈新诗》《〈尝试集〉自序》《白话文学史》以及《四十自述》等中有关新诗的论述后,并未遵从胡适的建议。无论是在根本性的问题上,还是在对具体诗人、诗作的评价方面,废名多与胡适的新诗观念针锋相对,表现出一种分庭抗礼的决裂姿态。1944年,黄雨等人在编辑出版废名"新诗讲义"时,将书名定为《谈新诗》,与胡适那篇被朱自清誉为诗之创造和批评的"金科玉律"的文章题目一

《谈新诗》,新民印书馆 1944年初版

---
* 原载《长江学术》2009年第4期。
1 参见鹤西:《怀废名》,《新文学史料》1987年第3期。

样，恐怕是为了凸显其二人诗学观的对立性而有意为之的。

在根本性的问题上，废名与胡适的分歧主要表现在以下几个方面。

一、"新诗是中国诗的一种"

胡适发动包括诗歌在内的文学革命，其最主要的依据就是"历史的文学观念"（或"文学的历史进化观念"）。从这一文学观念出发，胡适认为中国诗歌经历了四次诗体的解放，即第一次是由简单组织的《三百篇》等"风谣体"演化为长篇韵文的"南方的骚赋文学"；第二次是由不太自然的骚赋体演化为五七言古诗；第三次是不合语言习惯、整齐划一的诗演化为长短不拘的词；宋代以后，词变为曲，曲又经过几次变化，直到"新诗发生"，于是出现了"第四次的诗体大解放"。胡适对中国诗史上历次诗体解放的描述，显示了一种进步性的发展趋势，即新胜于旧，后胜于前，今胜于古。从《三百篇》到曲，其间所经历的几次诗体的解放都不及新诗来得彻底，新诗才是真正的诗体的大解放。胡适的文学的历史进化观念是建筑在线性的时间维度之上的，他以时间的先后来判断诗、词、曲等旧诗和新诗的不同价值，将时间上的递进等同于价值上的进步，这种观念显然是有失偏颇的。

1933年，废名在写给胡适的一封信中说过：

  关于新诗，我因试验的结果，得到一个结论，"我们今日的新诗是中国诗的一种"。这就是说，白话诗（还是说新诗的好）不

废名对胡适新诗理论的反拨与超越

应该说是旧诗词的一种进步，而是一种变化，是中国诗的一种体裁，正如诗与词也各为中国诗的一种体裁是一样的。我细心揣摩中国旧诗词，觉得他们有一个自然的变迁，古今人不相及，诗不能表现词的意境，词也不是诗，而同为诗，同为词，也因时代的先后而不同，他们都找得了他们的形式表达出了他们的意思，大凡一种形式就是一种意思，一个意思不能有两样的表现法，就好比翻译之不能同原作是一个东西是一样，普通所说意思相同那实在是说"意义"罢了。我们今日的新诗，并不能包罗万象，旧诗词所能表现的意境，没有他的地位，而他确可以有他的特别领域，他可以表现旧诗词所不能为力的东西，今日做新诗的人，一方面没有这个体裁上的必然性的意识，一方面又缺乏新诗的生命，以为用白话做的诗就是新诗，结果是多此一举，他们以为是打倒旧诗，其实自己反因而站不住脚了。[1]

这一段诗话很有见地，但并没有引起论者的注意。与胡适不同的是，废名将新诗和旧诗纳入"中国诗"的同一框架中，平行并置在一起。在他看来，新诗之于旧诗只是一种变化，而不是一种进步；如同诗、词都是中国诗的体裁一样，"我们今日的新诗如果可以成立，它也只是中国诗的一种，是一种体裁"[2]；新诗可以表现旧诗所无法表现的东西，但新诗并不能包罗万象，它也无法表现旧诗所能表现的意境。任

---

[1] 冯文炳：《冯文炳信五通》，载耿云志主编：《胡适遗稿及秘藏书信》第36卷，黄山书社1994年版，第569—570页。
[2] 废名：《序》，载《周作人散文钞》，开明书店1932年版，第6页。

何一种体裁，都有其一定的独特性和"必然性"，都有其自身的独立价值，也都存在着因特定体裁的惯例和法则所带来的局限性。作为一种体裁的新诗同样如此，它可以取代旧诗（旧体诗）在中国诗史上的正宗地位，但绝不能取代旧诗。

二、"新诗与旧诗的分别尚不在乎白话与不白话"

"诗体的大解放"是胡适倡导白话诗的"大宗旨"。对于第四次的"诗体的大解放"的含义，胡适在不同的场合多次做过解释。在《我为什么要做白话诗》一文中，他说：

> 若要做真正的白话诗，若要充分采用白话的字，白话的文法和白话的自然音节，非做长短不一的白话诗不可。这种主张，可叫做"诗体的大解放"。诗体的大解放就是把从前一切束缚自由的枷锁镣铐，一切打破：有什么话，说什么话；话怎么说，就怎么说。[1]

在《谈新诗——八年来一件大事》里，胡适将"诗体的大解放"的意思具体表述为："不但打破五言七言的诗体，并且推翻词调曲谱的种种束缚；不拘格律，不拘平仄，不拘长短；有什么题目，做什么诗；

---

[1] 胡适：《我为什么要做白话诗》，《新青年》1919年5月第6卷第5号。

诗该怎样做，就怎样做。这是第四次的诗体大解放。"[1]胡适所谓"诗体的大解放"，概括来讲，就是要彻底摆脱旧诗形式上的一切束缚，充分采用白话的文字、文法、音节作长短不一的真正的白话诗，创造一种全然不同于旧诗的新型诗体。胡适虽然强调形式和内容有密切的关系，但他却把重心放在诗的形式方面。在他看来，"形式上的束缚，使精神不能自由发展，使良好的内容不能充分表现"。因此，"若想有一种新内容和新精神，不能不先打破那些束缚精神的枷锁镣铐"[2]。要真正解放诗体，其先决条件是不能用文言这一"死的文字"而必须以白话这一活的语言工具入诗。为了寻求历史的根据和支援，胡适将中国文学史上一些用白话写的或近于白话的旧诗作为新诗的前例，把白话新诗看作是白话旧诗的自然发展趋势。

针对胡适的观点，废名认为："胡适之先生所谓'第四次的诗体大解放'，不拘格律，不拘平仄，不拘长短，有什么题目做什么诗，诗该怎样做就怎样做，——这个论断应该是很对了，然而他的前提夹杂不清，他对于已往的诗文学认识得不够。他仿佛'白话诗'是天生成这么个东西的，已往的诗文学就有许多白话诗，不过随时有反动派在那里做障碍，到得现在我们才自觉了，才有意的来这么一个白话诗的大运动。援引已往的诗文学里的'白话诗'做我们的新诗前例，便是对于已往的文学认识不够，我们的新诗运动直可谓之无意识的运动。"[3]在写给胡适的那封信里，废名还说过这么一段话：

---

[1] 胡适：《谈新诗——八年来一件大事》，《星期评论》1919年纪念号第5张。
[2] 胡适：《谈新诗——八年来一件大事》，《星期评论》1919年纪念号第5张。
[3] 冯文炳：《谈新诗》，新民印书馆1944年版。本篇引文凡未加注者，均出自此版本。

旧诗之不是新诗，不因其用的不是白话，就是有许多几乎完全是白话句子的词，我也以为不能引为我们今日新诗的先例；新诗之不是旧诗，不因其用的是白话，而文言到底也还是汉语，是"文学的国语"的一个成分。[1]

废名的这段话实含有两个方面的意思。其一，"新诗与旧诗的分别尚不在乎白话与不白话，虽然新诗所用的文字应该标明是白话的。旧诗有近乎白话的，然而不能因此就把这些旧诗引为新诗的同调"。旧诗里的"白话诗"，不过指其诗或词里有白话句子而已，但这些诗词里的白话句子还是"诗的文字"。"旧诗词里的白话诗与非白话诗，不但填的是同一谱子，而且用的是同一文法。"张继《枫桥夜泊》中的"姑苏城外寒山寺，夜半钟声到客船"，李璟《摊破浣溪沙》中的"细雨梦回鸡塞远"，辛弃疾《鹧鸪天》中的"平冈细草鸣黄犊，斜日寒林点暮鸦"，这些句子里头都没有胡适所说的典故、僻字、代字，都是白话，但它们的文法同散文不一样，都是用的"诗的文字"。"如果因为它近乎白话的原故，把它算做白话诗，算做新诗，则我们的新诗的前途很是黯淡，我们在旧诗面前简直抬不起头来。"其二，胡适把旧诗当作新诗面前最大的敌人来看待，把白话和文言弄到我活你死的地步。废名则不然，他认为文言也是汉语，是"文学的国语"的一部分。如果文言及文言文学是"死"的话，那么在它"当生之日"就已经是

---

[1] 冯文炳:《冯文炳信五通》，耿云志主编:《胡适遗稿及秘藏书信》第36卷，黄山书社1994年版，第570—571页。

《新诗讲义——关于我自己的一章》(再刊本),重庆《时事新报·青光》1948年6月1日、3日"渝新"第69号、第70号

死的。新诗只要有"诗的内容",只要是"散文的文字",也不妨直接引用古诗文里的词句入诗。废名在自己的新诗中就大量运用了"吁嗟""之""于""乎""而"等文言语词。如《街头》,短短八行,就用了三个"乃"字("乃有邮筒寂寞""乃记不起汽车的号码X""乃有阿拉伯数字寂寞")。

三、"新诗将是温李一派的发展"

废名把中国以往的诗文学大致分为两派,一是"元白"易懂的一派,一是"温李"难懂的一派。在这两派之中,胡适选取"元白"一派的白话诗作为新诗的前例,而将李商隐《无题》《锦瑟》等"看不懂而必须注解的诗"贬斥为"笨谜"[1]、"妖孽诗"[2]。废名认为，无论是"元白"还是"温李"，"其运用文字的意识是一致的"，都是"同一的音乐""同一的文法"，都是在"诗的文字"之下变戏法。"胡适之先生没有看清楚这根本的一点，只是从两派之中取了自己所接近的一派，而说这一派是诗的正路，从古以来就做了我们今日白话新诗的同志，其结果我们今日的白话新诗反而无立足点，元白一派的旧诗也失其存在的意义了。"与胡适相反，废名充分肯定了胡适所否定的"温李"一派的诗，而否定了胡适所肯定的"元白"一派的诗。表面看来，胡适、废名只是对传统诗学资源的取舍有所不同，但从根本上来看，这种不同取舍的背后则隐含着二人审美原则、诗学观念上的差异。胡适主张诗要写得"明白清楚"，以"懂得性"作为判定诗之好坏的基本条件，即凡是看不懂的诗都不是好诗，"凡是好诗没有不是明白清楚的"[3]。而诗要想写得"明白清楚"，就必须运用白话。这正是胡适择取"元白"一派的诗作为新诗前例的基本理路。废名所关注的不是易懂与难懂、白话与非白话的问题，他之所以认同"温李"一派，关键在于这一派的诗有"诗的内容"。废名认为，胡适所推崇的白话诗家苏轼、黄庭坚、辛弃疾、李克庄、陆游诸人，"他们缺乏诗的感觉，他们有才气，所以他们的诗信笔直写，文从字顺，落到胡适之先生眼下乃认为同调，说他们做的是白话诗"。同时指出："胡适之先生所推崇的白话诗，倒或

---

[1] 胡适:《谈谈"胡适之体"的诗》,《武汉日报·现代文艺》1936年2月21日第52期。
[2] 胡适:《五十年来中国之文学》,载《胡适说文学变迁》,上海古籍出版社1999年版,第142页。
[3] 胡适:《谈新诗——八年来一件大事》,《星期评论》1919年纪念号第5张。

废名对胡适新诗理论的反拨与超越

者与我们今日新散文的一派有一点儿关系。反之,胡适之先生所认为反动派'温李'的诗,倒似乎有我们今日新诗的趋势。"废名说胡适取"元白"一派为新诗的前例,"乃是自家接近元白的一派旧诗的原故"。其实,废名以"温李"一派作为新诗的根据,也未尝不是因为他自己接近"温李"一派的诗。

在对一些具体诗人、诗作的评价方面,废名与胡适的看法也大不相同,甚至是截然相反的。

在《尝试集》再版自序中,胡适自己只承认《老鸦》《老洛伯》《你莫忘记》《关不住了》《希望》《"应该"》《一颗星儿》《威权》《乐观》《上山》《周岁》《一颗遭劫的星》《许怡荪》《一笑》等14首诗是"白话新诗",是"真正白话的新诗"[1]。废名根据其所"假定的新诗的标准",从《尝试集》初版和四版中仅选了《蝴蝶》《四月二十五夜》《一颗星儿》《一颗遭劫的星》《晨星篇》《湖上》等6首诗。在废名的心目中,胡适所承认的14首诗只有《一颗星儿》和《一颗遭劫的星》合乎新诗标准,其余的则不是真正的新诗。《老鸦》"只是空泛的比喻","虽然作者自己说是'具体的写法',我总以为是照例的呼声"。《一笑》只是调子,其诗的内容不够,是凑句子叶韵,铺张成篇。胡适在《谈新诗》里特为抄引《"应该"》一诗,说这首诗的意思神情都是旧体诗所达不出的:"别的不消说,单说'他也许爱我,——也许还爱我'这十个字的几层意思,可是旧体诗能表得出的吗?"[2] 废名认为,"这十个

---

1 胡适:《谈新诗——八年来一件大事》,《星期评论》1919年纪念号第5张。
2 胡适:《谈新诗——八年来一件大事》,《星期评论》1919年纪念号第5张。

字的几层意思旧体诗大约表达不出，可是这十个字的几层意思戏剧里却最容易表达得出，若以之作新诗，结果只有几层意思，似乎没有什么诗的情绪了"。《"应该"》这首诗"虽然诗体是解放了，但这个解放的诗体最不容易孱假，一定要诗的内容充实"。胡适在《尝试集》四版里将《四月二十五夜》删去了，废名则认定它是一首新诗。没有被胡适纳入"白话新诗"之列的《蝴蝶》一诗，废名不仅认为它是一首新诗，是"文学革命这个大运动头上的一只小虫"，而且还以这首诗做例证，说明什么是"诗的内容"。

在作诗的方法上，胡适十分强调"具体性"。他说，除"诗体的解放"之外，"做新诗的方法根本上就是做一切诗的方法"，也就是"要用具体的做法，不可用抽象的说法"。又说："凡是好诗，都是具体的；越偏向具体的，越有诗意诗味。凡是好诗，都能使我们脑子里发生一种——或许多种——明显逼人的影像。这便是诗的具体性。"[1]废名认为，"做新诗的方法根本上就是做一切诗的方法"这话不能算错，"但这一番平常而切实的话，是要在辨明新诗与旧诗的性质以后再来说的，胡适之先生则实在是说不出所以然来"。胡适说，杜甫的"绿垂风折笋，红绽雨肥梅"（《陪郑广文游何将军山林》）、"芹泥垂燕嘴，蕊粉上蜂须"（《秦州杂诗二十首》）、"四更山吐月，残夜水明楼"（《月》）等都能引起"鲜明扑人的影像"。废名则认为这些诗句都是在"诗的文字"之下变戏法。胡适说温庭筠"鸡声茅店月，人迹板桥霜"（《商山早行》）是"何等具体的写法"，说马致远《天净沙·秋思》连用了十

---

[1] 胡适：《谈新诗——八年来一件大事》，《星期评论》1919年纪念号第5张。

个意象，也是"何等具体的写法"。废名认为这样的诗正是抽象的写法，"同一般国画家的山水画一样，是模仿的"，没有作者的个性或性情，只是调子而已。在《谈新诗》中，胡适以辛弃疾《水龙吟·登建康赏心亭》中"落日楼头，断鸿声里，江南游子，把吴钩看了，阑干拍遍，无人会，登临意"几句为例，说明这种语气绝不是五七言的诗能做得出的，是诗体解放的结果。废名认为这些句子也只是调子，"如此的解放的诗，诗体即不解放我以为并没有什么损失"。

胡适评康白情新诗集《草儿》中的《江南》等写景诗时，说"《江南》的长处在于颜色的表现，在于自由的实写外界的景色"；又说，"但这种诗假定两个条件：第一须有敏捷而真确的观察力，第二须有聪明的选择力。没有观察力，便要闹笑话；没有选择力，只是堆砌而不美"[1]。废名认为胡适的这番话"只是说得表面，康白情的诗里所写的，并不是从真确的观察得来的，他当然也有他的选择，但他是'点点不离杨柳外，声声只在芭蕉里'，即是说外界的景色要恰恰碰在他的诗情的弦上，于是这个音乐就响起来了。这里头没有观察，这里头其实连选择也没有，只是刚好碰上，一碰上，再是挑拨，于是就自由的歌唱起来了"。在他看来，康白情是以《儒林外史》《老残游记》等旧小说描写景物的笔墨来写白话新诗的，他的天才是音乐的，"唯其是音乐的，写出来的东西才是颜色的交响"。《草儿》在当时的白话新诗坛上之所以能够一鸣惊人，是因为作者的音乐才能忽然得到白话新诗这一表现的利器，如果没有白话诗运动，"没有白话新诗，这个才能便压

---

[1] 适：《评新诗集（一）》，《读书杂志》1922年9月3日第1期。

抑下去了"。康白情的诗"表面上看是图画，其实是音乐，即是说是天籁"。

胡适对《草儿》中的纪游诗大加赞赏，认为"《草儿》在中国文学史的最大贡献，在于他的纪游诗。中国旧诗最不适宜做纪游诗，故纪游诗好的极少。白情这部诗集里，纪游诗占去差不多十分之七八的篇幅。这是用新诗体来纪游的第一次大试验，这个试验可算是大成功了"。还说，"占《草儿》八十四页的《庐山纪游》三十七首，自然是中国诗史上一件很伟大的作物了"[1]。废名认为胡适的"这个判断可谓大胆，但最初也难怪；我们现在只须说明中国旧诗适宜于做纪游诗，中国的白话新诗则不适宜于做纪游诗，这个事实又有关于新诗的发展。康白情的《庐山纪游》只是占的篇幅多，犹如一个旅行的学生做了许多日记，见其蓬蓬勃勃的生气，尚未成功为一种文章，更谈不上诗了"。废名从根本上否定了《庐山纪游》，认为这些纪游诗是"完全失败"的"不伦不类的白话制作"，是"一堆乱写的文字，说不上新诗，也说不上白话散文"，只是"滥用写白话文的自由"，可以"一笔抹杀"。

为什么说中国旧诗最不适宜作纪游诗？胡适并未申述自己的理由，废名则从"音乐性"的角度对其关于"中国旧诗适宜于做纪游诗，中国的白话新诗则不适宜于做纪游诗"的判断做了进一步的阐释。他在将康白情的纪游诗与旧诗、歌谣做对比分析后，得出这样的结论：旧诗与歌谣都以音乐性见长，都以外在的文字的音乐表现赋予音乐的诗

---

[1] 适：《评新诗集（一）》，《读书杂志》1922年9月3日第1期。

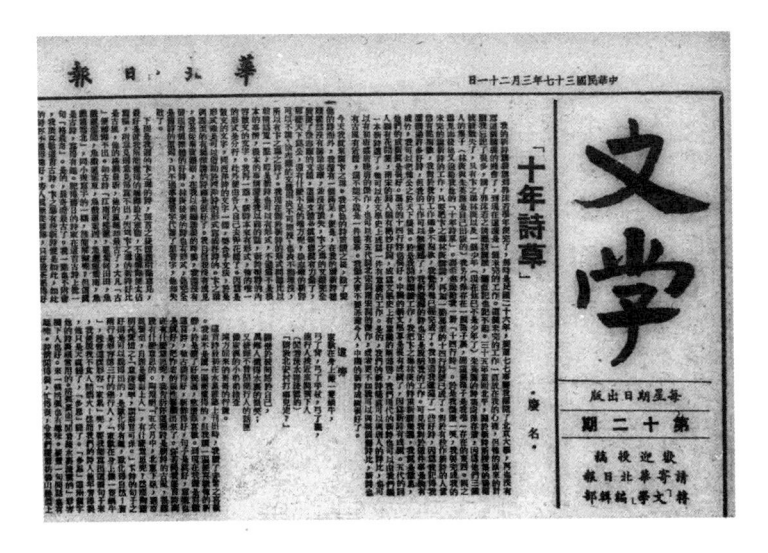

《〈十年诗草〉》,北平《华北日报·文学》1948年3月21日第12期

感或诗情,"旧诗之所以为诗,每每归功于这个性质,如果将这个文字里的意义用我们的白话来写,无论如何不能成其为诗,倒可以写成一篇有情致的散文"。"中国的诗本来有旧诗,民间还有歌谣,这两个东西的长处在新诗里都不能有,而新诗自有新诗成立的意义,新诗将严格的成为诗人的诗,它是完全独立,旧诗固然不必冒牌,歌谣亦不是一个新的东西了。"废名极力反对新月派专门从主观上去追求新诗的音乐,因为从性质上看新诗的音乐性是有限制的。他并非一概否定新诗的音乐性;相反,他称赞胡适的《晨星篇》有美好的音节,也称赞郭沫若的《夕暮》"最明显的表现着自由诗的音乐"。

废名在对胡适的新诗理论进行反拨的同时,也提出了自己独特的新诗方案。

胡适主张"作诗如作文",对于打破旧诗的话语体系和瓦解旧诗的外部形构无疑有着文学史上的战略性意义,但是"作诗如作文"既模糊了诗与文之间的界限,也没能把新诗与旧诗明显地区分开来。废名跳出了胡适的理论框架,为中国的新诗系统重新设定了一个原点,从内容和形式两个方面确立了新诗的身份,严格区分了新诗与旧诗的性质差别。废名认为,"诗的内容"和"散文的文字"是成功一首新诗并体现其价值的内外两个方面。所谓"诗的内容",并不就是指通常意义上的题材,而是一种先于文本而独立存在的东西(或称"前文本")。这种"诗的内容"的生成起码应具备两个特性:一是"当下性",即偶然因一事一物的触发而刹那间所引起的"诗的情绪"是"忽然而来"的,是"每每来自意料之外"的"当下观物"的结果;二是"完全性",即这种"诗的情绪"当下就已"自己完成",它不是零星的,而是整个的、浑然的,也是生气灌注、充沛饱满的,犹如"弓拉得满满的,一发便中,没有松懈的地方"。所谓"散文的文字",就是指"新诗里的句子要是散文的句子",也就是要采用散文的"文法"或"句法"。旧诗与新诗恰恰相反,它是"散文的内容,诗的文字"。旧诗是"情生文,文生情"的,必须通过上下文之间的相互生发才能完成一首诗。旧诗中也有因一事一物的触发而引起的情感,这个情感也是当下便成为完全的诗的,但"这些情感都可以用散文来表现,可以铺开成为一篇散文,不过不如绝句那样含蓄多致罢了"。而一首新诗的杰作,绝不能用散文来改写。新诗的"诗的内容"是先于写作而独立存在的,"不写也还是诗的";旧诗则是写作的一个结果,是"要写出来以后才成其为诗"。尽管旧诗的内容是散文的,但废名仍然承认旧诗也是诗,因为旧诗具有体现其诗之价值的"诗的文字"。"诗的文字"当然不是散文的句子,而是指合乎旧诗格式规约的一套文法或句法。只要按照既定的诗谱词调行事,人人都可以作旧诗。作出来的诗哪怕品格低下、境界不高,但你也不能否认它是一首诗。正因为旧诗有其公共的固定的格式,所以即便是一篇纯粹的散文也可以像依葫芦画瓢一样将其改削成一首诗。

废名主张"新诗应该是自由诗",这里的"自由诗"不完全等同于与现代格律诗相对待的"自由体诗",其所指应当是"自由的诗"。"自由的诗"当然包含了自由体诗,而四行诗、十四行诗等有规律体的诗也在它的范围之内。"自由"在废名那里主要是指创作主体所应该持有的一种姿态、一种意识、一种精神。用林庚的话来说,"自由"非形式之自由,而是表现之自由[1]。废名重视晚唐诗,尤为推崇温庭筠词、李商隐诗近乎"乱写"的"自由表现"的境界。废名把冰心、郭沫若的诗归入"新诗的第二期"。他认为,以胡适为代表的初期新诗尽管有一个"有什么题目做什么诗,诗要怎样做就怎样做"的"自由做诗"的要求,但在"自由度"上不及第二期的诗人。到了第二期,旧诗已经换掉了其"敌人"的面目,反而与新诗有了"交情"。因此,相对于初期诗人,第二期的新诗作家"乃是更自由",他们"确乎是在那里自由做诗,诗要怎么做就怎么做了"。对"自由"的张扬,正是废名对中国新诗现代品格的一种诉求。不过,在废名那里,新诗的自由是有前提条件的,那就是必须具备"诗的内容"和"散文的文字"。只要不违

---

[1] 林庚:《序》,载朱英诞:《无题之秋》,开明书店1935年版。

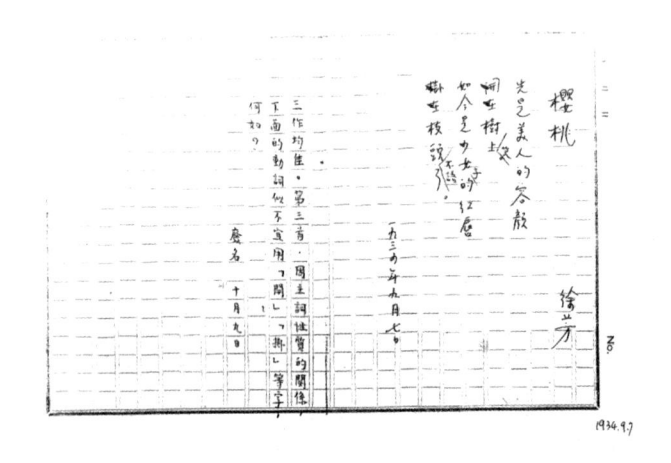

废名为徐芳改诗

背新诗的性质规定，写什么和怎么写，则是诗人的自由了。否则，就属于滥用自由，像康白情的《庐山纪游》那样，不是新诗的创作，而是不伦不类的"一堆乱写的文字"。

较之于胡适，废名所构想的新诗方案具有一定的普适性和超越性，它"超越'五四'，超越胡适之所代表的新诗的审美原则的历史局限，也超越新月派诗人的过分注重新诗的形式的美学追求"[1]。他的新诗理论突破了其所属流派（现代派）的藩篱，对以胡适、沈尹默、刘半农等为代表的早期白话诗，对以郭沫若、冰心、"湖畔"诗派为代表的"自由诗"，抑或是对以冯至、卞之琳为代表的"有规律体的诗"，都有能力做出解释。

---

[1] 孙玉石：《对中国传统诗现代性的呼唤——废名关于新诗本质及其与传统关系的思考》，《烟台大学学报》1997年第2期。

废名对进化论的反思与质疑[*]

1937年年底，按规定不能随北京大学南迁的废名回到湖北黄梅。1942年冬，他在东山山麓水磨冲一间牛舍里，开始撰写佛学著作《阿赖耶识论》，1945年秋脱稿于其祖籍地后山铺冯仕贵祖祠堂。

废名著《阿赖耶识论》，意在破熊十力的《新唯识论》，但他"开首就以摧毁进化论为目标"[1]。

自严复翻译的《天演论》于1898年出版以后，进化的观念在中国可谓是深入人心，作为生物存在与发展之基本方式的进化，逐步推及至社会、政治、经济、文化、道德、伦理等万有领域。严复、康有为、孙中山、陈独秀、鲁迅、李大钊、胡适等几代人都不同程度地受到进化论的影响。就鲁迅一生而言，其前期思想受到进化论的影响，后期思想中仍然带有进化论的印痕。章太炎早期相信进化论，虽然后来在《俱分进化论》《五无论》《四惑论》等作品中采取反进化论的立场，但是他在一定意义上仍然肯定了"进化"，他对进化论的反对其实是不彻底的。熊十力深受进化论的影响，他一方面依据进化的观念对儒学

---

[*] 原载《孝感学院学报》2011年第4期。
[1] 废名：《阿赖耶识论》，辽宁教育出版社2000年版，第1页。本篇引文凡未注明出处者，均来自此版本。

进行了新的诠释,另一方面又以儒家的《大易》改造、提升了达尔文的进化论,将其纳入宇宙本体论的构造中,使之成为天道运行与万物生化的一种基本规律。废名破《新唯识论》从"攻击"进化论入手,其用意在于动摇熊十力的理论根基,进而达到颠覆其整个理论大厦的目的。

废名读过《天演论》,也多少受过进化观念的影响,但他后来对进化论简直是深恶痛绝。他在黄梅初级中学任教时,曾有学生拿着《天演论》要他讲授。他翻开书面,看到"光绪辛丑仲春富文书局石印"字样,"乃旧雨重逢",他小时候在乡间所读的正是这种版本,"物竞天择""生存竞争"的思想也都是从这里得来的。他说:"我不为学生讲,我自己翻阅着,满纸荒唐言,真不啻读一部旧小说,令人叹息又叹息。"他认为进化论是"举世的妄想","简直是邪说","中国的几派人都是中了进化论的毒"[1];进化论是"一个无根的妄想而做了近代社会一切道德的标准,殊堪浩叹"。废名主要是从维护佛法和儒学的角度来驳斥进化论的,他对进化论的反思,是在三个相关的层面上展开的。

一是质疑生物进化论。

在达尔文之前,已有的进化学说之所以会遭到人们的种种质疑,主要存在着如下严重的缺陷:缺乏丰富、系统的证据,带有猜想性或臆断性;没有提出一个能够加以检验的理论来说明进化的机制;都或

---

[1] 废名:《莫须有先生坐飞机以后·第十七章 莫须有先生动手著论》,《文学杂志》月刊1948年11月第3卷第6期。

多或少带有"神意论"或"设计论"的色彩，不能摆脱超自然的力量。达尔文生物进化论的革命性意义，就在于他使进化论成为一种真正的科学学说。他以大量的证据证实生物的确经历了一个长期的进化过程，地球上现存的生物种属，都是由最初的物种在漫长的时间中逐渐演变而成的。为了有效解释生物何以进化这一难题，他提出了一个可检验的生存竞争和自然选择理论。他认为，生物界

20世纪40年代的废名

存在着剧烈的生存竞争，在相似的条件之下，那些有利于生存的变异就会累积、保存下来，而那些不利于生存的变异就要被淘汰。正是这种"自然的"选择（即"适者生存"）促使了生物的进化。达尔文的进化论"摧毁了科学界里面那种半神学式的思考方式，从此以后，生物学家再也不用考虑《圣经》里面的创世故事，也不再担心洪水故事的地质学"[1]。

《阿赖耶识论》第2章《论妄想》是专破进化论的。废名之所以指斥进化论是妄想，是因为它不合乎事实。对事实和价值的分别，这是废名反对进化论的认识基础。事实与价值的区别在于：凡能够被证明的东西即为事实，未经事实证明的东西则是妄想；经事实证明不是妄想的东西，乃是合理的价值，并不是事实的价值，因为"事实是无所谓价值的，你说天圆地方于事实之价值无损"。在废名看来，以达尔

---

[1] 李亦园：《观念史大辞典：自然与历史卷》，幼狮文化事业股份公司1987年版，第535页。

文为代表的生物进化论同此前的各种进化学说并无本质的区别，都缺乏足够的事实根据，虽然摆脱了超自然的力量，但同样具有一种"臆造论"的色彩。达尔文深受英国经济学家马尔萨斯《人口论》的影响。马尔萨斯曾指出：世界上的人口是按"几何级数"增长的，而食物是以"算术级数"增长的。因此，在人类社会存在着争夺食物的生存斗争，其结果会消除过剩的人口。达尔文从中受到启发，并把马尔萨斯的"几何级数"理论应用到动植物界的研究中。他发现动植物是以几何级数繁殖后代的，可现存生物量并未按几何级数增长起来，这正是生存竞争的结果。严复据此在《天演论上·导言三·趋异》"复案"中列出一个树木增长的几何级数表：假设有一树，第一年以一枚木出50子，第二年以50枚木出50^2子，以此类推，则第九年以50^8木出50^9子，即1 953 225 000 000 000子。但是实际上并非如此，因为有生存竞争，只有少数树种得以生存。废名认为这个几何级数表就像小学课本上的算术题一样，是捏造出来的，世间根本就无此事实。"说'一枚木年出五十子'，仿佛一方面有木，一方面有子，是妄想，不是事实。由妄想堆积而成的算式，是妄想而已。"因此，达尔文、赫胥黎的事实（包括所谓"木生子"）类似于佛书上所说的"兔角"，只不过是妄想而已。表面上看，这个算式是符合论理（即逻辑）的，但废名认为论理不仅要合乎事实，而且也要具备论理的精神和意义，不能徒具论理的形式。例如："动物皆是伏地而行，人是动物进化来的，故人最初亦是伏地而行。"这个判断虽然没有"文法错误"，但不合乎事实。相反，"人是能仰天而视的，所以他是人类，不是动物"。这个判断则表现着事实，而凡事实是无有不合乎论理的。在废名看来，"世上的科学家都是哲学家,于是他们的事实是妄想","他们尚不能说是懂得论理,因为他们不懂得事实故"。他又举例为证,指出"世间植物,播种发芽以至根茎枝叶花果,都是事实,我们一一得而研究之",但是不能从中得出"生存竞争"的事实来。植物的存与亡是植物的事实,而此存(生)与彼亡(灭)的分别则是人类自己对事实的判断,只能称之为"人生的意见",因之"生存竞争"也就是"人生之事实"。

废名认为进化论是"不攻自破"的,他破进化论是"不费篇幅"的,但"朋友们对于拙著'论妄想'一章所发表的意见最令我失望,即吾乡熊翁亦以我为诡辩似的,说我不应破进化论。是诚不知吾之用心,亦且不知工夫之难矣"。

二是质疑社会进化论。

废名所破斥的生物进化论并非来源于达尔文的《物种起源》等原著,而是得之于严复的《天演论》。

严复的进化观念主要源自达尔文、赫胥黎和斯宾塞的进化思想,其中对他影响最大的乃是斯宾塞的社会进化论。达尔文的《物种起源》主要围绕"生物""物种"立论,避开了"人类"的进化问题。同时,他主要使用"带有饰变的由来"一语而不是"进化"一词,准确地概括了不带有"进步性"的生物变异性[1]。斯宾塞则将生物进化的自然法则扩展到生物学以外的社会领域,他所说的"进化"隐含有"进步"的意思,实际上是"进步"的代名词。作为达尔文进化论的坚决

---

1 [美]古尔德:《自达尔文以来:自然史沉思录》,田洺译,生活·读书·新知三联书店1998年版,第20—35页。

拥护者和捍卫者的赫胥黎,极力反对斯宾塞的社会进化论(或称社会达尔文主义),强调自然进化与人类进化、进化伦理与社会伦理是有区别的,生物进化的自然法则不能适用于人类社会,人类社会需要的是伦理原则。他认为"进化"既指"前进发展",也指"同一条件下无限期的持续和倒退的变化"。对以上三家的观点,严复都有所借鉴与吸收,但他更为推崇斯宾塞的社会进化论。由于达尔文的《物种起源》是一部纯生物学著作,而斯宾塞的著作"其文繁衍奥博,不可猝译"[1],故严复在向国人介绍进化论时,没有直接翻译达尔文、斯宾塞的著作,而是选择赫胥黎的相对简明易译的《进化论与伦理学》(*Evolution and Ethics*)。《进化论与伦理学》侧重于研究人类社会的伦理学,意在说明人类社会应该发展其自身的伦理道德,抑制人与人之间的生存竞争。这部著作的书名包括两个方面,严复只取"进化论"部分,而抽去了"伦理学"部分,并有意遮蔽赫胥黎关于"进化"的另一种解释。在《天演论》中,严复采取意译、节译、编译的方式,对赫胥黎原著的内容和结构进行重组。他以赫胥黎的进化论为主体,同时也介绍了达尔文和斯宾塞的进化论,对他们的进化思想都有一定的取舍和扬弃,在此基础之上创构并宣扬了自己独特的进化史观。严复主要接受了斯宾塞的进化思想,认为"物竞天择""优胜劣汰""适者生存"的自然进化规律可以适用于人类社会,是推动人类社会发展的动力机制。他不同意赫胥黎把人类社会发展的根本原因归之于伦理道德,认为这种说法是"倒果为因"。他也不完全赞成斯宾塞"任天为治"的观点,主张

---

[1] 董增刚:《试析严复翻译〈天演论〉的主旨》,《北京师范学院学报》1992年第1期。

用赫胥黎"任人为治"的观点来加以补救。严复翻译《天演论》的目的在于向国人传播进化思想，并警醒国人自强保种，救亡图存，使中华民族立于世界强国之林，在客观上也输入了一种有别于传统的新的思维方式和价值观念。

针对社会进化论，废名质疑道：

> 什么叫做进化呢？你们为什么不从道德说话而从耳目见闻呢？你们敢说你们的道德高于孔夫子吗？高于释迦吗？如果道德不足算，要夸耳目见闻，要夸知识，须知世界的大乱便根源于此了，知识只不过使得杀人的武器更加利害而已。进化论是现代战争之源，而世人不知。人生的意义是智慧，不是知识，智慧是从德行来的，德行不是靠耳目，反而是拒绝耳目的，所谓克己复礼。克己复礼，则人不是动物，真理不是进化了，圣人是真理的代表了，故孟子说"圣人先得我心之所同然耳"。人而不信圣人，天下便将大乱。[1]

废名把进化论视为"现代战争之源"，是天下大乱的根源。这与梁启超在《欧游心影录》中的看法基本上是一致的。梁启超在考察第一次世界大战后的欧洲时曾指出：进化论"是借达尔文的生物学做个基础，……这回全世界国际大战争，其起原实由于此；将来各国内阶

---

[1] 废名：《莫须有先生坐飞机以后·第十七章　莫须有先生动手著论》，《文学杂志》月刊1948年11月第3卷第6期。

级大战争,其起原也实由于此"[1]。与梁启超不同的是,废名主要是从道德的立场"说话"的。他认为人类不是纯自然的动物,而是"道德的动物"[2],"历史又不是动物的历史,是世道人心的历史",进化论这种"斗争学说将把同情心都毁掉了,确乎是洪水猛兽。将来的人吃人等于我们现在食肉了"。他痛斥"斯宾塞那一派的科学""是不道德的"。他认为,社会进化论是一种合目的的历史"进步论",主张历史是"不可逆"的,是朝着"日新、日日新"的方向前进和发展的。废名认为熊十力也在不知不觉中受到这种流毒的传染,以为新的就是对的,"故他是《新唯识论》,以前是旧唯识了"[3]。熊十力是弃旧图新、破旧立新、革故鼎新,而废名则以孔子的"温故而知新""信而好古"为圭臬。废名反对把线性发展的"古"/"今"作为衡估"故"/"新"的价值尺度,在他看来:"故是历史,新是今日,历史与今日都是世界,都是人生,岂有一个对,一个不对吗?"[4]

废名把世人迷信进化论而"不信圣人"看作是天下大乱的关键:"信便是听圣贤的言语而能不笑之。这是天下治乱的大关键。今日天下大乱,人欲横流,一言以蔽之曰是不信圣人。"[5]"我在许多经验之后,知

---

1 梁启超:《欧游心影录》,载李华兴、吴嘉勋编:《梁启超选集》,上海人民出版社1984年版,第720—721页。
2 废名:《一个中国人民读了新民主主义论后欢喜的话》,载王风编:《废名集》第4卷,北京大学出版社2009年版,第1966页。
3 废名:《莫须有先生坐飞机以后·第十七章 莫须有先生动手著论》,《文学杂志》月刊1948年11月第3卷第6期。
4 废名:《莫须有先生坐飞机以后·第十七章 莫须有先生动手著论》,《文学杂志》月刊1948年11月第3卷第6期。
5 废名:《莫须有先生坐飞机以后·第十三章 民国庚辰元旦》,《文学杂志》月刊1948年7月第3卷第2期。

道古圣贤的话都没有错的,'新'则每每是错。"这也就是说,要想拨乱反正、正本清源,必须回归到以孔子所象征的圣贤时代。在废名眼里,孔子、释迦牟尼等古代圣贤是人类伦理道德的高标,是真理的代表或化身。真理不是进化的产物,而是先在的、本有的,是一以贯之的。"'一'便是真理,真理没有两个,而人类历史上必有德行完全的人表现真理了";"真理不待今日发现,圣人先得我心之所同然。故我们必得信圣人。信圣人即因为你懂得真理"[1]。回归孔子等古代圣贤,就是回归真理,废名把这种回归视作"知本"和"返本",是拯救世道人心、复活传统文化中的真理世界和价值系统的必由之径。正因如此,他称儒家是宗教,极力从宗教的角度会通儒佛,目的在于解决时人的"信仰危机",以重新唤醒被社会进化论者所忽视、所遮蔽的伦理道德意识。

三是质疑唯科学主义。

唯科学主义(Scientism)有"强""弱"之分:强唯科学主义是指"对科学知识和技术万能的一种信念"[2];弱唯科学主义是指"自然科学的方法应该被应用于包括哲学、人文和社会科学在内的一切研究领域的一种主张"[3]。中国唯科学主义思潮的源头,可以追溯到严复。严复在大量译介包括进化论在内的西学思想时,十分注重西方的科学方法,"奠

---

[1] 废名:《莫须有先生坐飞机以后·第十七章 莫须有先生动手著论》,《文学杂志》月刊1948年11月第3卷第6期。

[2] 参见《牛津英语词典》,转引自范岱年:《唯科学主义在中国——历史的回顾与批判》,《科学文化评论》2005年第6期。

[3] 参见《韦伯斯特大词典》,转引自范岱年:《唯科学主义在中国——历史的回顾与批判》,《科学文化评论》2005年第6期。

定了新时代思想家们把现代科学作为一种价值体系而接受的基础"[1]。他认为西方国家的政治经济制度之所以优越,科学技术之所以发达,是因为有多种理论科学做基础,而这些理论之所以正确,又在于它们有"即物穷理之最要深术"[2],即归纳、演绎的新方法。如同将自然进化法则引入人类社会一样,严复也把归纳、演绎的逻辑推理方法扩展到一切研究领域。废名并不否认科学方法在自然科学、哲学甚至人文和社会科学领域的应用,认为科学虽"不是真理",但"科学方法是真理的用具"[3]。在他看来,"若说方法则不过归纳演绎而已,不是糊涂人无论做什么事都有方法的,问题在于做什么事,不在做什么事的方法"[4]。可见,废名所反对者,主要是科学崇拜、科学至上、科学万能的强唯科学主义。

废名认为,"科学是学问的一种,正如宗教与哲学与文学一样"[5]。科学是一种学问,有其具体的研究对象和思维方式,是有一定的范围和限度的。既然科学是有范围和限度的,因此科学不能解决所有的现实问题。在1923年的"科学与玄学"大论战中,张君劢就曾提出:"科学无论如何发达,而人生观问题之解决,决非科学所能为力,惟赖诸

---

[1] [美]郭颖颐:《中国现代思想中的唯科学主义(1900—1950)》,江苏人民出版社1998年版,第4页。

[2] 严复:《译天演论自序》,载《天演论》,商务印书馆1930年版,第12页。

[3] 废名:《〈佛教有宗说因果〉书后》,《世间解》月刊1947年11月15日第5期。

[4] 冯文炳:《说人欲与天理并说儒家道家治国之道》,《哲学评论》双月刊1947年8月11日第10卷第6期。

[5] 废名:《一个中国人民读了新民主主义论后欢喜的话》,载王风编:《废名集》第4卷,北京大学出版社2009年版,第1965页。

人类之自身而已。"[1] 废名也认为科学不能解答人生的终极问题，即"善恶""生死"问题。他说："拙著《阿赖耶识论》亦注重在向现代科学家说话，因为科学家必了解'科学方法'的精神，科学方法是不容许有两个答案的，故科学上的事实只有一个答案。如有两个答案，必有一个错了，或者两个都错了。而不错的答案则只有一个。我要向科学求一个生死的答案，即因果的定义，因果的事实。"[2] 废名站在佛教的立场上，认为科学关于生死的答案是错误的。科学家是唯"形"，只承认有五官世界，他们对生死问题的解答，是执着于"形"、执着于"物"的，是眼见物说话，故"有形曰生，形灭曰死"。其所以如此，关键在于科学家不认识无形无相的"心"是一个东西。"科学有心理学一科，这个心理学即是那个物理学，其所说的现象虽是心的现象，发生这个现象的东西则是物也"，结果科学家"将伤心与涕泪混为一事，伤心人有其事，涕泪人见其形，一心一物，此固毫不成问题，而问题正在这里"。如果唯"心"，即唯"识"，那么"善恶问题，死生问题都迎刃而解。因为从此没有死生，没有善恶，都是真理。死生是执着'形'而来的。心则无所谓死生了"。

在废名看来，科学家虽以"'知之为知之，不知为不知'作科学的谦德"，但科学家常常不能守范围："科学家的话都越了范围，因为他是以不知为知也。"为了说明科学是有范围和局限性的，废名特引《天演论·真幻》中的"复案"："吾所知者，不逾意识……人之知

---

[1] 张君劢：《人生观》，载《人生观之论战》上册，上海亚东图书馆1923年版，第8—9页。
[2] 废名：《〈佛教有宗说因果〉书后》，《世间解》月刊1947年11月15日第5期。

识止于意验相符。"[1]这样的论断显然仅限于所谓的科学认知。人之经验世界以外的东西，若承认其存在，则无法纳入科学的理性认知；若否认其存在，又不符合科学的探究精神。废名认为，之所以会陷入这种进退两难的境地，其"根本的原因就是我所说的执着"。"执着外面有一个东西。无论这个东西为方为圆，为红为碧，为坚为脆，总而言之是'物'，而这个物不是方便是圆，不是红便是碧，不是坚便是脆，决不是方圆红碧坚脆以外的东西，所以他们不信世间有一个东西叫做'鬼'，说鬼神是迷信，那么这个物他们明明的肯定了，为什么说'必不可知'呢？"总之，"科学家是有的事不说，因之说的事不免于乱说"。

废名对科学（指自然科学）持一种怀疑、警惕的态度，不仅认为中国无科学，而且认为中国不可能也无须发展科学。他多次说过：

> 我且请大家先答复这个问题：中国民族是不是会使得科学发达起来？据我想，中国民族是不会发达科学的，如果中国民族会发达科学，就不说古代也应该有科学，也一定同日本一样维新以后便发达起来的。提倡科学提倡了几十年而没有科学如故，这个事实不是唯物史观可以说明的。事实是，中国民族根本不会发达科学。我常想，一个民族发达科学，正如蚕子吐丝蜘蛛缀网一样，不会叫别的昆虫学会的。[2]

---

1 严复：《天演论》，载王栻主编：《严复集》第5册，中华书局1986年版，第1374页。
2 冯文炳：《说人欲与天理并说儒家道家治国之道》，《哲学评论》双月刊1947年8月11日第10卷第6期。

> 据我想，中华民族是不会发达科学的。我这话好像近乎推论，其实是事实，中国如果不是海洋交通了同西洋文化发生关系，到现在一定还是没有科学的。过去那么几千年没有的东西，能说百年十年之间忽然就有了吗？[1]

> 自然科学我们是赶不上人家的，所以学了好久没有学好，不如日本马上学会了。我们也没有迎头赶上去之必要……[2]

近代科学肇始于西方，并不产生在中国，某些学者认为中国"无科学"当然是从这个意义上讲的。1915年和1922年，任鸿隽、冯友兰就曾先后阐发过中国自古以来就无科学的观点。他们所谓中国无科学，也是指近代科学而言的。正因为中国没有这种科学，所以自鸦片战争以后，在中华民族屡遭外侮的背景下，为了救亡图存、富国强民，林则徐、魏源、冯桂芬、郑观应、李鸿章、曾国藩、严复、康有为、任鸿隽等几代先进的中国人，极力主张向西方学习，从而形成了一股绵延近半个世纪的"科学救国"思潮。针对"科学救国"梦想不能成真的事实，废名强调指出："现在世界的问题不是科学问题而是哲学问题。"[3] 他认为不能把救国的希望寄托于以"力"胜的西方科学，而应当

---

1 废名：《一个中国人民读了新民主主义论后欢喜的话》，载王风编：《废名集》第4卷，北京大学出版社2009年版，第1950页。
2 废名：《一个中国人民读了新民主主义论后欢喜的话》，载王风编：《废名集》第4卷，北京大学出版社2009年版，第1974—1975页。
3 冯文炳：《说人欲与天理并说儒家道家治国之道》，《哲学评论》双月刊1947年8月11日第10卷第6期。

放在以"德"胜的东方哲学上。只有包括儒道佛在内的东方哲学才能救中国,也最终能够拯救人欲横流、满目疮痍的世界。在西方文化与东方文化之间,废名的价值取向显然倾重于后者,较之于西方的物质文明,东方的人文精神、伦理道德在他看来更具有优越性和超越性。

科学不能"救国",没有科学能立国吗?废名的回答是肯定的。他说:"立国之道是立国之道,如果不明立国之道,有科学亦不能立国,如德国日本便是。"那么,别人用科学来征服我,我用什么去抵抗呢?废名认为"在中国抵抗日本战争中,中国有一个'信'字,只有这个'信'字可以抵抗强暴,现在也只有这一个'信'字是立国之道"。民无信则国不立,"中国人一旦自信了,只要'无为'便可以救国,由救国而可以救世界"[1]。

废名并非完全否认科学所造成的物质文明的进化,也并非完全否认物质文明的进化给人类日常生活所带来的便利。他说:"若说进化,那确是不可否认,也不可拒绝,本是事实如何可拒绝可否认呢?我们现在走路难道不用现代交通工具而用古代交通工具吗?"[2] 抗日战争结束后,废名就是借了现代物质文明之光,坐飞机重返北京大学的。尽管如此,废名却没有对科学高唱赞歌,反而断言"机械发达的国家,机械未必是幸福"[3]。废名认为,科学若造福于人类,其本身也应该是"道

---

[1] 冯文炳:《说人欲与天理并说儒家道家治国之道》,《哲学评论》双月刊1947年8月11日第10卷第6期。

[2] 冯文炳:《说人欲与天理并说儒家道家治国之道》,《哲学评论》双月刊1947年8月11日第10卷第6期。

[3] 废名:《莫须有先生坐飞机以后·第一章 开场白》,《文学杂志》月刊1947年6月1日第2卷第1期。

德"的[1]。但是，科学是"一个权力的伸张，并不真是理智的作用"，不能如东方哲学那样"止于至善"，而是"不知止"。无论科学抑或进化，都是佛教所说的"业"，业力是无止境的，而无止境的业力，必然会导致恶的泛滥，良心的泯灭，真理的遮蔽，两次世界大战正是进化、科学造业的恶果。在他看来，进化论、科学并不是神圣不可侵犯的。他主动承担"正人心息邪说"的责任，本着"作中流砥柱挽狂澜于既倒的义务"，以佛教的"业"、儒家孔子的"节用爱人"、道家老子的"俭"等作为合法、合理性依据，警告"进化"和"科学"，让世人悬崖勒马，迷途知返，并坚信"真理终将如太阳有拨云雾而现于青天之日"。废名以天真而不无偏激的言辞表现了一种较为保守、不合时宜的文化姿态，其思想中明显带有民族主义的情结和反现代性的倾向，但对于我们重新认识和深刻反思唯科学主义特别是进化学说有一定的启示意义。

---

[1] 废名：《一个中国人民读了新民主主义论后欢喜的话》，载王风编：《废名集》第4卷，北京大学出版社2009年版，第1964页。

废名讲《诗经》*

一

在废名的遗稿中，有一本关于《诗经》的讲义，写在其备课用的笔记本上，凡52页，约3万字，总题为《古代的人民文艺——〈诗经〉讲稿》（以下简称《〈诗经〉讲稿》）。严格来说，《〈诗经〉讲稿》并不是一部全面、系统地研究《诗经》的专著，而是一部作品选讲。全稿共有11章，主要选讲了《诗经》的11首诗，即《周南》之《关雎》《桃夭》《汉广》、《召南》之《行露》《摽有梅》《野有死麕》、《邶风》之《匏有苦叶》、《鄘风》之《蝃蝀》、《唐风》之《绸缪》、《豳风》之《东山》和《小雅》之《车舝》。其中，《行露》《桃夭》两章经废名嫡侄冯健男整理后，发表在《吉林大学社会科学学报》1982年第6期，后《行露》与《关雎》《匏有苦叶》收入冯健男所编《废名散文选集》[1]，文字上对著者原稿均有较大改动。据吴小如先生回忆，1949—1950年，废名曾在北京大学讲过一学年《诗经》。1950年，他在津沽大学开《诗经》专题课时，曾通过废名的女公子、时在南开大学读书的冯止慈借

---

* 原载《黄冈师范学院学报》2008年第2期。
1 百花文艺出版社1990年版。

阅并转录过废名的《诗经》讲稿[1]。吴小如在文章中摘引了废名讲《关雎》的一段文字：

> "兴"是现实主义的技巧，是不错的。这首诗即河洲之物而起兴，显见为民间产物；采荇尤见出古代劳动人民的生活（可能是女性）。我们对于采荇不免陌生，但采莲蓬、采藕、采菱的生活我们能体会。先是顺流而取，再则采到手，再则煮熟了端上来。表示虽然一件小小事情也不容易做（正是劳动的真精神），这就象征了君子求淑女的心情与周折。等到生米煮成熟饭，正是"钟鼓乐之"的时候，意味该多么深长！同时这种工作是眼前事实，并非虚拟幻想，一面写实一面又象征，此所以为比兴之正格，这才是中国诗的长处。后妃固然主德，但后妃哪里有梦见"采荇"的乐趣，也未必看得见"雎鸠"的比翼双飞。不过采诗入乐，"太师"的眼光总算够好的。可惜古人不懂得"向人民学习"罢了。[2]

这段文字与现存讲稿有较大出入。吴小如所存录的可能是初稿，也可能并非废名的原话，而只是一种转述。废名在《关雎》一章中，有"我以前所讲的《野有死麕》""以前所讲的'匏有苦叶，济有深涉'"云云。据此可以判定，废名在讲《关雎》以前就已讲过《野有死麕》和《匏有苦叶》，他讲授的顺序和其讲稿的编次是不尽相同的。

---

1 吴小如：《呼唤废名全集问世》，《中华读书报》1999年4月28日。
2 吴小如：《说〈诗·关雎〉》，《文史知识》1985年第8期。

同时，手稿中有些地方还做了不同程度的修改。这说明，废名对这部《诗经》讲稿曾做过一番整理。另从文中废名对胡适、俞平伯的态度上可以推断，这部讲稿的成集时间不会迟于文艺界开始批判俞平伯红学研究的1954年。

废名选讲的诗歌，只有一首是《小雅》里的，其余的全部属于《风》，而且仅《周南》《召南》就选了6首。废名对"二南"的看重是其来有自的，与他极力推崇孔子不无关系。《论语·阳货》云："子谓伯鱼曰：'女为《周南》《召南》矣乎？人而不为《周南》《召南》，其犹正墙面而立也与？'"[1] 孔子非常重视"二南"，因为"二南"的诗是接受周文王教化的，而周文王的教化是实行王道的。20世纪三四十年代，废名在《志学》《读〈论语〉》《响应"打开一条生路"》等文章中多次援引孔子对其儿子伯鱼所讲的这一段话。他认为《周南》《召南》是"民族之诗"，表现了"人伦之美"[2]。孔子让伯鱼学"二南"，是要他懂得"生活的艺术"，否则就如同是"正墙面而立"。"正墙面而立的意思便是生活没有意义，便是生活无味。"[3] 中国人的生活缺乏一种情趣，正是不懂得伦常的精义，也自然不懂得中国的民族精神。

《〈诗经〉讲稿》前有一简短的引言，兹过录于下：

> 中国的诗，从《诗经》起，有不少是没有得到正确的讲解的。原因是封建思想支配人心太久。而"五四"当时所谓新文学运动

---

1 《阳货篇第十七》，载杨伯峻：《论语译注》，中华书局1980年版，第185页。
2 冯文炳：《志学》，北平《世界日报·明珠》1936年10月4日。
3 废名：《响应"打开一条生路"》，天津《大公报·星期文艺》1946年12月1日第8期。

又受了资产阶级思想的支配。到了今日,我们才有正确理解文学遗产的可能,因为我们的态度与方法都有本质上的改变。我们要求正确的诗解。讲解正确了,才谈得上批判,谈得上接受。

我现在且从《诗经》里提出一些来讲。我先说我自己的讲法。

我要讲的是:中国古代的人民文艺。[1]

文中称"我先说我自己的讲法",但具体是什么讲法,下文却没有进一步加以说明。这段文字,是冯健男抄写的,是否原封不动地照录著者原文,似有存疑之处。

在废名看来,《诗经》(主要指《国风》)是古代的人民文艺,只有正确理解、讲解《诗经》,才能谈得上对包括《诗经》在内的古代文学遗产的批判和继承。1949年春,废名开始阅读毛泽东的《新民主主义论》《在延安文艺座谈会上的讲话》《湖南农民运动考察报告》《中国社会各阶级的分析》《论人民民主专政》等著作[2]。他对古代文学遗产问题,能有如此这般的思想认识,显然与他对毛泽东著作的阅读、理解、体会和认同是分不开的。废名开讲《诗经》之际,适逢中华全国文学艺术工作者第一次代表大会召开不久,或许他正是学习了大会的有关文件,如郭沫若的《为建设新中国的人民文艺而奋斗》、周扬的《新的人民的文艺》等,深受启发,遂将《诗经》定性为"古代的人民文艺"。

《〈诗经〉讲稿》中的每一章皆能独立成篇,如同一篇篇文艺随

---

1 本篇引文凡未注明出处者,均引自《古代的人民文艺——〈诗经〉讲稿》。手稿由废名哲嗣冯思纯先生提供。

2 参见冯文炳:《仰之弥高 钻之弥坚》,《长春》文学月刊1962年5月号。

> 古代的人民文艺
>
> 中国的诗,从诗经起,有不少是没有得到正确的讲解的。原因是封建思想支配人心太久。而"五四"当时所谓新文学运动又受了资产阶级思想的支配。到了今日,我们才有正确理解文学遗产的可能,因此我们的态度与方法都有本质上的改变。我们要求正确的讲解。讲解正确了,才谈得上批判,谈得上接受。
>
> 我现在且从诗经里提出一些来讲。我先说的自己的讲法。我要讲的是:中国古代的人民文艺。

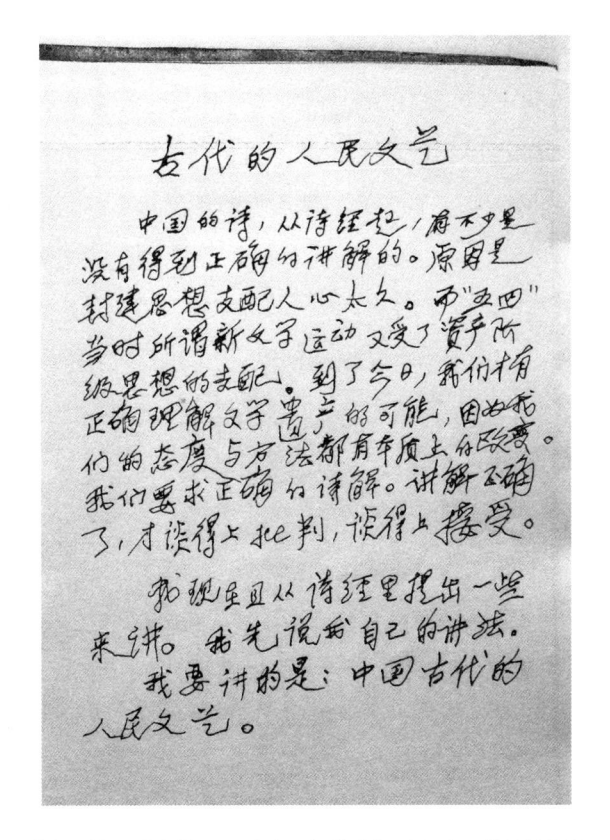

《古代的人民文艺——〈诗经〉讲稿》引言(冯健男抄录)

笔,既论诗,又记事,也抒情。这些篇章类似于废名1936年在《世界日报·明珠》上所发表的一组文章,但是相比之下,却少了一些"涩味",而变得更加疏放自如、素朴亲切、简明生动。因此,与其说《〈诗经〉讲稿》是一部学术著作,倒不如说是一本别具一格的散文集。

二

《诗经》毕竟是文学作品，研究《诗经》应该着重从文学的角度入手，把《诗经》作为"诗"而不是当作"经"来看待。在《诗经》学史上，不可否认的是，历朝历代都不乏从文学角度注诗、解诗、论诗、评诗者。孔子给《诗》所作的"思无邪"的总评和确定的"兴""观""群""怨"的社会功能，就是从文学着眼的。但同时孔子提出"诵《诗》三百，授之以政，不达；使于四方，不能专对；虽多，亦奚以为"[1]、"不学《诗》，无以言"[2]、"迩之事父，远之事君"[3]等等，则又强调了《诗经》在政教方面的功用。《诗经》自汉初被官方定为"五经"之一以后，研究者皆从经学角度加以阐发，把《诗经》视作"经夫妇，成孝敬，厚人伦，美教化，移风俗"[4]的金科玉律，即便是大家朱熹也难以幸免。朱熹曾从文学角度论述《诗经》的性质，主张用文学方法读《诗经》。他在《朱子语类》中，多次谈到"看《诗》，义理外更好看他文章"。可见，他论《诗经》，既重义理，亦重文章，甚至更多的是注重诗歌的文学功能。朱熹在谈到"风"时曾说："凡《诗》之所谓风者，多出于里巷歌谣之作，所谓男女相与咏歌，各言其情者也。"[5]又说："风者，民俗歌谣之诗也。"[6]但是当他看到《国风》中一些谈

---

1 《子路篇第十三》，载杨伯峻：《论语译注》，中华书局1980年版，第135页。
2 《季氏篇第十六》，载杨伯峻：《论语译注》，中华书局1980年版，第178页。
3 《阳货篇第十七》，载杨伯峻：《论语译注》，中华书局1980年版，第183页。
4 [周]卜商：《诗序》卷上，明津逮秘书本，第3页。
5 [宋]朱熹：《诗集传序》，载《诗集传》卷一，上海古籍出版社1980年新1版，第2页。
6 [宋]朱熹：《诗集传》卷一，上海古籍出版社1980年新1版，第1页。

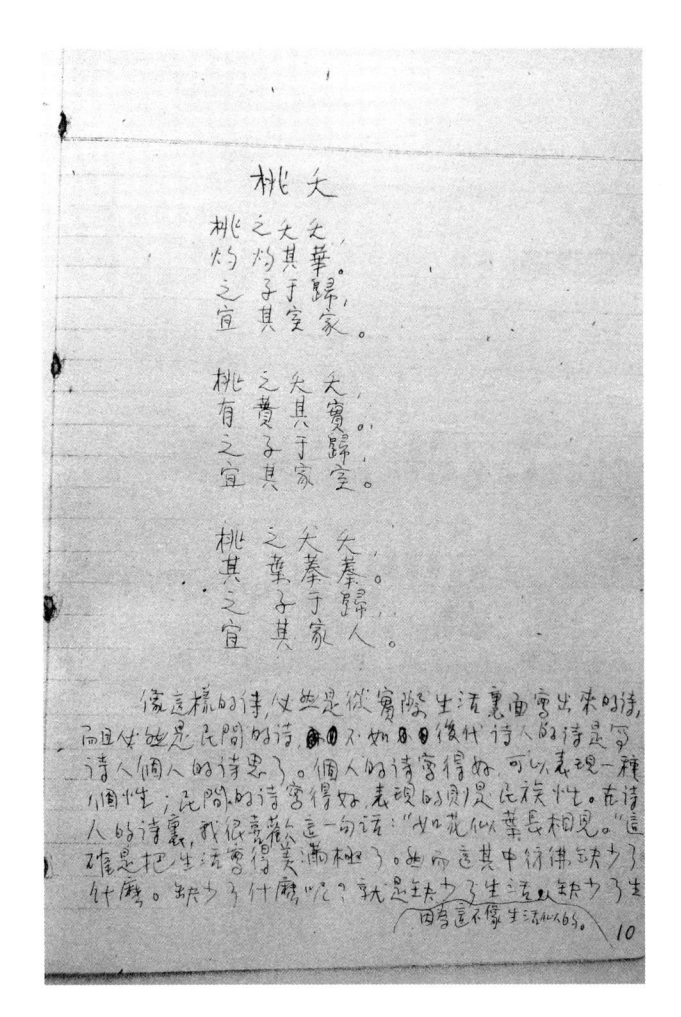

桃夭

桃之夭夭，灼灼其華。
之子于歸，宜其室家。

桃之夭夭，有蕡其實。
之子于歸，宜其家室。

桃之夭夭，其葉蓁蓁。
之子于歸，宜其家人。

像這樣的詩，必然是從實際生活裏面寫出來的詩，而且必然是民間的詩。它不如日後代詩人的詩是寫詩人個人的詩思了。個人的詩寫得好可以表現一種個性；民間的詩寫得好表現的必是民族性。在詩人的詩裏，我很喜歡這一句話："如花似葉長相見。"這確是把生活寫得美滿極了。然而這其中彷彿缺少了什麼。缺少了什麼呢？就是缺少了生活，缺少了生因為這不像生活似的。

《古代的人民文藝——〈詩經〉講稿》手稿

情说爱的诗，则认为不合礼义，本着"卫道"的思想和宣扬封建教化以及维护经书权威与封建统治阶级的纲常伦纪，他把这些诗统统贬斥为"淫奔之诗"。中国旧民主主义革命的胜利，结束了两千多年的封建帝制，使得《诗经》被真正定性为文学作品成为可能。新文化运动以后，"古史辨派"学者（胡适、顾颉刚、朱自清、俞平伯、刘大白、钟敬文等）、鲁迅、郭沫若、闻一多等重新确立了《诗经》的文学品格，充分肯定《诗经》的文学价值和艺术成就，使《诗经》彻底从经学谱系中剥离出来，还原了其"诗"的本来面目。尽管闻一多也认为《诗经》里的诗不少是"淫诗"，甚至"淫得还不够"，但他仍然是立足于文学，运用文化人类学、民俗学、文字学等方法，主要就"诗"本身来论说的[1]。

　　从文学出发，这是废名讲授《诗经》的基本立场。在他看来，要懂得诗的意义，首先要懂得诗。可是，历来解诗的人大多不懂得文学，总是以封建思想去附会《诗经》，因此常常曲解了诗意。如《行露》一诗，他认为是一首尊重女子的生活、了解女子的痛苦、用极经济的文字把农村社会妇女的生活状况与心理描写得淋漓尽致、表现出一种"健全的妇女观"的诗歌，是一首沉痛而富有反抗性的诗歌。但是，历来解诗的人，既缺乏正确的思想，又不懂得文学，不懂得"文章的技巧"，一直埋没了这种好诗，糟蹋了这种好诗。他们都是"凭了自己的意见，于诗的本身之外加了许多的事件来解诗"。《毛诗故训传》

---

[1] 一多:《诗经的性欲观》，上海《时事新报·学灯》1927年7月9日、11日、12日、14日、16日、19日、21日。

(即《毛传》)解释"虽速我讼,亦不女从",说是"终不弃礼而随此强暴之男"[1];将"室家不足"解为礼不足。郑玄《毛诗传笺》(即《郑笺》)曰:"室家不足,谓媒妁之言不和,六礼之来,强委之。"[2]朱熹《诗集传》解释第一章"厌浥行露,岂不夙夜,谓行多露",云:"南国之人遵召伯之教,服文王之化,有以革其前日淫乱之俗。故女子有能以礼自守,而不为强暴所污者,自述己志,作此诗以绝其人。言道间之露方湿,我岂不欲早夜而行乎?畏多露之沾濡而不敢尔。盖以女子早夜独行,或有强暴侵陵之患,故托以行多露而畏其沾濡也。"[3]在废名看来,毛、郑、朱都是拿一个"礼"字来解释《行露》。朱熹虽然较高明,但他到底是道学家。他所谓"作此诗以绝其人"实有所见,"有以革其前日淫乱之俗"似乎也知道男女曾有关系,但他"说不出人情之所以然,扯到教化上面去了"。《野有死麕》这首诗,废名认为是一首最好的牧歌,而腐儒们却用一个"礼"字把它掩盖起来了。如《诗小序》云:"野有死麕,恶无礼也。天下大乱,强暴相陵,遂成淫风,被文王之化,虽当乱世,犹恶无礼也。"[4]《郑笺》云:"乱世之民贫,而强暴之男多行无礼,故贞女之情,欲令人以白茅裹束野中田者所分麕肉为礼而来。"[5]《诗小序》和朱熹《诗集传》都将《摽有梅》的题旨说成是"男女及时也"或"惧其嫁不及时,而有强暴之辱也"[6],废名则认为它是一

---

1 [汉]毛亨传、郑玄笺,[唐]陆德明音义:《毛诗》卷一,四部丛刊景宋本,第31页。
2 [汉]毛亨传、郑玄笺,[唐]陆德明音义:《毛诗》卷一,四部丛刊景宋本,第31页。
3 [宋]朱熹:《诗集传》卷一,上海古籍出版社1980年新1版,第10页。
4 [周]卜商:《诗序》卷上,明津逮秘书本,第14页。
5 [汉]毛亨传、郑玄笺,[唐]陆德明音义:《毛诗》卷一,四部丛刊景宋本,第38页。
6 [宋]朱熹:《诗集传》卷一,上海古籍出版社1980年新1版,第11页。

首思想健康、意义明白的诗歌。这首诗的诗意被那些思想不健康的人歪曲了，他们不承认或拒绝"女子求爱"这一事实，结果"把一首青春欢乐之歌当作嫁不出去的老处女的忧虑"。再如《蝃蝀》一诗，《毛传》和朱熹《诗集传》等都视之为"刺淫奔"之作，废名则把它看作是一首"同情于弱女子"的诗，写的是一个没有信义的丈夫想抛弃自己的妻子。他说："《国风》里的诗没有一首刺女子的，都是同情女子的。在封建社会里头，本来是男子的势力，要刺女子整个社会在那里刺，用不着诗人作诗了，若作诗则必是反抗社会，反抗社会即是同情女子。这正是诗之所以为诗。"孔子说："《诗》三百，一言以蔽之，曰'思无邪'。"[1] 废名认为，中国的腐儒们之所以不能正确解释《诗经》中的诗，"究其实乃因为他们的思想是'邪'的，即是封建思想"。相反，"在中国只有民间的思想，每每是'无邪'的"。废名尊重、同情女性，极力为《诗经》里的"女子"申辩，这与他在文学创作中对待女性的态度是一以贯之的。

废名讲解《诗经》，还特别注重从生活实际出发，一方面把诗看成是对生活的写实，另一方面又证之以自己的生活经验和写作经验。他认为，"文学的题材便是实际的生活"，没有生活就没有诗。"凡属有生命的文学，都是写实的。"所谓写实，就是"写实生活"。《关雎》《桃夭》《行露》等诗，如果没有生活经验做底子，是写不出来的；读者若没有相应的生活体验，也是不可能正确理解这些诗的意义的。废名认为《桃夭》就是从实际生活里面写出来的诗，这首诗从"花"写

---

[1] 《为政篇第二》，载杨伯峻：《论语译注》，中华书局1980年版，第11页。

到"果"再写到"叶",将一株桃树的整个生命都唱出来了,能够激起人们生活上一种丰富的感情。像这样的诗必然是民间的诗,不是写诗人个人的诗思。"个人的诗写得好,可以表现一种个性;民间的诗写得好,表现的则是民族性。"个人的诗,像晏殊《渔家傲(荷叶初开犹半卷)》中的"如花似叶长相见",与生活(大众生活)脱节,只是一句好诗而已。而《桃夭》写的是家庭生活,即"中国的夫妇之道",故表现了一种民族性。《汉广》也是必有"采薪"的真实生活做底子才能写出来,那些"空想的学士大夫决不能有此气息,因为这种诗里头有劳动者的血液流通"。《车舝》中"析其柞薪,其叶湑兮"的意义,非有实际经验的人是不能懂得的,而其实感,则只有在"析薪"之时亲自站在树下才能领略。《汉广》《车舝》,还有《南山》《绸缪》等诗,都写到了"薪",或"析薪",或"束薪",很能表现一种"农村社会的空气",因为采薪这件事是农村生活的一个很重要的部分,男女共同操作,古代如此,现代还是如此。这足以说明《诗经》是"实写生活"。在讲到《匏有苦叶》时,废名认为这首诗写一个济渡处,完全是写实。他说他小时候常常在一个济渡处玩耍,《匏有苦叶》所写的完全是他所看见的情形。关于这一情形,废名在1948年发表的《散文》一文中,曾有过具体的叙述:

我读这篇诗,感得热闹极了,也便是记起小时故乡小南门外的情景。深则厉浅则揭已说过。有时车子渡河,或是货车,或女子回娘家坐的车,没有桥,水里过,我们小孩子在岸上看,惟恐把它濡了,又惟恐不把它濡了,因为小孩子总是淘气。把女子扎车的彩被濡了那更可惜了。沙岸上车子的辙迹印得很深也很有趣。冬天里看人家"报日"（报日者，请期纳采，通俗以鸡和鹅代替古礼之雁者也），看人家抬花轿，都在这沙滩上，因为这时河里没有水。至于"招招舟子，人涉卬否"，我们小孩子则不觉得，这大约是寂寞的心事，小孩子隔膜了。诗真是写得热闹，是写实。[1]

废名认为，《诗经》于他的隔膜主要有二，一是字，有的不认得；二是草木鸟兽之名，有的不识得。除此之外，则没有什么障碍了。即使有的草木鸟兽不曾识得，但由于有相类似的生活经验，所以也不难理会。例如，《关雎》中"参差荇菜"的"荇菜"，《毛传》解释："荇，接余也。"[2] 这个解释等于没有解释，因为"接余"也不知道是什么东西。不过，废名在农村有过采菱角的经验，曾坐在小船上，"左右流之"，又"左右采之"。因此，由采菱角去推测采荇菜，由"左右流之""左右采之"去推测"左右芼之"，"还是能感得亲切的"。

废名自称，他之所以能懂得《诗经》的意义，还因为有许多"写作的经验"。他在北京大学英文系学习期间，通过阅读西洋文学，启发了他的文学创作，并得到了文学技巧上的训练，"这个训练是什么呢？便是文学的写实主义"。（这一说法，与他早期的文学创作并不完全相符。）废名认为："《诗经》的文章是写实主义，《诗经》所表现的生活是现实主义。"在废名那里，"现实主义"与"写实主义"是两个性质

---

[1] 废名：《散文》，北平《华北日报·文学》1948年2月22日第9期。
[2] ［汉］毛亨传、郑玄笺，［唐］陆德明音义：《毛诗》卷一，四部丛刊景宋本，第8页。

不同的概念，前者是针对内容、题材而言的，后者则是指写作的方法和技巧。废名如此看重"写实"，主要在于这一时期，他的思想意识、文学观念都发生了较大的转变。抗日战争期间，废名到故乡黄梅避难。近十年的乡居生活，对他影响甚巨。他曾宣称："我现在只喜欢事实，不喜欢想像。如果要我写文章，我只能写散文，决不会再写小说。"[1]还说他以前的小说创作，把事实都糟蹋了，现在想将那些事实一一还原。20世纪40年代后期，废名在谈卞之琳《十年诗草》的讲稿中也一再声言："我是喜欢写实的""我喜欢具体的思想""凡不是写实的思想我都不喜欢了"[2]。此时，废名不仅创作了近乎实录的长篇小说《莫须有先生坐飞机以后》，而且把是否具有"写实精神"作为衡量文学创作有无价值的一个尺度。他认为："中国后来的人之所以不懂得《三百篇》，便因为后来的文学失掉了写实的精神，而《三百篇》是写实的。"

"生活""写实""民间""民族性"，这是废名解读《诗经》的几个关键词，恐怕也是他从《诗经》总集中择选诗歌的标准。

三

1946年，废名由湖北黄梅返回北京大学后，曾讲过《论语》专书，但因听课的学生小学基础比较差，连一些字句都不理解，听他讲课实嫌太深，大多不得要领，故教学效果不甚理想。废名讲《诗经》，改

---

1 废名:《散文》，北平《华北日报·文学》1948年2月22日第9期。
2 废名:《〈十年诗草〉》，北平《华北日报·文学》1948年3月21日第12期。

变了教学方式和方法，常常将训诂和解析融为一体，既解释难懂字词，还将个别重点句子用白话进行了翻译。但是，废名讲训诂，并没有旧学派所惯常用的那一套烦琐的考证，而是参考《诗大序》《毛传》《郑笺》、朱熹《诗集传》、陈奂《诗毛氏传疏》、姚际恒《诗经通论》、方玉润《诗经原始》、王引之《经传释词》等诸家的成果，博观约取，通过辨析，择善而从，并时时有所发明，有自己的独得之见。废名对古代文学遗产所抱定的一种批判继承的态度，于此可见一斑。例如：

《匏有苦叶》中"雉鸣求其牡"，《毛传》云："违礼义不由其道，犹雉鸣而求其牡矣。飞曰雌雄，走曰牝牡。"[1]《郑笺》云："雉鸣反求其牡，喻夫人所求非所求。"[2]《诗毛氏传疏》云："传嫌牡雄可以通称，故又申释之云：'飞曰雌雄，走曰牝牡'者，雌雄从隹为飞鸟，牝牡从牛为走兽，刺夫人兼刺宣公也。"[3]毛、郑、陈都认定《匏有苦叶》是"刺卫宣公与其夫人并立为淫乱"，故说"飞禽"在那里求"走兽"。废名很赞成王引之的说法："牡即雉之雄者，故曰'其牡'，若属之走兽，不得言'其'矣。《传》《笺》失之。"[4]废名认为，"雉鸣求其牡"意思是说雌雉求雄雉，这里应该用"牡"字，若改"牡"为"雄"则死煞；同时还有用韵的关系，因为前一句"济盈不濡轨"的"轨"读作"九"音。

《蝃蝀》一诗，多谓"刺奔"之作。姚际恒质疑曰："此诗未敢强

---

1 ［汉］毛亨传、郑玄笺，［唐］陆德明音义：《毛诗》卷二，四部丛刊景宋本，第59页。
2 ［汉］毛亨传、郑玄笺，［唐］陆德明音义：《毛诗》卷二，四部丛刊景宋本，第59页。
3 ［清］陈奂：《诗毛氏传疏》卷三，清道光二十七年陈氏扫叶山庄刻本，第169页。
4 ［清］王引之：《经传释词》卷十，清嘉庆二十四年刻本，第367—368页。

解,《小序》谓刺奔虽近似,《大序》谓文公尤无据,然'女子有行,远父母兄弟',《泉水》《竹竿》二篇皆有之,岂亦刺奔耶? 此语乃妇人作,则此篇亦作于妇人未可知,必以为刺奔,于此二句未免费解。"[1] 废名认为姚际恒很有识见。在他看来,这首诗第一章、第二章是叙述,第三章"乃如之人也,怀婚姻也。大无信业,不知命也",不是男子对女子所说,而是女子指责那个背信弃义的男子的话。

《汉广》中"言秣其马"的"言"字,《毛传》《郑笺》都训作"我"。"言秣其马"便是"我秣其马"。关于"言"字,胡适曾专门做过研究。他指出,《诗经》里的"言"有三义,一是挈合词或连词,其功用与"而"字相似,大抵都位于两个动词之间;二是作"乃"字解,是一种状字,用以状动作之时;三是有时也作代名之"之"字[2]。废名采信胡适的看法,认为"言秣其马"中的"言"字确乎是一个连接词,把"子之于归"与"秣马"两件事连在一起,意为"女儿出嫁了,所以喂马呵"。至于秣马这件事是谁做的,则毫无关系。诗中"南有乔木,不可休息",《郑笺》曰:"木以高其枝叶之故,故人不得就而止息也。"[3] 废名认为这是可笑的说法,"高其枝叶正好止息于其下了"。这两句不是空空的"兴也","南"或许就是江南岸,或许就是远远地望见的南边,在那里有一棵大树,然而望得见却不能到那树底下"止息"。

《行露》首章"厌浥行露。岂不夙夜? 谓行多露",废名认为第一句是叙述句,后两句是诗中女主人公的自述(二、三两章亦然)。这一

---

1 [清]姚际恒:《诗经通论》卷四,清道光时期年铁琴山馆刻本,第175—176页。
2 胡适:《诗三百篇言字解》,《胡适文存》卷二,上海亚东图书馆1924年版,第1—5页。
3 [汉]毛亨传、郑玄笺,[唐]陆德明音义:《毛诗》卷二,四部丛刊景宋本,第19页。

章《毛传》谓之"兴",姚际恒称之"比",朱熹以为"赋"。废名认同朱熹的说法,而否定毛、姚的解释。

讲稿中,废名结合所讲授的诗歌,对"兴"体做了较细致的分析和阐释。

赋、比、兴是《诗经》所运用的三种基本艺术表现手法。自《周礼·春官》提出这些名称之后,诠释者蜂起,但多各执一端,言人人殊。其中,比较流行的是朱熹的解释:

兴者,先言他物以引起所咏之词也。
赋者,敷陈其事而直言之者也。
比者,以彼物比此物也。[1]

相对而言,论者对赋、比的看法比较一致,而对兴的界说则最为混乱。20世纪二三十年代,"古史辨派"曾对"兴"的问题展开过讨论。1931年11月由北平朴社出版的《古史辨》第3册就收有顾颉刚《起兴》、钟敬文《谈谈兴诗》、朱自清《关于兴诗的意见》、刘大白《六义》和何定生《关于诗的起兴》等5篇专题论文。总的来讲,这些论文进一步阐发了朱熹注《小星》诗"因所见以起兴,其于义无所取"[2]的看法,认为兴就是起一个头,多半是与本意没有干系的"趁声"。朱自清的意见较有代表性,他的研究也较为深入。朱自清指出,"由近及远"

---

1 [宋]朱熹:《诗集传》卷一,上海古籍出版社1980年新1版,第1、3—4页。
2 [宋]朱熹:《诗集传》卷一,上海古籍出版社1980年新1版,第12页。

是兴存在的重要原则,"所歌咏的情事往往非当前所见所闻,这在初民许是不容易骤然领受的;于是乎从当前习见习闻的事指指点点地说起,这便是'起兴'。又因为初民心理简单,不重思想的联系而重感觉的联系,所以'起兴'的句子与下文常是意义不相属,即是没有论理的联系,却在音韵上(韵脚上)相关连着";"这种'起兴'的句子多了,渐渐会变成套句",《诗经》中常有相同的起兴的句子;"诗有赋比兴之分;其实比兴原都是赋,因与下文或涵蕴的本义的关系,才有此种区别。""无论比兴,所直说的'此事',原来必是当前习见习闻的事物。"[1]

废名对兴的看法与朱自清的意见基本上是一致的。他认为,所谓兴,其实就是赋,就是"即事",也就是一种叙述。他还反复说,兴就是写实,就是写面前的事情,并不是凭空拿一个什么来兴起什么。他把写实的意义进一步规定为:"写实者便是将生活上就其时与地自然而然可以联得起来的事情写下来的意思。""关关雎鸠,在河之洲"与"窈窕淑女,君子好逑"是同时同地之所见,故自然而然地写下来。《常棣》中的"常棣之华,鄂不韡韡。凡今之人,莫如兄弟"和"脊令在原,兄弟急难。每有良朋,况也永叹",都是把所见的东西与心下想的事情一起说出来。《汉广》中"翘翘错薪,言刈其楚。之子于归,言秣其马","刈其楚"与"秣其马"虽不是同时同地发生的事情,但两件事与此时此地最为关联。在废名看来,眼面前的事情本来是无逻辑的。《关雎》一诗,如果按照朱熹的话,说是淑女与君子"相与和乐而

---

[1] 朱自清:《关于兴诗的意见》,载顾颉刚编著:《古史辨》第3册,北平朴社1931年版,第683—685页。

崇敬，亦若雎鸠之情挚而有别"[1]，那便成了逻辑。"若是逻辑，则很难写，写出来也不一定是诗，因为你没有感情。"当然，不是写眼面前的事情而兴起下文的情况也有。如：

匏有苦叶，济有深涉。
(《邶风·匏有苦叶》)

相鼠有皮，人而无仪。
相鼠有齿，人而无止。
相鼠有体，人而无礼。
(《鄘风·相鼠》)

扬之水，不流束薪。彼其之子，不与我戍申。
(《王风·扬之水》)

赳赳葛屦，可以履霜。掺掺女手，可以缝裳。
(《魏风·葛屦》)

这些都是仅仅因为用韵的缘故，由上句而兴起下句。《诗经》中"扬之水，不流束薪"（另见《郑风·扬之水》），"赳赳葛屦，可以履霜"（另见《大车》）都出现过两次，废名认为这可以证明它们不是

---

[1] ［宋］朱熹：《诗集传》卷一，上海古籍出版社1980年新1版，第2页。

"即事",是"因为用韵的原故,或者是当时的成语,故而雷同"。

值得一提的是,废名对旧日注家的观点,似乎也偶有误解之处。例如《摽有梅》中"其实七兮""其实三兮",《毛传》解释前者为"(梅)尚在树者七"[1],朱熹《诗集传》解释后者为"梅在树者三"[2]。废名认为:"这是多么不自然的看法!天下那有这样的笨人,数一数树上还有几颗果子呢?"又说:"最可笑的,既然只剩下三个在树上,则第三回为什么又'顷筐取[3]之'? 这似乎至少不只三个,所以拿筐子来盛取。"按废名的意思,"其实七兮""其实三兮",指的是树上落了七颗梅子、三颗梅子,最后落梅多了,故"顷筐墍之"。这种解释当然也言之成理,未尝不可,但他似乎误解了毛、朱的原意。毛、朱所谓"七"和"三",并非指树上有剩梅七颗或三颗,盖指梅子在树者有"七成"或"三成"。如果这样来理解的话,那么下文"摽有梅,顷筐墍之"自然也就顺理成章了。

---

[1] [汉]毛亨传、郑玄笺,[唐]陆德明音义:《毛诗》卷一,四部丛刊景宋本,第34页。
[2] [宋]朱熹:《诗集传》卷一,上海古籍出版社1980年新1版,第12页。
[3] 应为"墍"。

废名关于杜甫"三吏"编次等问题的考辨[*]

在吉林大学任教期间,废名曾对杜甫进行过全面、系统的研究,著有《杜诗讲稿》《杜诗稿续》《杜甫论》《杜甫诗论》等。其杜甫研究在20世纪五六十年代产生了较大影响,为我国"新杜学"的建立与发展做出了一定贡献。

废名在文本细读的基础上,结合相关历史事实,主要运用以杜解杜、以诗证诗的方法,对杜甫部分诗歌的编次、写作时间、用字及其生平事迹等问题有过或详或略的考辨。这里,仅择其要者加以介绍。

一、关于"三吏"的编次

乾元元年(758年)六月,杜甫因房琯事被贬为华州(今陕西华县)司功参军。是年冬,杜甫前往东都洛阳。乾元二年(759年)正月,史思明在魏州(今河北大名)自称大圣燕王,二月引兵南下以救邺城(今河南安阳)之围。其时,郭子仪、李光弼、王思礼等九节度

---

[*] 此篇收入本书前,未公开发表。

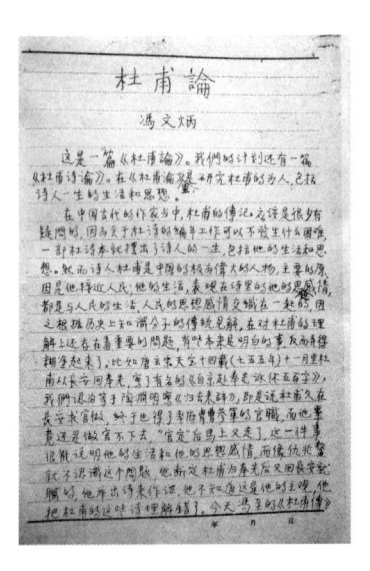

《杜甫论》手稿

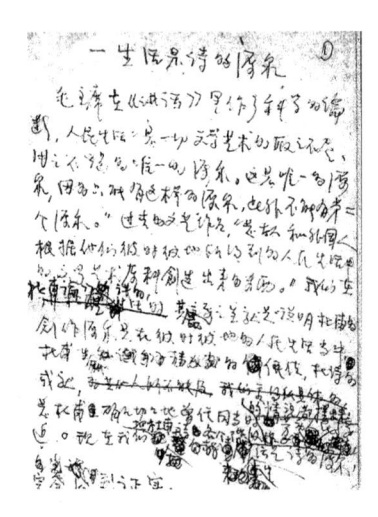

《杜甫诗论》手稿　　　　　《杜诗稿续》手稿

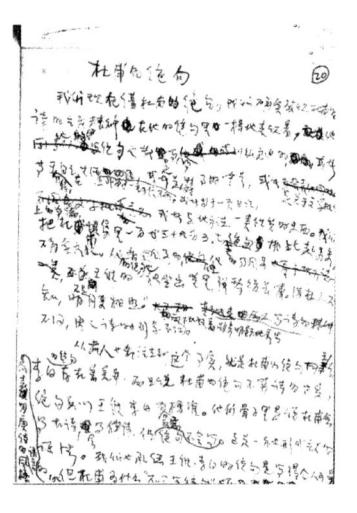

使率60万大军围邺城已有数月，因诸军无统帅，城久攻不下。三月壬申日，唐军与史思明叛军决战于安阳河之北，郭子仪断河阳桥，退守洛阳。朝廷为扭转战局，加强战备，遂到处征兵抓丁。杜甫匆匆由洛阳返回华州，并就沿途所见所闻，写下著名的诗篇"三吏"和"三别"。

关于"三吏"的编次，旧本多有不同。如：宋蔡梦弼《杜工部草堂诗笺》第十三卷的编次是《潼关吏》《石壕吏》和《新安吏》；明王嗣奭《杜臆》的编次是《潼关吏》《新安吏》和《石壕吏》，且不放在一处，首篇列于卷之二，后两篇列于卷之三；清杨伦《杜诗镜铨》卷五的编次是《新安吏》《潼关吏》和《石壕吏》。诸家如此编次，均未说明各自的理由和依据。废名的看法是：

杜甫在乾元二年由洛阳回华州，过了新安县，再到石壕村，再到潼关，那么"三吏"的诗的次序应该先是《新安吏》，再是《石壕吏》，再是《潼关吏》，而一般的编次则把《潼关吏》一首放在三首的中间，这看来是小事，却反映着对杜甫的作诗的感情有些隔膜，也就是没有把杜甫的生活——他的旅行的状况给读者产生亲切的印象。因为从《新安吏》和《石壕吏》两首诗的不同气氛，分明是诗人写了这一首突然又写那一首的，在《新安吏》里杜甫说了许多动感情的话，而在《石壕吏》里他一句话也不说，他倒是一夜没有睡觉，"夜久语声绝，如闻泣幽咽。"这两首诗的连续着写,真真反映了杜甫之为人。[1]

杜甫自洛阳返华州,必定是先到新安(今河南新安),再经石壕村(今河南陕县),后至潼关。从行走的路线来看,相对于旧本,废名的编次应该说是比较合理的。"三吏"的编次问题,"看来是小事",但废名认为《新安吏》《石壕吏》和《潼关吏》三首诗依次连续着写,既反映了杜甫"作诗的感情",也反映了"杜甫之为人"。

二、关于前后《出塞》的写作时间

《前出塞》共9首,《后出塞》共5首。关于这两组诗的写作时间,向来说法不一。如:

> 《杜臆》:《前出塞》云赴交河,《后出塞》云赴蓟门,明是两路出兵。考唐之交河,在伊川西七百里。当是天宝间,哥舒翰征吐蕃时事。诗亦当作于此时,非追作也。张綖注:单复编在开元二十八年,黄鹤以为乾元时,思天宝间事而作,今依范编在天宝年间。……胡夏客曰:前后出塞诗题,不言出师而言出塞,师出无名,为国讳也,可为诗家命题之法。当时初作九首,单名出塞,及后来再作五首,故加前后字以分别之。旧注见题中前后字,遂

---

[1] 冯文炳:《杜甫论》,载陈建军、冯思纯编订:《废名讲诗》,华中师范大学出版社2007年版,第314—315页。

疑同时之作，误矣。[1]

  鲍钦止曰：天宝十四载三月壬午，安禄山及奚、契丹战于潢水，败之。故有《后出塞五首》，为出兵赴渔阳也。今按末章，是说禄山举兵犯顺后事，当是天宝十四载冬作。[2]

废名参考旧日诸家注本，择善而从，认为前后《出塞》既是"追作"，也是"同时之作"，正如黄鹤所说"当是乾元二年至秦州思天宝间事而为之"。其理由如下：

其一，《前出塞》第三首云："磨刀呜咽水，水赤刃伤手。欲轻肠断声，心绪乱已久。"这里化用了"陇头流水，鸣声幽咽，遥望秦川，肝肠断绝"的典故。废名认为杜甫诗中的情景不是从《陇头歌辞》的典故空想出来的，而是融入了他自己乾元元年七月由华州往秦州时度陇山的生活经验。这是废名推定《前出塞》乾元元年作于秦州的主要依据。

其二，《前出塞》第七首云："中原有斗争，况在狄与戎。"废名认为"中原有斗争"是指"安史之乱"尚未了结，中原还在打仗，与杜甫两年前在《送韦六评事充同谷郡防御判官》中所说的"中原正格斗"是同一件事，"只是形势到两年后在秦州写《前出塞》时要缓和一些"[3]。西方曰戎，北方曰狄。主人公身在"戎"即秦州，是"西""北"并

---

1 ［清］仇兆鳌：《杜诗详注》卷二，上海古籍出版社1992年版，第53页。
2 ［清］仇兆鳌：《杜诗详注》卷四，上海古籍出版社1992年版，第118页。
3 冯文炳：《杜甫写典型——分析〈前出塞〉、〈后出塞〉》，《东北人民大学人文科学学报》1956年第1期。

忧，一方面抵御吐蕃，另一方面又不忘北胡侵犯中原之战事。

其三，既然《前出塞》作于秦州，那么《后出塞》也必定是在秦州所写。《后出塞》第五首云："坐见幽州骑，长驱河洛昏。中夜间道归，故里但空村。"废名认为："这是主人公自述安禄山长驱洛阳时他逃回家里，杜甫在天宝十四年自京赴奉先以后没有机会遇见这种人物，只有乾元元年他从华州回洛阳时可能遇见，因而写出诗来。把这诗的写作时期推迟一年或几个月（从华州回洛阳时乾元元年冬，从洛阳回华州是乾元二年春，乾元二年七月至十月客秦州）当然也可以，就是推迟到客秦州时。"[1]

其四，两组诗两个人物，一个出塞在前，一个出塞在后；一个"悠悠赴交河"，一个"召募赴蓟门"；一个"从军十余年"，一个"跃马二十年"。若前后《出塞》是同时写的，那为什么后者的时间反而比前者还要多些呢？废名的解释是：前者是一个士兵，"诗从他从军的时候写起，到写诗时'从军十余年'"；后者是一个将校，所谓"跃马二十年"，不是从他"召募赴蓟门"时算起[2]。

废名颇为看重自己对前后《出塞》写作时间的考定，在《杜诗讲稿》《杜甫论》《杜甫的价值和杜诗的成就》和《美学讲义》中一再提及。在他看来，弄清前后《出塞》同时作于秦州，"对于理解杜甫和他的诗和他的时代都极重要"[3]，"这是文学史上的重大事件，而从古以来多

1　冯文炳：《杜甫的价值和杜诗的成就》，《人民日报》1962年3月28日。
2　冯文炳：《杜甫写典型——分析〈前出塞〉、〈后出塞〉》，《东北人民大学人文科学学报》1956年第1期。
3　冯文炳：《杜甫写典型——分析〈前出塞〉、〈后出塞〉》，《东北人民大学人文科学学报》1956年第1期。

数人对于这件事不曾作认真的考虑,抱着不正确的见解,把杜诗的光辉都掩盖住了"[1]。

乔象锺、吴代芳等人曾针对废名的观点提出了否定意见。如,乔象锺认为:"作者用了很多的篇幅来讨论这两组诗的写作时间,如果确有事实根据,也未尝没有意义,但是他的根据主要是'《前出塞》与《后出塞》是有计划的创造,是大力的创造',由此便说:'必成于一时。'这个理由也不能成立。以前评论家们都认为《前出塞》和《后出塞》是不同年代所产生的,从它们的内容看,也显然是两个不同时间内的历史事件的反映。这正说明诗人对现实是敏感的,诗人对社会问题是关切的,而冯先生认为'必成于一时'却是并无事实根据所强下的论断,对于理解杜甫和他的诗并没有什么意义。"[2]读了乔象锺的文章后,废名及时做了回应,依然坚持旧说并有所发挥[3]。

三、关于"白首放歌须纵酒"

广德元年(763年)正月,杜甫在梓州(今四川三台)听说史朝义自缢,唐军收复河南河北,大喜之余,作七律诗《闻官军收河南河北》。诗中有"白首放歌须纵酒,青春作伴好还乡"二句。前一句中

---

1 冯文炳:《杜甫论》,载陈建军、冯思纯编订:《废名讲诗》,华中师范大学出版社2007年版,第314—315页。
2 乔象锺:《对于〈杜甫写典型〉一文的意见》,《光明日报·文学遗产》1957年3月24日第149期。
3 冯文炳:《关于杜诗两篇短文》,《光明日报·文学遗产》1957年6月30日第163期。其中,《〈前出塞〉、〈后出塞〉不是写正面人物吗?》即是读乔象锺文后所作。

《杜诗讲稿》原刊本（《东北人民大学人文科学学报》1956年第3、4期）　　　《杜诗讲稿》铅印本

的"白首"，一般作"白日"。废名认为这首诗是杜甫"最狂喜的一首'白头吟'"。"'青春作伴好还乡'是写这年春天的真实的愿望。'白首放歌须纵酒'也正是这个老年人狂喜的实际情形。这两句不是一般的文字上的对偶，是真正地写出了生活。"因此，"白首放歌"是对的，作"白日放歌"不对[1]。

在《谈"语不惊人死不休"》一文中，废名仍旧不取"白日"而用"白首"。他说："'白首放歌须纵酒，青春作伴好还乡'，又最写出

1　冯文炳：《杜诗讲稿》，《东北人民大学人文科学学报》1956年第3期。

了杜甫的性格，'白首'对'青春'在这里真对得好。官军收河南河北是广德元年春天的事，所以'青春作伴好还乡'是写实，'白首放歌'当然也是写实，杜甫屡次说自己的'白首'，他的头发早白了，现在有青春作伴还乡之喜，故这个老头儿纵酒放歌了。"[1] 1961年10月5日，浙江丽水碧湖中学教员李奕致信废名。他认为："如系'白首'则下句'青春'似宜作'青春年少'解，如系'白日'则下句'青春'也可解为时令。据《唐书》，收蓟北可能在唐宝应二年[2]春天的事，那么杜甫闻讯拟立即东归，正表现了他归心之切。"同年12月6日，废名给李奕写了一封回信，后与李奕信合题《书信往来》，刊于《长春》文学月刊1962年2月号。信中，废名再次申说了自己的理由：仇兆鳌《杜诗详注》虽也注了"一作'日'"，但采用的是"首"字，此其一；杜甫同时所作《九日登梓州》中将"白头翁"与"黄花酒"对举，可见他的确是"白首"，此其二；整首诗都是实写，若为"白日"则容易被看作是虚写，也显得一般化，此其三。

"白首"与"白日"，究竟哪个对、哪个好，实属见仁见智之事。废名所说固然有理，李奕所言也未必完全不是。迄今为止，关于"白首"与"白日"孰是孰非的争议还在继续。

四、关于杜甫是否就右卫率府兵曹参军

天宝十三年（754年）冬，京师因水灾而乏食，杜甫将妻儿送往奉

---

1 冯文炳：《谈"语不惊人死不休"》，《长春》文艺月刊1961年10月号。
2 应为唐代宗广德元年。

先（今陕西蒲城）安置，只身返回长安。次年初夏至白水（今陕西白水），看望其舅氏崔顼。秋，同崔顼至奉先。十月，回长安，被任命为河西县尉，不就。不久，改授右卫率府兵曹参军。十一月，赴奉先探视家小，作《自京赴奉先县咏怀五百字》。按通行的说法，天宝十五年（756年）二月，杜甫又独自由奉先返回长安，就右卫率府兵曹参军职。五月，即长安沦陷前一个月，奔往奉先，携家小至白水投靠崔顼。

废名认为，杜甫在天宝十四年（755年）十一月归奉先后，并未回长安就右卫率府兵曹参军的官职。他说：

> 唐玄宗天宝十四载（七五五年）十一月里杜甫从长安回奉先，写了有名的《自京赴奉先咏怀五百字》，我们认为等于陶渊明写《归去来辞》，即是说杜甫久在长安求官做，终于也得到了率府冑曹参军[1]的官职，而他毕竟还是做官不下去，"官定"后马上又走了，这一件事很能说明他的生活和他的思想感情，而像仇兆鳌就不认识这个问题，他断定杜甫归奉先后又回长安就职的，他举出诗来作证，他不知道这是他的主观，他把杜甫的这些诗理解错了。今天冯至的《杜甫传》仍然沿袭了仇兆鳌的这个意见。[2]

废名做出这一判断的依据主要有两条：一是杜甫得右卫率府兵曹

---

[1] 应为"右卫率府兵曹参军"。《官定后戏赠》题下原注："时免河西尉为右卫率府兵曹。"《旧唐书》本传作"京兆府兵曹参军"，《新唐书》本传作"左卫率冑曹参军"，均误。参见莫砺锋《杜甫评传》，南京大学出版社1993年版，第92页。

[2] 冯文炳：《杜甫论》，载陈建军、冯思纯编订：《废名讲诗》，华中师范大学出版社2007年版，第314—315页。

参军官职后所作的《官定后戏赠》《去矣行》和《自京赴奉先县咏怀五百字》。他认为这三首诗是依次写的,"前两首表示他不肯'折腰'之意,接着就'归去来兮'了。一归去,马上就写了《自京赴奉先咏怀五百字》";如果《自京赴奉先县咏怀五百字》等于陶渊明的《归去来辞》,那么杜甫归奉先之后就没有回长安做率府的官[1]。二是杨伦的《杜诗镜铨》。仇兆鳌注本将《官定后戏赠》《去矣行》编在卷三,将《自京赴奉先县咏怀五百字》置于卷四,又说杜甫756年正月所作《晦日寻崔戢李封》是在长安写的,与《苏端薛复筵简薛华醉歌》"为一时作"。如此编次,说明杜甫归奉先后又回长安就职了。杨伦笺注本把这些诗一并列入卷三,且从黄鹤注,断《晦日寻崔戢李封》为杜甫寄居奉先时所作,而将《苏端薛复筵简薛华醉歌》视为杜甫数月后身陷长安时的作品。废名认为关于这些诗的编次,仇兆鳌的《杜诗详注》与事实不符,杨伦的《杜诗镜铨》是正确的。

平心而论,废名提出天宝十四年十一月杜甫归奉先后并未再回长

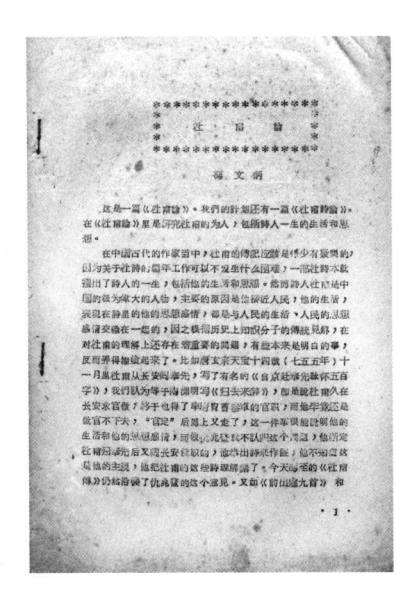

《杜甫论》打印本

1　冯文炳:《杜甫的价值和杜诗的成就》,《人民日报》1962年3月28日。

安就任右卫率府兵曹参军官职的观点，理据似不够充分，论证也欠周全，难以令人信服。且不说《自京赴奉先县咏怀五百字》是否等同于陶渊明的《归去来辞》，仅仅排除《晦日寻崔戢李封》和《苏端薛复筵简薛华醉歌》两首诗是于天宝十五年正月作于长安的可能，并不足以证明杜甫就没有回长安就职。废名不曾提到的《送率府程录事还乡》一诗，题下原注"程携酒馔，相就取别"，一般认为就是杜甫回长安右卫率府供职期间所写的。就算把这首诗甚或这一时段内的所有诗作都排除净尽，也只表明这一期间杜甫没有写诗，仍然不能因此而得出杜甫未回长安就职的结论。

总体来讲，废名善于文本细读与赏鉴，考据之学实非其专长。在他的整个杜甫研究中，涉及考辨的内容并不太多。唯其如此，方显得特别突出。姑不论其关于前后《出塞》写作时间等问题的看法是否有学术价值，他的那种敢于发前人所未发的学术精神就足以令后学者肃然起敬。

废名的两部鲁迅研究专著[*]

20世纪五六十年代,废名在眼睛几乎失明的情况下,花了大量时间和精力研究鲁迅、讲授鲁迅,付出了常人难以想象的艰辛和毅力。除《纪念鲁迅》《伟大的战士——纪念鲁迅逝世二十五周年》《关于〈阿Q正传〉研究》《〈孔乙己〉》和《读〈论阿Q〉》(未刊手稿)等多篇论文外,他还撰有两部鲁迅研究专著,一为《跟青年谈鲁迅》,一为《鲁迅研究》。

1952年,全国高等学校院系大调整,废名由北京大学调到东北人民大学(后更名为吉林大学),有半年多没有分配工作。他利用这一段时间,潜心撰写《跟青年谈鲁迅》[1],直至1953年1月17日脱稿。废名曾将书稿交给学校,希望能够作为辅助材料印发给青年教师和学生阅读,并一直等待着校方的答复。一天,他去学校开会,意外发现这部书稿竟然和其他资料一起乱堆在墙角边。他捡起自己的书稿,拂去灰尘,带回家,一气之下,把书稿寄给了时任中宣部副部长胡乔木。没想到,胡乔木很快回了信,认为这本书写得很好,并推荐给中国青年出版社。

---

[*] 原载《博览群书》2009年第2期。
[1] 据中华人民共和国高等教育部科学研究司1956年编印的《全国高等学校已完成的重要科学研究题目汇编》第1集,原题似为《跟青年谈谈鲁迅》。

1957年，废名（左二）指导学生论文

1955年8月，废名对书稿做了全面的修改和补充。1956年7月，《跟青年谈鲁迅》正式由中国青年出版社出版，首印2万册。同年11月，又加印了2万册。在那样的年代，4万册的发行量应该是相当可观的。

《跟青年谈鲁迅》计5.6万字，共15章，即《为什么要研究鲁迅和怎样研究鲁迅》《鲁迅的少年时代》《鲁迅在日本》《辛亥革命与鲁迅》《五四运动》《鲁迅的第一篇小说》《分析〈阿Q正传〉》《鲁迅怎样写杂感》《鲁迅的杂文是诗史》《共产主义者鲁迅》《鲁迅与现实主义传统》《鲁迅对文学形式和文学语言的贡献》《鲁迅的艺术特点》《鲁迅怎样对待文化遗产和民族形式》和《向鲁迅学习》。本书较全面地介绍了鲁迅的生平、时代、思想、创作、现实主义精神、艺术成就，同时还就为什么要研究鲁迅、怎样研究鲁迅、向鲁迅学习什么等问题做了简要说明。这是一部面向青年介绍鲁迅的普及读本，作者有意大量征引鲁迅的原文，"企图读者读了这些引文，加以我们的说明，对鲁迅可能有一个轮廓的认识，从而帮助读者进一步去读鲁迅的作品"[1]。

这部著作出版以后，在读者中产生了一定的反响。据说，周作人曾写信给废名，称废名"写得不对"[2]。不过，读者中也有正面评价的。1962年，杨扬在《人民日报》上发表了一篇文章，谈了他重读《跟青年谈鲁迅》的印象。他说："这书不是对鲁迅的生活与创作作专门研究的论述，而只是向青年们作介绍，也就有点像剪影。这剪影把鲁迅的为人及其作品勾出了朴素简明的轮廓，是阅读并研究鲁迅作品的一本有益的入门书。""作者冯文炳也许因为自己是较长一代知识分子中的过来人吧，所以他带着那样深切的感触叙述了鲁迅在过去时代的先进知识分子中突出的代表意义，特别是鲁迅那样坚决追求进步，探索救中国的道路以至后来成长为共产主义战士的过程。"他还说："全书朴素明了，侃侃而谈，容易为读者所接受。有些解释也较新颖，如关于女吊这个形象在鲁迅早期思想中的意义等颇能发人思考。"杨扬着重介绍了《跟青年谈鲁迅》的主要观点，同时指出："这本书也显得有点松散、不够谨严。书中引证多了一些，而作者的论点似乎还可以作进一步的论证、分析与发挥。"[3]

1955年以后，废名连续开设了几个学期的"鲁迅研究"专题课。

1　冯文炳：《跟青年谈鲁迅》，中国青年出版社1956年版，第109页。
2　冯思纯：《为人父，止于慈——纪念父亲诞辰100周年》，《新文学史料》2001年第2期。
3　杨扬：《一幅引人的剪影——重读〈跟青年谈鲁迅〉》，《人民日报》1961年9月28日第8版。

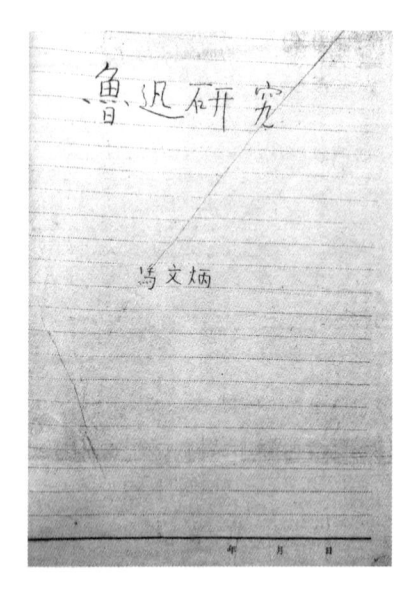

《鲁迅研究》手稿封面　　《跟青年谈鲁迅》，中国青年出版社1956年版

《鲁迅研究》就是在其讲稿的基础上写成的。这部著作完稿于1960年8月，除《引言》外，包括《一　鲁迅彻底地反对封建文化》《二　鲁迅是最早对普通话最有贡献的人》《三　鲁迅期待炬火和自己不以导师自居》《四　鲁迅的政治路线和文艺实践》《五　鲁迅早期思想里的矛盾和中国新民主主义革命现实在鲁迅作品的反映》《六　鲁迅重视思想改造》《七　鲁迅确信无产阶级文学》《八　鲁迅的局限性的表现》《九　〈狂人日记〉》《十　〈药〉》《十一　〈阿Q正传〉》《十二　〈祝福〉》《十三　〈伤逝〉》和《十四　学习鲁迅和研究鲁迅的方法》等14章。其中，第9章、第11章的部分内容分别在《长春》文学月刊、《东北人民大学

人文科学学报》上发表过。第9章、第10章曾合题为《鲁迅的小说》（内容略有不同），作为东北人民大学1957—1958学年第一学期的教材。较之于《跟青年谈鲁迅》，《鲁迅研究》对鲁迅的研究更为深入，理论色彩更为浓厚，是一部真正的学术专著。这部著作在总体认识和看法上与《跟青年谈鲁迅》有一贯之处，但某些观点也有所改变。

中华人民共和国成立后，在相当长的一段时间里，鲁迅研究工作一方面取得了重大的进展，另一方面也遭到了前所未有的曲折，渐渐走上模式化、公式化、简单化、庸俗化的歧路。废名当然不可能逃脱这一宿命。但是，在鲁迅研究方面，废名也于一片喧哗声中发出了富有个性的"不和谐"之音。废名认为，对鲁迅所有的文章，"如果取绝对肯定的态度，首先就不合乎鲁迅的精神"。"不认识鲁迅早期思想上的局限性是没有好处的，他的这个局限性就是到晚期也还偶有流露"，"我们认清鲁迅早期思想上的局限性，同时就是体会中国新民主主义革命的正确性"。废名所谓鲁迅早期思想的局限性具体表现在这几个方面：他认为，鲁迅是爱国主义者、民主主义者，不是革命民主主义者；鲁迅反封建是彻底的，但反帝的思想还没有明确起来；鲁迅所反对的是封建社会的上层建筑，而非其经济基础；他还认为，鲁迅是本着小资产阶级即其"熟识的本阶级"的利益说话的，没有阶级意识。

此外，废名还认为：《狂人日记》"与十月革命并没有关系"，"不是在十月革命的影响下创作的"；阿Q是"城街雇工"的典型；《药》标志着"中国的新文学确实站立起来了"；《祝福》是鲁迅"表现在《呐喊》里的乐观空气一扫而空的第一篇小说"；"鲁迅的失业对《伤逝》有决定的影响"；《伤逝》在客观上指出了两条死路——"盲目的爱是没有出路的，是死路，盲目的'求生'同样没有出路，是死路"，而且后者显得更为重要；等等。这些观点即便是放在现在，也都是比较独特而新颖的。

《鲁迅研究》完稿后，废名曾寄给了当时的中宣部副部长周扬，周扬又转给了中国作家协会党组书记邵荃麟。1961年8月29日，邵荃麟致函废名，充分肯定了废名的鲁迅研究工作。他说："你是文艺界的前辈，对文艺研究工作，怀着如此巨大信心和兴趣，令人鼓舞。读了《鲁迅研究》，可以看出你是花了不少精力，有你自己独到的见解。某些论述，如关于鲁迅重视思想改造，关于鲁迅后期思想的分析等，都写得很好。"他认为值得商榷的是废名对于鲁迅五四时期思想的某些看法，特别是"对'五四'时期鲁迅的彻底不妥协的反帝反封建的精神估计得过低了"[1]。在谈了自己对五四时期到1927年间鲁迅思想的看法之后，邵荃麟建议废名修改后再考虑出版事宜。邵荃麟将书稿随函寄还给了废名，但废名始终坚信自己的观点，并未听从邵荃麟的建议对其《鲁迅研究》书稿进行修改。

"文化大革命"开始不久，废名把《鲁迅研究》交给了学校。几十年之后，冯思纯曾专程到吉林大学中文系寻找废名失落的手稿，一位教师把他保存的《鲁迅研究》通过中文系转交给了冯思纯。冯思纯一度把书稿送给其堂兄、原河北师范大学教授冯健男。冯健男去世后，这部书稿又回到了冯思纯手中。历经劫难，几经周转，《鲁迅研

---

[1] 邵荃麟：《关于鲁迅从"五四"到一九二七年的思想——致〈鲁迅研究〉作者冯文炳同志的信》，《图书馆杂志》1982年第1期。

究》手稿居然能够完好无损地存留下来，确乎是一个奇迹。这部手稿有290页，约20万字。此外，有打印本，题上标"1962—1963学年第一学期"，署名冯文炳。该本系手稿之"一""五""四·3""九""十一""十二"和"十三"，未标序号，大量引文不曾抄入，仅列出处。

一场没有结果的争鸣
——关于废名的《阿Q正传》研究*

阿Q是一个典型,这是众多论者的共识。若进一步追问:阿Q究竟是个怎样的典型?其意义何在?对这些问题的回答和阐释则又歧见纷纭,莫衷一是。20世纪50年代,关于阿Q是个什么样的典型人物,除蔡仪的"落后的农民典型"说[1]、冯雪峰的"寄植者"说[2]等外,何其芳的"共名"说[3]也是颇具代表性且影响较大的一种观点。论者对阿Q这一人物形象的种种解释,何其芳感到都不圆满。他也肯定阿Q是一个农民,但认为阿Q性格上最突出的特点——精神胜利法并非某一阶级的特有现象,在不同阶级的人物身上都可以见到。何其芳指出:"从阿Q精神来说,存在在阿Q身上的是带有浓厚的农民色彩的阿Q精神,并不是各阶级的各色各样的阿Q主义,虽然它们中间有着共同之处。从农民来说,阿Q只是具有强烈的阿Q精神的农民,只是一种农民,并不是农民全体,虽然他身上有着农民的共性。"在何其芳看来,

---

* 原载《鲁迅研究月刊》2010年第4期。
1 蔡仪:《阿Q是一个农民的典型吗?》,《新建设》1951年第4卷第5期。
2 冯雪峰:《论〈阿Q正传〉》,《人民文学》1951年第4卷第6期。
3 何其芳:《论阿Q》,《人民日报》1956年10月16日第7版。

解释阿Q这一典型的困难和矛盾主要在于："阿Q是一个农民，但阿Q精神却是一种消极的可耻的现象。"他认为，"阿Q性格的解释问题，实际上是一个典型性和阶级性的关系问题"，人物性格和阶级性之间并不能"划一个数学上的全等号"。何其芳还认为："一个虚构的人物，不仅活在书本上，而且流行在生活中，成为人们用来称呼某些人的共名，成为人们愿意仿效或者不愿意仿效的榜样，这是作品中的人物所能达到的最高的成功的标志。"诸葛亮是"智慧"的共名，堂·吉诃德是"主观主义"的共名，阿Q则是作为精神胜利法的共名在生活当中流行开来的。

何其芳的《论阿Q》曾引发一场持续了好几年的争论。废名虽未公开参与这场论争，但他针对何其芳的文章写过一篇《读〈论阿Q〉》。废名认为何其芳这篇文章的最大缺点是"把鲁迅的小说神圣化了"，"《阿Q正传》是一篇文艺作品，不能那样神秘地看待"；"把《阿Q正传》当作百效药，随时有教育意义，收到客观效果，到今天还可以同我们的批评与自我批评联系起来，这倒是何其芳同志《论阿Q》的主要倾向"。他还认为《阿Q正传》的一般"读者"不包括不识字的农民，"应是作者的本阶级"，"可耻的阿Q主义确乎是作者本阶级的东西"；"从观点上鲁迅对本阶级还是存有希望的，而在实践当中，在《阿Q正传》里，是'憎恶这熟识的本阶级，毫不可惜它的溃灭'！——鲁迅对赵太爷、赵秀才、假洋鬼子的形象不是如此吗？这就表现鲁迅立场的伟大！"这篇文章为废名后来的鲁迅研究奠定了基

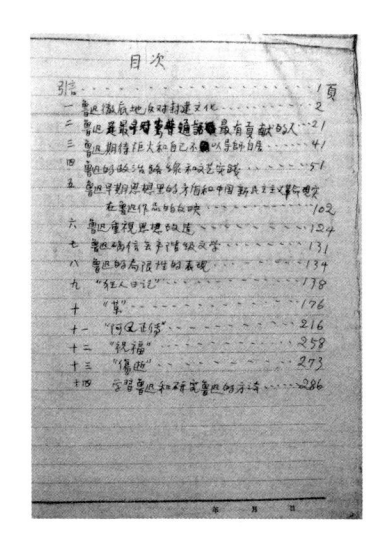

《〈阿Q正传〉》,《东北人民大学人文科学学报》1957年第2、3期合刊

《鲁迅研究》手稿

调。在1957年发表的论文《〈阿Q正传〉》[1]和遗著《鲁迅研究》中,废名一直坚持这一观点并做了详细的论述。

废名独树一帜,他认为阿Q不是农民的典型,而是"城街的流浪雇工"。主要理由如下:

其一,《阿Q正传》是鲁迅针对其本阶级的读者写的。

鲁迅在《答〈戏〉周刊编者信》中说:"我的方法是在使读者摸不着在写自己以外的谁,一下子就推诿掉,变成旁观者,而疑心到像是

---

[1] 冯文炳:《〈阿Q正传〉》,《东北人民大学人文科学学报》1957年第2、3期合刊。

写自己，又像是写一切人，由此开出反省的道路。"[1] 废名抓住"读者"二字做文章，认为鲁迅写《阿Q正传》的意图是讽刺"读者"——主要是士人即作者的本阶级，并希望"由此开出反省的道路"。他说：

> 既然是"读者"，在那时当然不包括劳动人民在内，那时的劳动人民大都不识字，谈不上读《阿Q正传》这样的小说的。反省又当然是反省《阿Q正传》里面所写的读者称之为阿Q主义的东西，首先是有名的精神胜利法。那么很明显，鲁迅写《阿Q正传》，是针对他的本阶级的读者写的，他向他的本阶级的人讽刺阿Q主义，他的思想里并没有什么农民不农民的问题。正因为这个原故，阿Q主义在他前前后后写的杂文里反映得也不少，不是旧日的统治者一流人的表现，就是旧知识分子的表现。总的说来，鲁迅写《阿Q正传》时的思想情况就是如此。[2]

问题是，既然《阿Q正传》主要是讽刺士人，即作者的本阶级，那鲁迅为何不直截了当地写一个士人呢？废名认为鲁迅之所以写阿Q这一人物，是因为鲁迅"想把他的小说人物写得生动，他心目中有阿Q这么一个影象，他认为足以写出他的主题思想"。现实生活中的"真阿Q"虽然不是士人，"但鲁迅取为模特儿，写一篇主要是讽刺作者本

---

[1] 鲁迅：《答〈戏〉周刊编者信》，载《鲁迅全集》第6卷，人民文学出版社2005年版，第150页。
[2] 冯文炳：《〈阿Q正传〉》，《东北人民大学人文科学学报》1957年第2、3期合刊。

阶级的小说，是可能的"[1]。

其二，鲁迅在当时不可能提出农民问题。

废名提出这一看法的重要依据是毛泽东的《新民主主义论》。毛泽东在引用斯大林"所谓民族问题，实质上就是农民问题"的话后说："因此，农民问题，就成了中国革命的基本问题，农民的力量，是中国革命的主要力量。"[2] 在废名看来，作为小资产阶级知识分子的鲁迅当时不可能提出中国革命的基本问题即农民问题。"因为农民的主要问题是土地问题，农民与地主阶级的根本矛盾是地租，鲁迅没有指明出来。鲁迅早期反封建是反封建社会的上层建筑，他不能从封建剥削上提出农民问题，他倒是从资产阶级的个性解放出发提出妇女问题与儿童问题。"[3]《祝福》就是鲁迅思想中没有农民问题而只有妇女问题的明证。鲁迅思想里若有农民问题，"他就不写《祝福》这样的小说，写而故事也一定有所不同"，因为"祥林嫂前后两次的夫家都是农民，最后一次'大伯来收屋，又赶她'，是当时农村里可能有的事情，但这不属于中国社会的本质方面，写了来反而显得祥林嫂的死由与她的夫家更有直接关系，也就是与劳动人民有直接关系"。在《阿Q正传》里，鲁迅对阿Q的革命是持讽刺的态度，"鲁迅当时的思想里如果有农民问题，在小说里他怎么会讽刺农民（许多论者认为阿Q是的）要革命呢？"总之，鲁迅早期思想里是根本不可能有农民问题的，中国的农民问题是无产阶级提出来的，而鲁迅则是在五卅运动以后才开始意识到农民问

---

1 冯文炳:《〈阿Q正传〉》,《东北人民大学人文科学学报》1957年第2、3期合刊。
2 毛泽东:《新民主主义论》,载《毛泽东选集》第2卷,人民出版社1991年版,第692页。
3 冯文炳:《鲁迅研究》(手稿)。本篇引文凡未注明出处者,均来自此手稿。

题的。

其三，未庄不是农村，阿Q不是农民。

在1956年由中国青年出版社出版的《跟青年谈鲁迅》中，废名采用通行的说法，也说阿Q是个农民的典型。此后，他感到这一说法"不能解决全部问题，乃再费一番工夫，对阿Q的形象做了完完全全的分析，确定阿Q是城市里的流浪雇工"。废名认为，阿Q是否是农民的典型，属于一个表面性的问题。《阿Q正传》中称未庄是"乡下"，阿Q不是城里人，在未庄做短工，因此从字面上来看，"阿Q当然是农村中的雇工了"。表面性的问题本无多加讨论的必要，但由于许多论者都认为阿Q是农民的典型，是个具有精神胜利法的落后的农民的典型，有的还认为鲁迅当时提出了中国革命的基本问题——农民问题，废名于是感到这个问题关系重大，确实应该分析清楚。针对有的论者所提出的"精神胜利法是各阶级所共有，写农民阿Q就是鞭策农民"的观点，废名质疑道："如果说精神胜利法是各阶级所共有，那么工人阶级有没有呢？鲁迅写农民阿Q，为什么不写一个工人阿Q呢？鞭策农民阿Q，就不鞭策工人阿Q吗？而且，说着各阶级共有，那么鲁迅已经运用了阶级分析方法了，不然怎么叫做'各阶级共有'呢？"他认为这样的"阶级分析方法"不是马克思列宁主义的阶级分析方法。

在废名看来，《阿Q正传》中的未庄不是农村，阿Q也不是道地的农民。鲁迅只是写阿Q这一个"人物"，本不是把阿Q当作真正的"农民"来考虑，而"他把阿Q放在未庄里，是为得故事的方便计"。鲁迅在《社戏》中说他母亲的母家在"临河的小山村"，废名曾据此推定《风波》里所写的就是这个小山村，因《阿Q正传》中有"邻村的航船七斤"的话，又推定阿Q是七斤的邻村人[1]。后来，废名否定了自己的观点。他说未庄是绍兴城的代名词，同鲁迅别的小说用"鲁镇"是一样的，只区别于一般的大都市。其理由是："未庄闲人多"；"赌摊在未庄似乎是很普遍的事"；"典质在未庄似乎也是很普遍的事"；"未庄有'逛街'的事"；小说中的"村外""所写的仍是城里人出城忽然看见水田满眼新秧的感觉"；鲁迅对未庄的描写"具有那时的府或县的城街的特点而不具有农村的特点"。废名认为："未庄既然不是农村，阿Q当然也就不是农民，虽然他是被剥削被压迫的。"《阿Q正传》中说："阿Q没有家，住在未庄的土谷祠里；也没有固定的职业，只给人家做短工，割麦便割麦，春米便春米，撑船便撑船。"废名认为，割麦撑船的事是用来陪衬春米的，"而给人家春米，是那时像绍兴这种城街里做短工的唯一有得做的工作。即此一件事，就足以说明阿Q是城街里的雇工"。同时，"没有家而住在土谷祠里，也正是城街流浪人的特色"。

如果一定要给阿Q划阶级的话，那么把阿Q划为"雇农"（属于农村里的农民）是最符合20世纪50年代中央人民政府的有关政策精神的。但是，正如何其芳所说，困难和矛盾在于：阿Q是一个农民，而阿Q精神则是一种消极、可耻的现象。众多研究者之所以把阿Q的农民身份与阿Q精神当作一对矛盾，是因为在他们看来，消极、可耻的"阿Q精神"是不能也不会体现在农民身上的。废名就认为"精神胜利法"与"劳苦大众"是不相干的。为了回避这个矛盾，一些研究者极力寻找各种理由排除阿Q的农民身份。比如，有人提出阿Q是个"没落人

---

[1] 冯文炳：《跟青年谈鲁迅》，中国青年出版社1956年版，第109页。

物的典型"[1]。废名提出阿Q是"城街雇工"说,也正是出于对这一矛盾的规避。其实,雇农与雇工在本质上并无什么区别,他们都是主要依靠出卖劳动力为生,都属于无产者。把阿Q的身份由雇农改变为雇工,实际上还是不能解决阿Q的身份与阿Q精神的矛盾问题。废名或许意识到了这一点,于是就说鲁迅是借阿Q这一个典型主要讽刺作者本阶级的"士人"。废名这一"借尸还魂"的观点虽与冯雪峰的看法不尽相同,但究其实也是一种变相的"寄植者"说。

为了彻底解决矛盾,废名最后干脆把阿Q与王胡、小D等人一并归入"小市民"之列,因为这个阶层的人物身上无疑是具有阿Q精神的。表面来看,矛盾是解决了,但是阿Q的"小市民"身份却又变得十分可疑。小市民是指城市中占有少量生产资料或财产的居民(如《药》中开茶馆的华老栓),而阿Q则是"靠给人家做短工"为生的。废名将阿Q的身份定位在"小市民"阶层,其目的是想与鲁迅思想中所考虑的主要对象求得一致。废名认为,鲁迅在早期,"占据他的思想的中国'国民',除了他所熟识的'本阶级'以外,就是'这一伙市民'。若中国的农民阶级和新兴的无产者,小资产阶级知识分子鲁迅在早期对之不能有科学的分析,或者没有加以考虑过"。由此不难看出,废名的这一认识与其早期所谓鲁迅"干脆的说是不相信群众"的观点似有遥相暗合之处。

不过,废名说《阿Q正传》主要讽刺对象是中国的知识分子,即鲁迅本阶级的"士人",这种观点看似偏激、片面,实则在很大程度

---

[1] 陈秋帆:《我对〈阿Q正传〉的看法》,《北京师范大学学报》1957年第1期。

上道出了事实和真理。1925年，鲁迅说过："我想，现在的办法，首先还得用那几年以前《新青年》上已经说过的'思想革命'。还是这一句话，虽然未免可悲，但我以为除此没有别的法。而且还是准备'思想革命'的战士，和目下的社会无关。待到战士养成了，于是再决胜负。"又说："我想，现在没奈何，也只好从智识阶级——其实中国并没有俄国之所谓智识阶级，此事说起来话太长，姑且从众这样说——一面先行设法，民众俟将来再谈。"[1]鲁迅所言并非什么"反话"或"愤激之词"，恐怕是合乎实情的。从鲁迅自身的主观条件上看，鲁迅毕生生活在中国高级知识分子的精英阶层中，他没有条件深入社会底层，到工农群众中去做宣传教育和普及文化的工作。这一自身的主观条件，决定着鲁迅只能主要以知识分子为描写对象、读者对象和启蒙对象。从文学创作的根本规律上看，作家描写成功的人物往往就是他最为熟悉的人群。鲁迅也是这样，他写得最顺手的还是他"本阶级"的知识分子。鲁迅后期转向无产阶级文学阵营，理论上赞同应该描写工农大众，曾希望能创作一部反映工农红军的长篇小说，终因缺乏实际生活体验又不愿违背文学创作规律而放弃了。从鲁迅作品的实际情形上看，单就鲁迅前期的小说而言，《呐喊》《彷徨》共25篇，绝大部分是以知识分子为描写对象的，而以包括农民在内的非知识分子阶层为主要人物的，仅有《一件小事》《故乡》《药》《阿Q正传》《社戏》《风波》《明天》《祝福》《离婚》等几篇。即便是这几篇小说，也不完全是写非知识分子阶层，其中大多有知识分子"我"的直接介入或其他知

1　鲁迅：《通讯》，载《鲁迅全集》第3卷，人民文学出版社2005年版，第23、26页。

识分子出现在台前幕后。以知识分子为主要对象，不仅仅专指鲁迅的前期小说，其前期甚或后期杂文概莫如此[1]。正如废名所说的："我认为不但《阿Q正传》鲁迅是针对本阶级的读者写的，鲁迅其他有战斗意义的文章，包括小说和杂文，都是针对本阶级的读者写的，用来教育本阶级的他认为有希望的人。"但是，废名并没有将这一观点坚持到底，在《鲁迅研究》中，他说鲁迅后来解决了"读者问题"，即认识到"为了大众，力求易懂，也正是前进的艺术家正确的努力"[2]。

就在废名发表《〈阿Q正传〉》的1957年，东北人民大学举行科学讨论会，与会者对废名的这篇论文展开了热烈的讨论。新华社曾对此进行过专门报道："讨论会中争鸣之风很盛。例如中文系冯文炳教授论述鲁迅小说《阿Q正传》的论文中，认为鲁迅并没有想到农民问题，而只是通过小说的人物讽刺鲁迅本阶级的阿Q主义。与会者都纷纷发言表示不同意这一看法，认为这是从主观出发进行分析，这样的分析贬低了鲁迅的伟大及其成就。"[3]

1959年，刘忠恕（即刘中树）和庐湘同时在《吉林大学人文科学学报》第2期上发表与废名商榷的文章，分别题为《就〈阿Q正传〉的几个主要问题和冯文炳教授商榷》和《对冯文炳教授论〈阿Q正传〉一文的意见》。近30年后，刘忠恕在《我们心中的匡亚明校长》中谈到

---

[1] 参见张梦阳：《悟性与奴性——鲁迅与中国知识分子的"国民性"》，河南人民出版社1997年版，第41—44页。

[2] 鲁迅：《论"旧形式的采用"》，载《鲁迅全集》第6卷，人民文学出版社2005年版，第25页。

[3] 《东北人民大学举行科学讨论会》，《新华社新闻稿》1957年第2597期。

过他写作那篇论文的情况。他说:"记得我1958年由中文系毕业留中国现当代文学教研室任助教,由于教学需要1959年就登上讲台,在教学中对鲁迅的小说《阿Q正传》的创作思想、阿Q形象的典型意义等问题的看法与我的老师著名作家冯文炳教授的看法有一些分歧,曾在教研室学术讨论会上进行交流。匡校长了解这个情况后,认为这是贯彻'百家争鸣'精神,结合教学开展学术讨论,进行科学研究的好现象,鼓励我们把各自的论点写成文章,为我们提供学报的发表园地,以推动中文系的学术活动。"[1]

刘忠恕认为,废名关于鲁迅创作《阿Q正传》时思想里没有什么农民问题、是针对其本阶级的读者写的、目的在于讽刺其本阶级的阿Q主义并"开出反省的道路"等观点是片面的、武断的,是不符合鲁迅的实际思想状况的,所用的论据也是站不住脚的。他认为鲁迅思想里有农民问题,因为鲁迅了解中国农村,熟悉、理解、热爱、同情农民,虽对农民的愚弱感到无比的痛心,但并没有对农民表示悲观失望,而是寄予了希望。在他看来,"否认鲁迅思想里有农民问题,也就必然会否认鲁迅是一位伟大的革命民主主义者"。事实上,废名正是这么认为的。他既不认为鲁迅是个革命民主主义者,也否认早期鲁迅思想里有农民问题。

刘忠恕还认为,鲁迅创作的目的是为了"改良不幸人们的人生",鲁迅所说的"国民性"的"国民","主要不是指封建士大夫阶级的士人而是指劳苦大众,特别是农民";鲁迅塑造阿Q这个形象,意在揭露

---

[1] 刘中树[刘忠恕]:《我们心中的匡亚明校长》,《吉林大学报》2008年4月11日第287期。

"农民的精神弱点——奴隶失败主义的精神胜利法"，在"客观上教育了农民"，"也讽刺了统治阶级和各式各样人的'阿Q主义'"。刘忠恕没有像废名那样把阿Q主义或精神胜利法视为统治阶级、小资产阶级和小市民的特产，但他说鲁迅所谓"国民性"的"国民"主要是指劳苦大众特别是农民，则显然有些片面。

刘忠恕还围绕废名对阿Q这一个"社会人""小说典型"等问题进行了论述。他说废名对阿Q这一典型形象的分析"异常混乱，矛盾百出"，"是对鲁迅典型化过程的歪曲，是反现实主义的"。他借鉴蔡仪的说法，认为阿Q是一个落后的流浪雇农的典型；阿Q既然是一个失去土地的农民，鲁迅在塑造这个典型形象时就可以不写土地与租佃关系，而着重写地主对阿Q精神的奴役和人身的压迫；由于阿Q有些游手好闲者的气质，故可以写他不迷信。他认为废名说明未庄不是农村、证明阿Q不是农民的理由，"多是主观臆想"。他还指出，废名割裂了阿Q与阿Q主义、阿Q这个具体人与典型形象之间的本质联系，阿Q因之就成了"综合的思想性的典型"和"统治阶级'阿Q主义'的具体体现者、寄植者"。刘忠恕把废名的观点归入冯雪峰的"寄植者"说，并从根本上进行了否定。

总的来看，刘忠恕主要本着维护通行的说法来反对废名的观点。作为一名刚刚走上讲台的青年教师，他虽然没有提出多少新的见解，但是表现出了比较扎实的理论基础和学术功底。

庐湘在写作之前似见过刘忠恕的原稿，他基本上赞同刘忠恕对废名的批评意见，认为鲁迅思想里有农民问题，"这是不容置疑的问题"。

他着重针对废名对阿Q这个典型的看法和形象思维与逻辑思维的关系问题谈了自己的意见。庐湘认为所谓借阿Q形象讽刺、教育"士人",也就是"活'农民'做了死'士人'的替身","根本违背通过个别体现一般辩证法的规律",不符合艺术典型化的规律。更严重的是,它表现了资产阶级"人性论"的观念,因为借雇工阿Q讽刺本阶级"士人","这个基本论点的实质就是阿Q精神是各阶级都有的共同人性,毫无区别"。废名在其论文中说过:"从逻辑思维看,鲁迅是教育与自己同一阶级的知识分子。然而鲁迅在创造这样一篇有教育意义的艺术品时,他没有想到取本阶级的人物形象,如果戈理小说所取的形象那样,这就表示鲁迅的极其深刻的思想感情。"庐湘认为这是否认了鲁迅写作《阿Q正传》时逻辑思维与形象思维的一致,否定了生活是文学唯一源泉的经典理论。废名还说过:《阿Q正传》的成就之所以伟大,"不是作者观点的绝对正确,是作者立场的胜利,是现实主义的胜利";"不管作者是有意的无意的,总之把真实反映出来了。如果作者是无意的,那他的小说的历史意义更大"。庐湘认为这是否认进步世界观即马克思主义世界观对作家创作的指导意义,是"公然宣扬有无马克思主义对作家都是无所谓的","没有马克思主义倒能更好的反映社会生活本质真实了"。

庐湘的批评抓住了要点,但分析不够透彻,也欠说服力。他给废名扣上资产阶级"人性论"的帽子,这是废名无论如何也不能接受的。庐湘的做法充分体现了20世纪五六十年代学院派鲁迅研究的自耗性。

读了刘、庐二人的文章之后,废名立即撰写《关于〈阿Q正传〉

1956年7月22日，废名（前排左六）东北人民大学中文系1956年毕业生合影

研究》[1]一文进行反批评。他再次强调自己的观点，并说他之所以写反批评文章，是表示他"坚持真理"，对《阿Q正传》的研究是"没有错误的"。文中，废名进一步重申鲁迅思想里没有"农民问题"。他认为鲁迅在《故乡》中写了农民闰土，说"多子，饥荒，苛税，兵，匪，官，绅，都苦得他像一个木偶人了"，这只能表明鲁迅同情农民，不能证明鲁迅当时思想里有农民问题。如果以为鲁迅写了农民、同情农民就说鲁迅的思想里有农民问题，那中国古代不少作家都可以说是思想里有农民问题，这就"把'农民问题'理解得太简单了，不是马克思主义社会科学所提出的农民问题"。废名重点对庐湘说他"否认了进步世界观，马克思主义世界观对作家创作的指导意义"和"更严重的是冯先生的论点，表示了资产阶级'人性论'的观念"的话进行了反驳。他认为庐湘这样说他，是近乎深文周纳。

除刘、庐二人之外，1961年8月29日中国作家协会党组书记邵荃麟

---

1 冯文炳：《关于〈阿Q正传〉研究》，《吉林大学人文科学学报》1959年第4期。

一场没有结果的争鸣

写给废名的一封私函[1]，也可以视为对废名的不公开的批评。《鲁迅研究》完稿后，废名曾寄给了当时的中宣部副部长周扬，周扬又转给了邵荃麟。邵荃麟在信中对废名所谓鲁迅早期思想中不可能有农民问题表示异议。他认为鲁迅对于农民问题，"不但是看到，而且是深切关怀的"。何凝（瞿秋白）在《鲁迅杂感选集》序言中说：小资产阶级知识阶层中，有些是和中国农村和农民群众相联系的；那些早期革命的作家在反映封建宗法社会崩溃的过程时，"时常不是立刻能够脱离个性主义——怀疑群众的倾向性"，他们看得见农民群众的奴隶性，但往往看不见农民群众的革命可能性[2]。邵荃麟认为瞿秋白的分析是正确的，鲁迅当时的思想即是如此；鲁迅的一些描写农村的小说，往往是着重于描写农民群众消极不自觉的一面，但其基本态度则是"哀其不幸，怒其不争"；鲁迅在《阿Q正传》及其他作品中提出了一个"争"的问题，"至于如何'争'，鲁迅当时的思想是不可能回答这个问题，而只有马克思主义者才能正确地解决这个问题"。邵荃麟的观点虽然不无道理，但他所说的农民问题与废名所指的"农民问题"在内涵上是不相同的。

废名究竟给邵荃麟回信没有？他对邵荃麟意见有何反应？囿于资料，不得而知。但可以肯定的是，废名始终坚信自己的观点，并未听从邵荃麟的建议对其《鲁迅研究》书稿进行修改。

一场由废名而引起的争鸣就这样不了了之了，没有结果，也很难，甚至不可能有一个令各方都满意的结果。

---

1 邵荃麟：《关于鲁迅从"五四"到一九二七年的思想——致〈鲁迅研究〉作者冯文炳同志的信》，《图书馆杂志》1982年第1期。
2 何凝：《鲁迅杂感选集序言》，载何凝选编：《鲁迅杂感选集》，青光书局1933年版，第18页。

关于《废名年谱》[*]

拙编《废名年谱》出版后，所听到的大都是一些过誉之词。偶见孙玉蓉先生《读〈废名年谱〉札记》[1]，内心颇感喜悦。孙先生花费大量的时间和精力为《废名年谱》"补正和指谬"，实在令人感莫可言，又谈何"谅解"！既然本着"为使《废名年谱》更加完善"的诚意，又怎么说是"吹毛求疵"呢？

因种种原因，导致《废名年谱》存在着"体例略有不统一之处""与谱主相关的人物，偶有名和字混用的现象"、重复记事、笔误等毛病。除孙先生在文中所提到的几处外，我自己也发现了不少（包括误植、错排等）。至于"因资料欠缺造成的遗漏"现象，则更是无可避免的了。《废名年谱》印行后，我也找到了《芭蕉梦》《行路》二文，并陆续搜寻到废名的佚作20余篇（首）。如：

《废名年谱》，陈建军编著，
华中师范大学出版社
2003年版

---

[*] 原载《鲁迅研究月刊》2006年第1期。
[1] 载《鲁迅研究月刊》2005年第8期。

《〈寂寞扎记〉附记》,载《语丝》周刊1927年4月30日第129期,署名废名。

《无题》(诗),载耿云志主编:《胡适遗稿及秘藏书信》第36卷,黄山书社1994年版。

《实录》(收入短篇小说集《枣》,改题《四火》),载《北新》半月刊1930年1月16日第4卷第1、2期合刊,署名废名。

《出门》(诗),载天津《益世报·文学副刊》1935年5月1日第9期,署名废名。

《讲一句诗》,载北平《平明日报·星期艺文》1947年1月12日第3期,署名废名。

《新诗讲义——关于我自己的一章》,载《天津民国日报·文艺》1948年4月5日第120期,署名废名。

《光荣而艰巨的任务必须完成》,载1956年2月18日《吉林日报》,署名冯文炳。

《纪念鲁迅》,载《长春》文学月刊1956年10月1日创刊号,署名冯文炳。

《读古书》,载1957年8月3日《人民日报》,署名冯文炳。

《必须做左派》,载《长春》文学月刊1957年10月号,署名冯文炳。

《伟大的文艺工农兵方向》,载《长春》文学月刊1958年1月号,署名冯文炳。

《迎新词》(诗),载1958年1月1日《长春日报》,署名冯文炳。

《谈谈新诗》,载1958年1月26日《吉林日报》,署名冯文炳;

又载《长春》文学月刊1958年2月号,署名冯文炳。

《欢迎志愿军归国》(诗),载《长春》文学月刊1958年5月号,署名冯文炳。

《语言学课程整改笔谈》,载《中国语文》1958年7月号,署名冯文炳。

《关于新民歌》,载1959年6月23日《吉林日报》,署名冯文炳。

《谈"语不惊人死不休"》,载《长春》文学月刊1961年10月号,署名冯文炳。

《书信往来》,载《长春》文学月刊1962年2月号,署名冯文炳。

《我爱"枯木朽株齐努力"的形象》,载《长春》文学月刊1962年11月号,署名冯文炳。

《难忘的图画》,载《长春》文学月刊1963年1月号,署名冯文炳。

《著者附记》(1928年8月11日为《竹林的故事》再版所作)、《杜诗稿续》(写于1960年左右,手稿)、《鲁迅期待炬火和自己不以导师自居》(写于1960年左右,手稿)、《鲁迅的政治路线和文艺实践》(写于1960年左右,手稿)、《杜甫诗论》(写于1963年8月,手稿)等。

这些篇目,《废名年谱》中均无相关记载,陈振国先生所编的《冯文炳研究资料》[1]中亦未见收录。

---

1 海峡文艺出版社1991年版。

拜读孙先生大作之后,有几个问题想做点说明,并冒昧向孙先生及大方之家求教。

一、关于《一封信》

孙先生说:"短篇小说《一封信》,写作于1922年9月22日,发表在1923年1月10日《小说月报》第14卷第1号,编著者便是按发表时间入谱的。"这一说法值得商讨。《一封信》是一篇书信体小说,文末所具的日期,应该是小说中的人物"丧我"给其朋友"碧生"写信的时间,不能看成是废名写作《一封信》的时间。我之所以不敢贸然将《一封信》按此时间入谱,而把它视为"写作时间无可稽考者",正是基于这样的考虑。

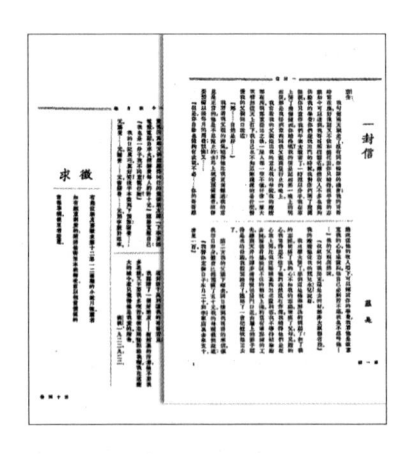

《一封信》,《小说月报》1923年1月10日第14卷第1号,署名"蕴是"

二、关于《芭蕉梦》

《芭蕉梦》(小引或楔子)写成后,废名并未直接交给杨振声、沈从文,而是先寄给了胡适,同时附有一封短信:

关于《废名年谱》

适之先生：

今年我本来立了一个志，要写一个一百回的小说，名曰"芭蕉梦"，后来看见"桥"已出版，不愿意有一个半部的东西，于是又决定把"桥"续写，"芭蕉梦"暂且不表了，当时却写好了一个小引，或者算得先生所说的小玩意儿，就送给先生拿去补白罢。

废名敬上　十五日[1]

除后两句外，信中的内容几乎与孙先生所征引废名《今年的暑假》中的那段文字完全相同："今年我立了一个志，要写一个一百回的小说，名曰'芭蕉梦'，但只写好了一个'楔子'。我的《桥》于四月间出版，这是一部小说的一半，出版后倒想把它续写，不愿意有这么一个半部的东西，于是《芭蕉梦》暂且不表，我决定又来写《桥》。"[2] 废名致胡适信是"十五日"写的，"今年"指1932年（与《今年的暑假》中的"今年"同），具体月份当在7月前后。

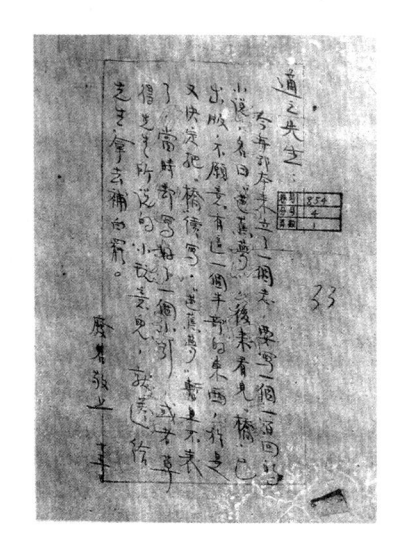

废名致胡适信手迹（一）

1　耿云志主编：《胡适遗稿及秘藏书信》第36卷，黄山书社1994年版，第590页。
2　载《现代》月刊1932年9月1日第1卷第5期；作于1932年7月20日。

259

废名将《芭蕉梦》的"小引"送给胡适，大概是想在他主编的杂志上发表。至于是什么杂志（很有可能是《独立评论》），胡适为何没有刊用，最后又怎么会发表在天津《大公报·文艺副刊》1933年11月1日第12期上（孙先生称废名是在《大公报·文艺副刊》创刊满月午宴上或之后将"楔子"交给杨、沈二人的，毕竟只是一种"估计"），则因资料欠缺而不可知，只好期待时贤考证了。

1932年12月28日，废名在《〈纺纸记〉前记》中也表达了同样的意思。他说《纺纸记》得三章后，于是改作《芭蕉梦》，"此《芭蕉梦》刚成一楔子，不过一千字而已，当时用了'奏本'誊写了好几通，分给几个朋友看，恰好那时《桥》出版，一看是一个半部的东西而已，我还得来完成《桥》，《芭蕉梦》也只好不表了"[1]。从作者叙述的语气来看，《芭蕉梦》的"小引"似完稿于《纺纸记》之后，《桥》（开明书店1932年4月版）出版之前，故孙先生说是"4月前后"。实际上，其完稿时间应在5月下旬，这有1932年5月30日废名写给周作人的信为证：

苦雨翁座右：

　　近日窗下作《芭蕉梦》，盖系题目之总名，篇幅谅都短，尚不知成功如何，惟已觉叶大如船，有潇潇雨意，是暑假之佳兆，或可不常出屋耳。此梦大概是什刹海之所得。

废，"五卅"。[2]

1　载《新月》月刊1933年3月1日第4卷第6期。
2　手稿，废名哲嗣冯思纯先生提供。

对照原刊本，孙先生所过录的"小引"中有几处抄错了。如："夏夜梦的缘故"中的"缘故"应为"原故"；"好象北京的什刹海""好象坐在芭蕉窗下想心事"中的"好象"应为"好像"；"自然要接近天国的多"中的"的"应为"得"；"叫花子"应为"叫化子"；"慢慢的又同我謹了许多话"中的"謹"应为"讲"（繁体字"講"与"謹"字形相近；若是"謹"，则文意不通）。

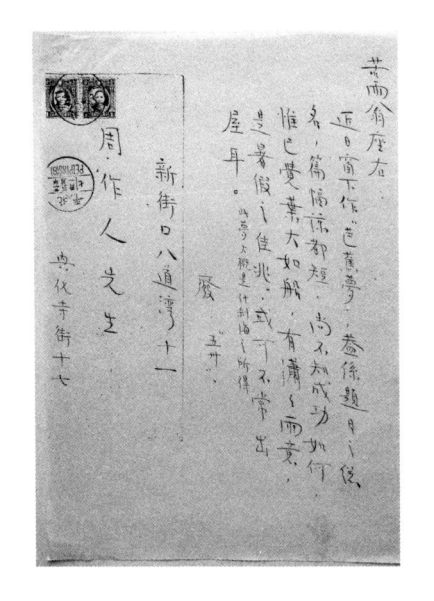

废名致周作人信手迹

三、关于《桥》（下部）

孙先生说："长篇小说《桥》的下部，共写了九章。自1932年11月起，废名开始随写随发表这些作品。1932年11月1日，在《新月》杂志第4卷第5期发表了第二章《水上》和第二章《钥匙》。"这种说法似乎欠有根据。《桥》下部今存10章，前8章已发表，第9章《蚌壳》原拟发表在《文学杂志》1937年第1卷第5期，后因战事起而未果。我在废名哲嗣冯思纯先生处见过第9章的清样，也见过其他各章手稿。第1章和第2章手稿合订在一起，封面书有"桥（下）"字样，下方注明日期是"一九三二年七月二十八日"。这要么是一、二两章开始写作的时

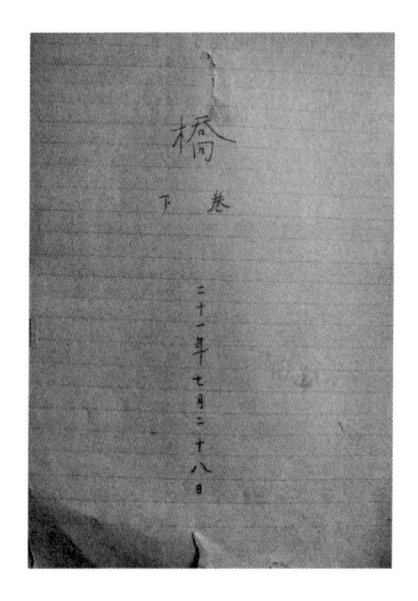

间，要么就是其完稿的时间（这种可能性更大）。不过，据此推定废名开始写作《桥》下部的时间不会迟于1932年7月，应当不成问题。如果说《桥》的下部是从1932年11月开始随写随发的，那问题就麻烦了，意味着在同一天，即11月1日，废名写成一、二两章并发表在当天的《新月》杂志上。这在印刷技术高度发达的今天，也堪称神话。可见，孙先生的说法既不合乎情理，也与事实相左。

《桥》下卷手稿封面

四、关于废名致胡适信

《胡适来往书信选》中册收有废名致胡适一封信，信中进言胡适不该担任北京大学文学院院长一职。废名说：

> 又有好些日子未来听清谈，窃尝以为晤谈而能与人以乐，是特为老博士座上之风也。近日外面流传北大文学院将要多事，而先生又听说已到文学院视事，于是私心欲进一言。[1]

---

[1] 中国社会科学院近代史研究所中华民国史组编：《胡适来往书信选》中册，中华书局1979年版，第43—45页。

此信未具年月，只有"十四日夜"。孙玉蓉先生认为："根据废名信中的内容分析，此信应该写于'1930年12月14日'。因为1930年11月28日，胡适为接任北京大学文学院院长兼中国文学系主任一职，从上海搬家到北平居住。此时废名正在北大文学院中国文学系任教，讲授散文习作和现代文艺等课程。因此，在1930年12月间，他不仅有与胡适晤谈的机会，而且也有听到外面流传的有关北大文

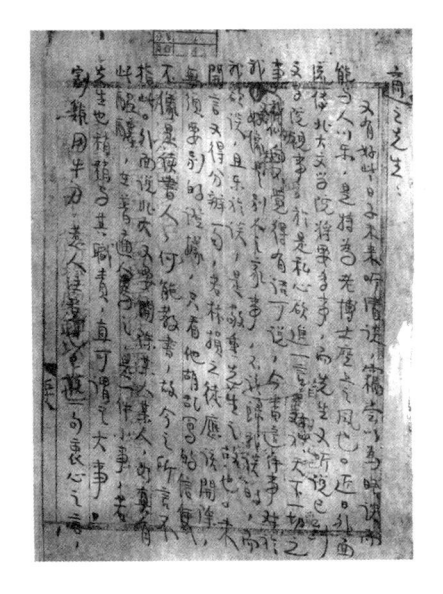

废名致胡适信手迹（二）

学院的一些议论的可能。出于对胡适的敬重和爱护，他才于1930年12月14日夜，给胡适写了这封进言之信。"[1]《胡适来往书信选》编选者所作"此信约写于1931年2月"的注释，我认为是欠准确的，但对于孙先生"1930年12月14日夜"的说法，我也实在不敢苟同。

1930年11月28日，胡适离开上海，只是想重回北京大学任教（所谓"归队"），并非为了"接任北京大学文学院院长兼中国文学系主任一职"。同年12月，已辞去教育部部长职务的蒋梦麟正式出任北京大学校长。1931年1月底，蒋梦麟"决定用院长制"[2]，但在聘请谁来担任北

---

[1] 孙玉蓉：《读〈废名年谱〉札记》，《鲁迅研究月刊》2005年第8期。
[2] 曹伯言整理：《胡适日记全编（6）》，安徽教育出版社2001年版，第51页。

京大学文学院院长的问题上，则考虑了很长时间。他开始希望陈大齐（百年）干，陈不愿意。胡适当然是最合适的人选，但胡适也高低不肯到文学院任职。是年2月8日，蒋梦麟在给胡适的信中说过，在文学院院长"未觅得妥人以前"仍由他"暂行兼代"[1]。9月14日，北大新学期开学，胡适在日记中写道："梦麟与梅荪（周炳琳）皆要我任北大文学院长，今天苦劝我，我不曾答应。"[2] 1932年2月15日，胡适勉强接受文学院院长一职，开始到任主持工作[3]，但不久后辞职。1934年2月21日、22日，蒋梦麟两度上门劝胡适回任北大文学院院长，胡适坚决"不肯"，并说"我若不决心走开，此职终不能得人来做"[4]。直到1934年5月2日，胡适才"第一天到北大文学院复任院长"（余英时先生说胡适任北大文学院院长属"自告奋勇"、毛遂自荐[5]，恐不确），并告诉来访学生代表："如果我认为必要，我愿意兼做国文系主任。"[6] 由此可见，1930年12月间，废名是无理由给胡适写什么进言之信的。那么，废名致胡适的这封信到底是什么时候写的呢？

废名信中的另一段话，或许可以帮助我们解开这一谜团：

　　未开言又得分辨一句，若林损之徒应该开除，无须要别的证

1　曹伯言整理：《胡适日记全编（6）》，安徽教育出版社2001年版，第54页。
2　曹伯言整理：《胡适日记全编（6）》，安徽教育出版社2001年版，第152页。
3　曹伯言整理：《胡适日记全编（6）》，安徽教育出版社2001年版，第176页。
4　曹伯言整理：《胡适日记全编（6）》，安徽教育出版社2001年版，第332页。
5　余英时：《从〈日记〉看胡适的一生》，载《重寻胡适历程：胡适生平与思想再认识》，广西师范大学出版社2004年版，第30—31页。
6　曹伯言整理：《胡适日记全编（6）》，安徽教育出版社2001年版，第377页。

据，只看他胡乱写的信便不像是读书人，何能教书，故今之所言不指此。外面说北大又要开除某人某人，如真有此酝酿，在普通人为之，是一件小事，若先生也稍稍与其职责，直可谓之大事，割鸡用牛刀，惹人注意也。

林损（1890—1940），字公铎，浙江瑞安人，原为北京大学文学院教授。此公生性孤高自负，固执怪癖，后因耽酒、好骂、不用功，由蒋梦麟出面辞退。林损便在校内张贴致蒋梦麟、胡适和学生的公开信，骂蒋梦麟"以无耻之心，而行机变之巧"；骂胡适"尊拳毒手，其寓之于文字者微矣"[1]，在《世界日报》发表的公开信中还说胡适"遗我一矢"[2]；在《留别学生诗》中称自己"终让魔欺佛"，骂蒋、胡二人"非兽复非禽"，即连禽兽都不如。林损的行为既大失风度，也引起了公愤，故废名说他胡乱写信，"不像读书人"。与林损同时被解聘的还有原国文系主任马裕藻和许之衡二人。林损之事，发生在1934年4月间，同年4月19日，陈钟凡由南京去信林损，即可证之。陈于信中云："北平一晤，至感近怀。别后于十六日抵京，阅沪报，知台从决辞北大教席，未识下季将设砚何许？"[3]但不能据此认定废名致胡适信就是4月写的。废名在外面听说北大"又要开除某人某人"，并非指林、马、许诸人，而是指后来被解聘的梁宗岱、杨震文、陈同燮等人。这些人的名单，是1934年5月30日商定的[4]。此前，废名当然"听说"过胡适"已到文学院

---

[1] 张宪文整理：《林公铎藏札二十九通》，《文献》1992年第3期。
[2] 参见周作人：《北大感归录（三）》，载《知堂回想录》，香港天地图书公司1979年版，第487页。
[3] 张宪文整理：《林公铎藏札二十九通》，《文献》1992年第3期。
[4] 曹伯言整理：《胡适日记全编（6）》，安徽教育出版社2001年版，第388页。

视事"，并对"又要开除某人某人"之小道消息有所耳闻。由此可以推断，废名致胡适信应该写于1934年4—5月间。

废名在信中大谈其对《论语》的新解，并说"拙作《读〈论语〉》，曾蒙赞许，心窃喜之，尚思续有所作"。《读〈论语〉》一文是1934年4月20日发表在《人间世》第2期上的。这也就从另一个侧面证明废名给胡适写信的时间是在1934年，而且是在4月20日以后。因此，我认为废名致胡适信不是写于"1930年12月14日"，也不是写于"1931年2月14日"，而是写于"1934年5月14日"。

《胡适来往书信选》所收废名致胡适进言信与原件文字略有出入，兹据原信影印件抄录于下：

适之先生：

又有好些日子未来听清谈，窃尝以为晤谈而能与人以乐，是特为老博士座上之风也。近日外面流传北大文学院将要多事，而先生又听说已到文学院视事，于是私心欲进一言。对于天下一切之事，我似向不觉得有话可说，今番这件事对于我又好像是别人之家事，不该归我谈的，而我欲谈，且乐于谈，是敬重先生之故也。未开言又得分辨一句，若林损之徒应该开除，无须要别的证据，只看他胡乱写的信便不像是读书人，何能教书，故今之所言不指此。外面说北大又要开除某人某人，如真有此酝酿，在普通人为之，是一件小事，若先生也稍稍与其职责，直可谓之大事，割鸡用牛刀，惹人注意也。说一句衷心之言，先生不应该担任文学院长之职，天下人之事让天下人去做，若大人者自己来做事，

关于《废名年谱》

则一怒应该天下惧,那怕是一件小事也要关系十年的大计也。再说一句衷心之言,今日方方面面都缺乏人才,凡事都等于老爷换听差而已。我自知,对于世事不无不恭之嫌,然而从此可以见我的一个最恭之意,即尊重先生个人地位之庄严是也。究竟此事的真相如何我一点也不知道,却无原无故的动了向先生进言之诚,言又不足以达意,又自觉好笑了。总之今日之中国,一个学校的事情同国家外交内乱一样的没有办法,区区之意愿先生为道珍重而已。拙作《读〈论语〉》,曾蒙赞许,心窃喜之,尚思续有所作,惟最想做的恐怕反而做不好,因为《论语》最有意义的地方大约还不在我们今日有新解的章句,在乎很小的事情,却可以见孔丘先生为人之真不可及,他随在都合礼,最高的颜回尚只能"不违仁"而已。私意以为合礼须是不违仁的工夫做到平易自然的气候。入太庙,每事问,他自己说是"礼也",这个礼我还不怎么懂得,想来总有道理。"子食于有丧者之侧未尝饱也","子于是日哭则不歌","子见齐衰者,冕衣裳者,与瞽者,见之,虽少必作,过之必趋",这些地方都令我佩服,我们今日坐洋车,偶然也有一时的恻隐之心,孔子则"无终食之间违仁",而自然一个从容有礼的气象了。陈司败问昭公知礼乎,他答曰知礼,不怕人家说他的话说错了,这证之以《孟子》所载燔肉不至不税冕而行,都可以见孔子的忠厚,也就是礼。原壤这个老头子孔子要骂他几句,互乡童子与阙党童子他都要见一见,孺悲他偏偏又故意不见,这些地方大约都是礼之所应尔,所以我们至今如见其人,只觉得他可爱,一点也不觉得他的脾气不好。当时受之者我想也不怨他,只看他常常骂他的学生,当面说子贡不行,而学生都无怨言。他说,"年四十而见恶焉,其终也已,"大约他自己是能够令人心悦诚服的人。待人之道,对人发脾气而百世之下尚能令人怀想,有两个地方我最喜欢,一个便是上面所说的孔丘,一个则是陶渊明。陶诗有云,"多谢诸少年,相知不忠厚,意气倾人命,离隔复何有",陶先生大概很受了少年人的气,而他的这四句诗真是说得忠厚极了,世间的少年血气方刚,自以为理直气壮白刃可蹈,那还有什么不可同情的呢?拉杂写来,遂不能自已,不觉已夜深了。

敬请

道安

废名拜上 十四日夜[1]

五、关于《高潮到来了》

废名《关于杜诗两篇短文》和《高潮到来了》以及乔象锺《对于〈杜甫写典型〉一文的意见》的出处,我的原稿都是对的,正式出版时却莫名其妙地张冠李戴了。这虽然纯系手民所为,但终归是编著者的失误。孙先生"查阅了1957年上半年的《人民日报》《光明日报》和《文艺报》,均未找到《高潮到来了》这篇作品",是因为这篇作品根本就没有在以上三家报纸上刊载,而是发表在1957年5月8日的《吉林日报》。为了节省孙先生及研究者翻检之劳,特将全文抄录于下:

---

[1] 耿云志主编:《胡适遗稿及秘藏书信》第36卷,黄山书社1994年版,第586—589页。

我这几天一天天地变个样儿，真像春天里欲开未开的花一样，现在快要开了，——就说开了吧！是的，应该当家作主，再也不要迟疑，有困难再克服。我说出"开了"二字，便表示我要订计划，订两个五年计划，第一个五年写一部长篇小说，第二个五年写又一部长篇小说。中国古人造一个信实的"信"字道："人言为信。"造吉祥的"吉"字道："士口为吉。"我是一个守信的人，我又是一个知识分子，向来说话谨慎，何况在社会主义竞赛当中我又懂得什么叫做纪律，不是满心欢喜，而又确有信心，不会像今天一样报告一枝花开的消息的。

我说信心，是我相信我国的文化建设高潮到来了。

我又确实感谢毛主席"百花齐放，百家争鸣"的号召，毛主席好像知道我的心事似的，我这几年来也好像合作化高潮以前一户贫农要加入合作社一样，很想搞创作，但得不到鼓励，今天毛主席的号召鼓励我了。

我的信心又确实从我个人的体会来的。几年以来，我常常有一个疑问，"五四"新文学运动时，一时做新诗写小说如雨后春笋，很有着朝气，那还不过是一点自发势力，并没有得到社会的支持，我们现在党和政府，还有广大的读者群众，都那么地爱护作家，希望作家，鼓励作家，而我们的文艺，在毛主席《在延安文艺座谈会上的讲话》以后，呈一时之盛，打开了划时代的方向和道路，全国解放后则作家创作远远落后于社会现实的发展，真真令人气闷，是什么原故呢？现在知道教条主义和宗派主义有一定的阻碍作用。又知道这种阻碍是暂时的，性急的人正是不懂得规律，在敌我矛盾基本上解决了的今天，矛盾是上层建筑和基础[1]之间存在着，"百花齐放，百家争鸣"的雨露就从天而降了，这就是社会主义经济基础之上培植起上层建筑来，这是千载难逢的喜事，什么力量将都发挥起来了，我们看吧！

整理史料是一项吃力不讨好的工作。诚如孙先生在《俞平伯年谱》后记中所说的，本想"始终以'求全'为原则"，而"事实上'求全'是做不到的"；虽然"加倍地仔细和小心，恐怕仍难免有史实不当、记载有误之处"[2]。这是孙先生的苦衷，也是我的苦衷，恐怕也道出了众多史料整理工作者的苦衷。为某一作家编写一部尽如人意的年谱，单靠个人的力量显然是不够的，需要同行、专家、学者、读者的帮助、补正和指谬，唯有如此，才有可能使其臻于完善。《废名年谱》如有再版的机会，我定会接受孙先生和各方面的高见，认真修订和补充。

---

1 似应为"经济基础"。
2 孙玉蓉：《俞平伯年谱》，天津人民出版社2001年版，第603—605页。

再关于《废名年谱》[*]

取这么一个题目,是因为几年前我曾写过一篇文章,题作《关于〈废名年谱〉》[1]。

继孙玉蓉先生《读〈废名年谱〉札记》[2]之后,又有幸得见一篇为《废名年谱》指瑕的文章,即全艳萍君《〈废名年谱〉兼谈1925年废名与鲁迅的交往》[3]。此文对1925年废名与鲁迅之间的交往做了细致梳理,并针对拙编中的几条记载"提出自己的质疑"。认真拜读一过,感觉很有参考价值。我写这篇小文的目的,主要是表示对全君的谢意,同时想就有关问题做点补充说明,以供全君参考。

我在编《废名年谱》的时候,采信了一些二手材料,包括全君所提到的《废名文集》[4]和《梦的真实与美——废名》[5]。及至《废名年谱》由华中师范大学出版社于2003年12月印行后,比对陆续查找到的原始材料,发现有许多说法并不符合事实,如废名与徐炳昶往来书信的写作

---

[*] 原载《书屋》2014年第4期。
[1] 载《鲁迅研究月刊》2006年第1期。
[2] 载《鲁迅研究月刊》2005年第8期。
[3] 载《鲁迅研究月刊》2009年第11期。
[4] 止庵编,东方出版社2000年版。
[5] 郭济访著,花山文艺出版社1992年版。

时间即是。废名致徐氏信写于1925年3月20日,后与徐氏3月24日的复信合题《通讯》,发表在《猛进》周刊3月27日第4期第8版。关于废名信的写作时间,《废名年谱》与《废名文集》的确"相左",但"两个记载不一样",不是"其中必有一误",有可能两个都错。其实,《废名文集》将废名信的写作时间标注为"三,三十",与《猛进》周刊也并非"一致"。全君翻检原刊,弄清了书信的写作时间,可征引书信内容时不知为何没有依据原刊本,采用的仍然是二手材料。这从其引用"大家都来沥一点血"就可以看出来。为避免以讹传讹,特将废名与徐氏的《通讯》原刊本过录于下:

旭生先生:

我今天看了先生同鲁迅先生的通讯,忍不住插几句嘴。

我觉得中国现在的情形非常可怕,而我所说的可怕,不在恶势力,在我们智识阶级自身!一般所谓学者们,在我看来,只是一群胖绅士。至于青年,则几乎都是没有辫子的文童!所以目下最要紧的,实在是要把脑筋还未凝固,血管还在发热的少数人们联合起来继续从前《新青年》的工作。现在虽说有许多周刊,我敢断言都是劳而无功。几乎近于装点门面。尤其不必做的,是那些法律政治方面的文章,因为我们既不要替什么鸟政府上条陈,也无需为青年来编讲义,——难道他们在讲堂上没有听够吗?我们要的是健全的思想同男子汉的气概,否则什么主义,什么党纲,都是白说,——房子建筑在沙地上,终久是要倒闭的。

我极望先生的第一希望实现,大家来洒一点血,呼一点新鲜

再关于《废名年谱》

空气，——不过这事不能勉强罢了。

冯文炳。三，二十。

冯先生：

思想革命固然重要，但是我们前些年相率不谈政治，我们早已经知道那是错误了。——首标此义者为《努力》，但《努力》发刊以前，我们已有同样的感想。想成民治，而国人相率不谈政治，这是什么样奇怪的事情呢？

至于讲堂所讲，大部分是些抽象的定律和过去的成例，与现时实在一日万变的政象没有很大的关系。这些政象，也必须大家来研究它，商□[1]它，棺[2]能达到真正的民治。所以我们希望有《新青年》那样的出板物[3]，是说专谈政治还不彀，并不是要说政治即不当谈，这是一个顶重要的点，万不可忽略的。

徐炳昶[4]

十四，三，二十四。[5]

应该说，20世纪20年代，废名与鲁迅之间的交往虽不算密切，他对鲁迅却是满怀敬意并主动亲近的。查人民文学出版社2005年版《鲁迅全集》，鲁迅日记中记载废名来访共有6次，其中1925年3次，1925年以后也有3次（全君误为2次）。具体如下：

---

1 原刊漏一字。
2 "棺"，疑为"才"之误。
3 即"出版物"。
4 "昶"，原刊无。
5 "。"，原刊为"，"。

《通讯》,《猛进》周刊1925年3月27日第4期第8版

（一九二五年二月）十五日 晴。星期休息。……冯文炳来，未见，置所赠《现代评论》及《语丝》去。[1]

（一九二五年四月）二日 晴，午后昙。冯文炳来。[2]

（一九二五年十二月）二十一[二]日 晴。……午后冯文炳来，未见。[3]

（一九二六年三月）二十一日 星期。晴。……冯文炳来。[4]

20世纪20年代的废名

（一九二六年五月）三十日 晴，风。……得冯文炳信。……冯文炳来，赠以《往星中》一本。[5]

（一九二九年五月）十九日 星期。晴。上午冯文炳来。[6]

废名6次拜访鲁迅，有4次是在星期日，有2次是在午后；鲁迅接见了4次（其中一次是在午后），有2次"未见"（其中一次是在星期日）。全君通过统计，发现"未遇""未见""不值"和"不见"是鲁迅日记中表述与来访者没有见面的几个常用词，"未见"一词在休息日、各种节假日、早晨、午后等几个特殊时间里出现频率最高。全君于是推定

---

1 《鲁迅全集》第15卷，人民文学出版社2005年版，第552页。
2 《鲁迅全集》第15卷，人民文学出版社2005年版，第559页。
3 《鲁迅全集》第15卷，人民文学出版社2005年版，第596页。
4 《鲁迅全集》第15卷，人民文学出版社2005年版，第613页。
5 《鲁迅全集》第15卷，人民文学出版社2005年版，第621—622页。
6 《鲁迅全集》第16卷，人民文学出版社2005年版，第134页。

鲁迅"未见"废名,"极有可能是当时鲁迅正在睡卧或休息,不便晤见,而非碰巧外出"。因此,全君不同意《梦的真实与美——废名》中"鲁迅先生正好外出"的解释,并且认为《废名年谱》中有关这两次"未见"的记载也"值得商榷"。

《废名年谱》是这样著录的:

2月15日　前往西三条胡同拜访鲁迅,未遇。[1]
12月22日　午后访鲁迅,未遇。[2]

记得当时撰写这两条谱文,很是考量了一番。诚如全君所言,"未见"一词较为隐晦,"似乎有'未遇'之意,又似乎有'不见'之意,又似乎有介于两者之间之意"。我是从谱主的角度来行文的,如果径直写上"未见",显然不妥,因为废名是拜访者;如果写成"鲁迅'未见'",也不妥,那就意味着鲁迅肯定在家(在家毕竟是一种"可能"),只是不便或不愿接见。思来想去,还是觉得"未遇"较好些。不管鲁迅在家还是外出,不便接见抑或不愿接见,作为拜访者的废名终归是没有见到鲁迅。总之,在鲁迅是"未见",而在废名则可以说是"未遇"。全君质问我:"根据什么将'未见'认定为'未遇'呢?"以上近乎辩解的回答,不知全君以为然否?

---

[1] 陈建军编著:《废名年谱》,华中师范大学出版社2003年版,第42页。
[2] 陈建军编著:《废名年谱》,华中师范大学出版社2003年版,第48页。

《我认得人类的寂寞：废名诗集》前言后语[*]

前言

废名以其风格特异的小说名世，但从本质上讲，他是一位诗人。早在20世纪20年代，周作人就曾说过："废名君是诗人，虽然是做着小说。"[1] 20世纪30年代，鹤西（程侃声）也说废名"到底还是诗人"[2]。废名是以新诗人的姿态步入文坛的，他最初发表的文学作品即是诗。他将诗的特质融入小说创作之中，多用唐人写绝句的手法，构筑一方远离尘嚣、如诗如画的乡村世界，展现一种充满诗意的人生形式。语言简练，意境浓郁，富有田园风味和牧歌情调。他的小说不仅影响了沈从文等作家的创作，而且对卞之琳等诗人也产生了一定的影响。1937年，孟实（朱光潜）就及时注意到了这一现象，他在为《桥》所写的一篇书评中说《桥》"对于卞之琳一派新诗的影响似很显著，虽然他们自己也

---

[*] 原载《我认得人类的寂寞：废名诗集》，北京联合出版公司2021年版。
[1] 岂明：《桃园跋》，载废名：《桃园》，开明书店1928年再版。
[2] 鹤西：《谈〈桥〉与〈莫须有先生传〉》，《文学杂志》月刊1937年8月1日第1卷第4期。

许不承认"[1]。晚年的卞之琳承认自己主要是从废名的小说里"得到读诗的艺术享受"[2]。卞之琳20世纪30年代中后期的诗歌在意象的营造、观念化写作方式等方面，与废名小说确实存在着某些相通之处。

废名生前公开发表的诗作不多（仅70余首），可他写的诗却并不算少。1931年10月17日，他曾在《天马诗集》一文中说过："我于今年三月成诗集曰《天马》，计诗八十首……今年五月成《镜》，计诗四十首。"1958年1月16日，他在《谈谈新诗》中写道："我从前也是写过新诗的，在一九三〇年写得很不少，足足有二百首……"1949年以后，他用新民歌体创作了《歌颂篇三百首》，在报刊上发表过《工作中依靠共产党》《迎新词》《欢迎志愿军归国》等数首诗。由此可知，废名至少有诗作500首。这些诗歌除部分散佚者外，多数以手稿形式存留下来。

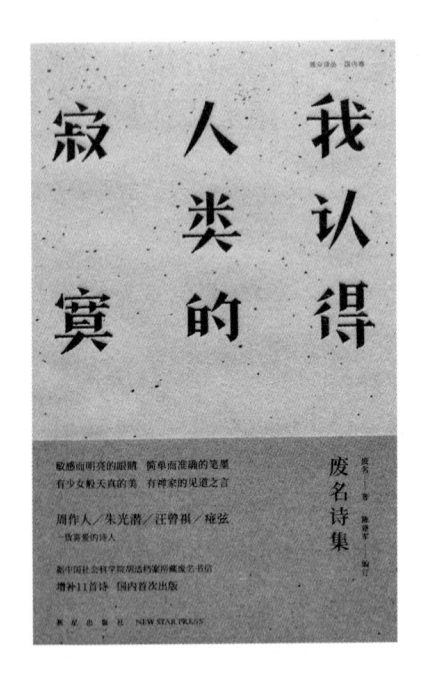

《我认得人类的寂寞：废名诗集》，陈建军编订，新星出版社2018年版

---

1 孟实：《桥》，《文学杂志》月刊1937年7月1日第1卷第3期。
2 卞之琳：《〈冯文炳［废名］选集〉序》，《新文学史料》1984年第2期。

《我认得人类的寂寞：废名诗集》前言后语

一个有趣的现象是：废名重视自己的诗歌，远胜于其小说。他讲新诗，专门介绍过自己的诗歌创作。他将自己的诗歌与卞之琳、林庚、冯至等诗人相比，一方面承认他们写得好，"我是万不能及的"；另一方面又很自信地说："我的诗也有他们所不能及的地方，即我的诗是天然的，是偶然的，是整个的不是零星的，不写而还是诗的，他们则是诗人写诗，以诗为事业，正如我写小说。""我的诗太没有世间的色与香了，这是世人说它难懂之故。若就诗的完全性说，任何人的诗都不及它。"[1]关于废名的诗歌成就，向来是见仁见智，评说不一。卞之琳虽然承认废名"应算诗人"，但他对废名的诗评价不高，说"他的分行新诗里也自有些吉光片羽，思路难辨，层次欠明，他的诗语言上古今甚至中外杂陈，未能化古化欧，多数场合佶屈聱牙，读来不顺，更少作为诗，尽管是自由诗，所应有的节奏感和旋律感"[2]。台湾诗人痖弦则坚称："废名的诗即使以今天最'前卫'的眼光来披阅仍是第一流的，仍是最'现代'的。"[3]

废名的诗歌创作起于20世纪20年代初，终于20世纪50年代末。总的来讲，他20世纪20年代的创作，如《冬夜》《小孩》《磨面的儿子》《洋车夫的儿子》等，偏向于写实，比较容易读懂。20世纪30年代转向现代派，诗思生涩，禅味甚浓，最难理解。抗日战争以后，诗风稍趋闪露，如《鸡鸣》《人类》《真理》《人生》等。20世纪50年代的诗作，

---

1 废名：《新诗讲义——关于我自己的一章》，《天津民国日报·文艺》1948年4月5日第120期。
2 卞之琳：《〈冯文炳[废名]选集〉序》，《新文学史料》1984年第2期。
3 痖弦：《禅趣诗人废名》，《创世纪》1966年第23期。

则近于民歌体，内容清楚明白，几乎无须解读。因此，要解读的是其20世纪30年代的诗歌。这类诗歌代表着废名诗歌创作的最高艺术成就，在中国现代派诗歌中可谓独树一帜。1946年，黄皆令（黄裳）曾指出："我所有兴趣的还是废名在中国新诗上的功绩，他开辟了一条新路……这是中国新诗近于禅的一路。"[1]

废名的诗歌一如其小说，有的，特别是20世纪30年代的作品的确相当难懂。早在1936年，刘半农就说过："废名即冯文炳，有短诗数首，无一首可解。"[2]过了半个世纪，艾青也说废名的诗"更难于捉摸"[3]。废名的诗难懂，是指其诗懂之不易，要弄懂须花些工夫才行，并非说他的诗如有字天书，根本就不可解、无法懂。而一旦懂得，则会发现许多新奇的东西，令人惊叹，耐人回味。诚如朱光潜所言："废名先生的诗不容易懂，但是懂得之后，你也许要惊叹它真好。有些诗可以从文字本身去了解，有些诗非先了解作者不可。废名先生富敏感而好苦思，有禅家与道人的风味。他的诗有一个深玄的背景，难懂的是这背景……无疑地，废名所走的是一条窄路，但是每人都各走各的窄路，结果必有许多新奇的发现。最怕的是大家都走上同一条窄路。"[4]废名曾说："大凡想像丰富的诗人，其诗无有不晦涩的，而亦必有解人。"[5]这话虽然是针对李商隐及其诗歌而言的，但也可以看作是废名的夫子自道。

1　黄皆令：《关于废名》，重庆《大公晚报》1946年10月16日《小公园》。
2　《刘半农日记（1936年1月6日）》，《新文学史料》1991年第1期。
3　艾青：《中国新诗六十年》，载《艾青谈诗》，花城出版社1982年5月版，第11页。
4　《编辑后记》，《文学杂志》月刊1937年6月1日第1卷第2期。
5　废名：《讲一句诗》，北平《平明日报·星期艺文》1947年1月12日第3期。

《我认得人类的寂寞：废名诗集》前言后语

从现有资料来看，废名自编过3本诗集。第一本为《天马》，第二本为《镜》，第三本系前两本之合集，较原来删去了几首诗，亦题名为《天马》。这三本诗集都未曾出版。两本《天马》至今下落不明，《镜》稿则早已被发现。《镜》稿现藏周作人后人处，原稿高25.3厘米，宽20厘米，封面标题为"镜"，副标题为"常出屋斋诗稿第二集"，赠款为"药庐老君炉前　二十年五月二十一日"，正文共49页。全稿共收诗40首，均作于1931年。同为苦雨斋弟子的沈启无（开元），曾辑有《水边》和《招隐集》两本书，内中收有废名的部分诗歌。《水边》1944年4月由北平新民印书馆印行，共收诗33首，分前后两部。前部题曰"飞尘"，计3辑，收废名诗16首。其中，第1辑6首，即《妆台》《壁》《海》《掐花》《画》和《无题》；第2辑5首，即《飞尘》《理发店》《街上》

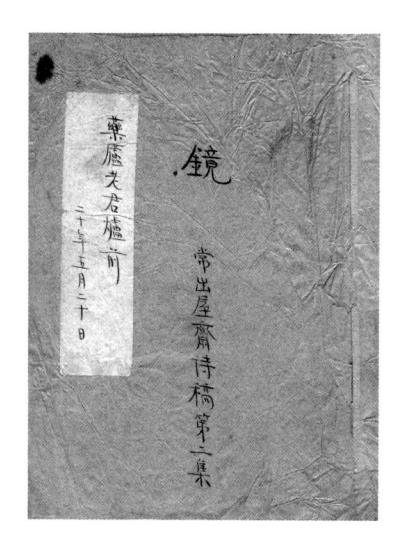

诗集《镜》手稿封面 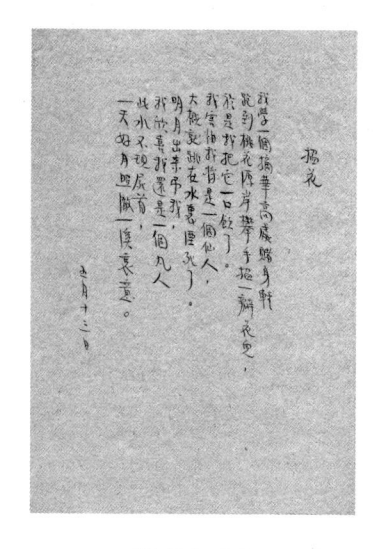　　　　　　　《掐花》手稿

《街头》和《寄之琳》；第3辑5首，即《灯》《星》《十二月十九夜》《宇宙的衣裳》和《喜悦是美》。后部题曰"露"，所收为开元自己的诗。沈启无曾请朱英诞参与编校《水边》并作序，序即《水边集序》，发表在《文学集刊》1943年9月第1辑，但出版时既未署朱英诞之名，也未用他的序文。《招隐集》1945年5月由汉口大楚报社出版，系废名的诗文合集。其中，收诗15首，除《街头》外，其他篇目与《水边》同。1985年，冯健男应人民文学出版社之邀，编辑出版《冯文炳选集》，第2辑选编废名诗歌28首，大多是据作者手稿排印的。1993年，长江文艺出版社出版《中国诗歌（三集）》（周良沛选编），其中列有"废名卷"，共收诗40题53首。2009年，北京大学出版社出版6卷本《废名集》（王风编），第3卷共收诗91首（不计一题多首），其中1922—1930年11首，1931年57首，1932—1948年23首。这是到目前为止搜罗废名诗作最多的一个集子，也是最值得信赖的一个集子。

2007年，台湾新视野图书出版公司出版繁体中文本《废名诗集》，是我和冯思纯先生合作编订的。全集汇编废名1922—1948年间的诗歌，计96题109首。是次在内地出版简体中文本，增加

《废名诗集》，陈建军、冯思纯编订，新视野图书出版有限公司2007年版

新发现的诗歌11首。本集以《镜》稿为主体，其他篇什编入"集外"。"集外"大体分作新诗、旧体诗、译诗三个板块，并按写作或发表时间先后编次。未刊作品，一律依据原稿（复制件）排印；已公开发表者，以初刊为排印底本（《镜》稿例外）。凡已发表之作品，均注明详细出处；除"废名"外，若用其他署名者，皆加注说明；如有多种版本（文本）且存在异文（包括标点符号、排列形式等），则在页末一一出校；简称在首次出现之处加以说明。原竖排改为横排，繁体字转换为简体字，异体字改为正体字，通假字和"的""地""底"等部分用字（如"笑嬉嬉""湾着""平尝""一幅眼镜""一枝万年笔"等），不做改动；同一作品中，前后用字若不一致（如"做诗"与"作诗"，"那么"与"那末"等），酌予统一；外文译名，一仍其旧；明显的讹字、脱字、衍字径行改正，并加注说明。标点符号尽量保持原貌；篇名、书名，均加书名号；原本无标点者，按现行国家标准所规定的用法重新标点。为便于读者了解、理解废名的诗学观和诗歌创作，特选《新诗问答》《新诗应该是自由诗》《已往的诗文学与新诗》《新诗讲义——关于我自己的一章》等10篇文章列为附录。原打算将废名1949年以后的诗歌一并编入本集，经反复考量，愚意以为还是不收的好。废名在1949年之前所作的诗歌，如本集有所遗漏，俟日后再版时补入。

编后记

2004年10月，台北洪叶文化事业有限公司、新视野图书出版有限公司企划主编郭淑玲女史听说我编了一册《废名诗集》，特别感兴趣，并来函称可交由她们公司出版。12月底，她把出版合约寄给了我。但直到2007年7月，这本诗集才正式印行。之所以拖了这么长的时间，主要是因为作为责任编辑的淑玲女史想以最佳的形式把它推出来。她邀请美籍华裔画家久弥先生为诗集绘制插图，久弥先生创作了18幅精美的国画，可惜结果只选用了六七幅，封面画即为其中之一。诗集出版以后，引起了很大反响，这从淑玲女史所撰写的《〈废名诗集〉新书发表会、座谈会、艺文雅集暨"纪念废名书画展"活动报道》中可见一斑：

> 上周六（七月十四日）在"时空艺术会场"举办的《废名诗集》新书发表会、座谈会和艺文雅集，与会贵宾近百人，包括诗坛许多老前辈诗人，如张默、商禽、管管、辛郁、碧果等等，以及众多诗社社长、主编、诗人，尤其台湾两大老字号诗刊代表——《创世纪》诗刊丁文智社长和《笠》诗刊莫渝主编，以及较年轻的乾坤诗社紫鹃主编等都到场指导；同时，大学诗社也派代表与会，可谓老中青三代诗人齐聚一堂。
>
> 此次《废名诗集》艺文雅集同时也是专为废名诗作谱曲的音乐首演，所以吸引许多各大学中文系、外文系以及从事艺术教育的教授前来，大家对于重新恢复诗乐咏唱的传统抱持期待……
>
> 另外，"时空艺术会场"为纪念诗人废名逝世40周年，也同步举办"诗久弥新：现代诗与造形艺术——纪念废名"书画展，由台北大学中文系赖贤宗主任策展，邀集众多诗人和艺术创作者联合展出，如张默、管管、商禽、辛郁、白灵、紫鹃、赖贤宗、朱颜、郭淑玲、天岸马（陈福祺）、陶纲、连钦发等。展期至7月底，

在"时空艺术会场"一楼展出,开放时间是每周三、六、日下午2—5点。

台湾的《创世纪》《笠》《文讯》《中国时报》等报刊对《废名诗集》的出版及其他相关活动,都做了专门报道。大陆的"诗家园"网,曾将繁体中文版《废名诗集》的出版列为"2007诗坛十大新闻"之一。但是,由于当时大陆地区不大容易见到这本诗集,故其影响力似乎远远不及台湾地区。

出版《废名诗集》简体中文本,一直是我的一个心愿。没想到10年后,这一心愿终于有机会可以了却了。

2016年11月,上海雅众文化出版公司编辑曹雪峰兄加我微信并留言,说他们有意出一本废名的诗集,不知我能否"拨冗相助"。我想都没想,当即回复"可以"。我提议不妨出两种诗集,一是诗集《镜》手稿影印本,一是《废名诗集》排印本。雪峰兄表示赞成。我手头上有《镜》稿复印件,效果欠佳,有半首还是张菼芳先生手抄的。要出影印本,得需十分清晰的手稿扫描件。11月下旬,我到山东大学讲学,见过定居济南的废名哲嗣冯思纯先生。思纯先生允诺给周作人后人写信,但信寄出后,好久不见回音。2017年3月初,我按眉睫君所提供的电话号码,给周吉仲先生打了一个电话。吉仲先生爽快答应了我的请求,次日还特地发短信告诉我,他母亲去世后,信箱一直未用,昨天打开,才见到思纯先生的来信。过了两三天,吉仲先生把《镜》稿扫描件发到了我的邮箱。手稿本底本问题经过一番曲折后,就这样毫不费功夫地解决了。

至于排印本，因有繁体中文版做基础，故编起来并无什么障碍。不过，与繁体版相比，这本诗集在体例上有较大的变动，即不再采用编年体方式，而是以《镜》稿为主体，其他散篇合为"集外"。同时，如有诗作存在多种版本（文本），则对异文一一出校。因此，这本诗集实际上是个汇校本。书稿编讫并寄给雪峰兄以后，我查询台湾"中研院"的"胡适档案检索系统"，发现中国社会科学院近代史研究所胡适档案内藏有废名的两通函件及诗作17首。我把这一重要信息告诉了北京大学的王风先生，他动用关系获得了全部复制件并转发给了我。我的博士生沈闪君，也通过她的老师帮我从"中研院"下载了函件及诗作的影像。两通函札未收入北京大学出版社2009年版《废名集》，兹全文过录如下：

一

适之先生：——

先生不认识我是怎样一个小孩子，我可认识先生——认识先生的面貌同精神。并不是有谁指点我认识的，是我自己从黑暗中摸索来的。先摸索了先生的精神，再饥渴似的摸索了一张相片，直到一个月以前在三院试场上才根据那张相片在脑里所刻的印像肯定了那一位就是先生！

我是新考进北大预科的一个学生——预备以全副精力去从事文学的学生。当先生的《尝试集》出世之时，便是我暗地里跟着先生尝试之时。当先生的《努力》出世之时，恰巧便是我在故乡

《我认得人类的寂寞：废名诗集》前言后语

努力失败之时。——这失败便使我离开恶势力来北京竟平昔专门研究的志愿。

多时便想直接的同先生的精神相接触，又因为不忍以这种幼稚东西耽误了先生的时间，所以马上起了念头，马上也就打断了。到了前几天，在南池子那块看见先生坐在车上拿一本中国书籍翻来翻去，我的心好动呵！偏偏昨天又因为《努力》得了一首诗的材料！我再也忍不住了！大胆写几首诗寄上来了！请先生当作是我奉了"请大家都来尝试"的命令的报告罢。

学生冯文炳九，十一，夜。

倘赐回信，请寄到北大第一寄宿舍天字十号。

二

适之先生：

我对于环境，向来不肯妥协；无意义的生活，决不肯过，要过先生所谓的"新生活"。从前在武昌住师范学校，以及后来在小学里捏粉条，都因此被人驱逐。此回冒种种困难，跑到北大，以为找着了有意义生活的机会了！谁知一腔热望，竟碰着满瓢冷水！每天从宿舍到三院，要费半点钟；讲堂上候教员，费十分二十分以至三十分不等；同样的材料，自己看只费五分钟，教员在黑板上一横一直的写，一字一句的讲，要整整花费一点：消耗光阴，增加苦恼：便是我这几个礼拜内所得的成绩。

我晓得这种种不满人意的情形，北大本身不能完全负咎。也晓得北大的指导者，不愿有这种种不满人意的情形。我只想在我最敬爱的创造"新生活"的先生之前叫喊几声，并且同怀疑一切束缚人们的礼教一样，为什么要用"点名政策"？答不出个什么来，我也只好不睬他。

学生冯文炳。十一月二日。

这两通信札均写于废名考入北京大学的1922年。第一通附《小雀》《小猫》《冬晚》《算命的瞎子》《小孩》《夏日下乡途中所见》《夏夜》《京寓杂感》《追记去年在县城经过牢狱所感》《小孩》《美丽的小姑娘》《风暴的晚上》《〈努力〉》13首诗，诗前有"诗　以做的先后为序"字样。其中，《冬晚》仅存题目，正文被撕去；第一首《小孩》有改动，疑出自胡适手笔；第二首《小孩》前半截被撕去，后半截作为《杂诗》之"六"后半部分（分行略有不同），载《诗》月刊1923年4月15日第2卷第1号；《美丽的小姑娘》作为《杂诗》之"七"，载《诗》月刊1923年4月15日第2卷第1号。被撕去的《冬夜》和《小孩》前半截，或即刊于《努力周报》1922年10月8日第23期之《冬夜》和《小孩》。废名在信中说："昨天又因为《努力》得了一首诗的材料！我再也忍不住了！大胆写几首诗寄上来了！"由此可知，《〈努力〉》当作于1922年9月10日；附于此信中的其他12首诗，当作于1922年9月10日或11日。第二通附"小诗四首"，其中，第一首未刊；第二首、第三首、第四首分别作为《杂诗》之"一""三""四"，载《诗》月刊1923年4月15日第2卷第1号。

从信及诗来看，说胡适是青年废名的"精神导师"一点也不为过，废名能够在文坛崭露头角,与胡适的引领、提携是分不开的;废名早期的诗作明显带有胡适的影子,用他自己后来的话说,确系《尝试集》派"。新发现的佚简佚诗,无疑是废名研究的重要收获,大大丰富了废名的研究史料,拓展了废名研究的学术空间,也为废名研究增添了有趣的话题。

"酒逢知己饮,诗与会人吟。"出版社编辑真是懂诗,他们为这本诗集加了一个很有意味的引题——"我认得人类的寂寞"。但愿这本诗集出版之后,一度"寂寞"的废名研究,也会热闹起来。

今年是废名逝世50周年,就把这本诗集当作一个纪念吧。

再版后记

上海雅众文化策划的《我认得人类的寂寞:废名诗集》于2018年1月由新星出版社印行以后,引起了学界和读者界的广泛关注。《博览群书》《中国出版传媒商报》《北京晨报》等不少媒体对这部诗集及时做了推介;当当网上,在已经出版的废名著作中,目前这部诗集的销量位居第一,好评率100%。

《我认得人类的寂寞:废名诗集》是我国第一部简体中文版废名诗集,而且是汇校本,这大概是其引人注目、备受青睐的一大原因吧。

现在,这部诗集即将改由北京联合出版公司出版社再版,正好可以趁机修正初版中的几处错误,如"药炉老君炉前"(见《编者前言》)应为"药庐老君炉前";"据中国社会科学院近代史研究所胡适档案所藏冯文炳手稿(简称'近代所藏稿')"(见《小猫》题注)应在《小

《水边》插页　　　　　《水边》，废名、开元著，新民印书馆
　　　　　　　　　　　　　　1944年初版

雀》题注里加以说明;"它忘记之笔"(见《画》)应为"那忘记之笔";《镜铭》第2行、第3行末尾，均应加逗号;附于废名致胡适信后的《无题》，原件藏胡适档案内，应作于1932年6月15日。同时，还可以顺便回答友人的一个问题:为什么把沈启无编辑的《水边》和《招隐集》也作为汇校的依据?

1943年5月，沈启无在上海《风雨谈》月刊第2期公开发表致柳雨生3封信，总题为《闲步庵书简》。其中，第3封谈到废名时，说了这么一段话:

《我认得人类的寂寞：废名诗集》前言后语

从前他住在北河沿，我住在板厂胡同，南北相去甚近，只隔一道小河一条大路，他总是来访我谈天的时候多。有时飘然而至，兴会飙举，一定是抱着灵感心得来了，于是我的意外的收获就颇夥颇夥。有一次偶尔不小心，被他发现我能写诗，他乃大为惊诧欢喜，（因为他一向以为我是弄散文的与流行所谓什么小品文结缘的）随后一见面便催我写诗，他写诗也总是送给我看，现在还有许多诗稿留在我这里。事变前一年，他忽然要对北大同学讲"新诗"，于是和我讨论怎样写新诗讲义，他非常慎重地而又是独到地和我谈中国已往的诗文学，以及现代的新诗的物质，他每写一章，必令我详细审阅，如有词义晦涩的地方，务期改到妥当为止，大约他连写带修改誊清，一星期只写得一章，他这等婆心苦口，非仅是学理的供献，乃是一种教育的意义和责任了。他一共写了十二章，原稿我全代他保存，这真是珍贵的材料啊，将来在"集刊"上预备陆续发表。

1936年下半年，废名在北京大学开设一门选修课"现代文艺"，讲了两个学期，直到"七七事变"起而中断。废名讲"现代文艺"，首先讲的就是自其产生以来便不断遭到质疑的新诗。在编写新诗讲义时，废名常和沈启无一起讨论。从某种意义上说，废名新诗理论得以成型，与沈启无的友情参与是分不开的。1937年年底，废名到湖北黄梅避难，沈启无代他保存了全部新诗讲义讲稿（共12章）及部分诗稿、文稿。刊于上海《风雨谈》月刊1943年7月25日第4期上的《天马诗集》，分别发表在北京《文学集刊》1943年9月第1辑、1944年4月第2辑上的《新诗应该是自由诗》《已往的诗文学与新诗》，原载上海《诗领土》月刊1944年6月25日第3号（5、6月合刊）上的《偶成》，其底本应该都是由沈启无提供的。

1944年4月、1945年5月，《水边》《招隐集》先后由新民印书馆、大楚报社出版。这两本集子中所收废名诗作，此前均已发表。这十五六首诗歌是否是以原刊本为排印底本的，无从知晓，但并不排除其所依据的是沈启无所保留的手稿的可能，《水边》书首就有《飞尘》诗稿的照片。正是基于这种认识和判断，所以我把《水边》《招隐集》也作为对校本，将其异文（包括标点符号、排列形式等）在脚注中一一呈现出来。

世间之事，似乎冥冥之中，总有些巧合。2017年，我着手整理、编订废名诗集，时值废名逝世50周年。2021年适逢废名诞辰120周年，这个再版本恰好可以用来作为一种纪念。

《废名集》：一个可供讨论的"范例"*

2009年1月，《废名集》历时12载，几经周折，终于由北京大学出版社出版。这部按照全集体例编纂的废名作品集，是现代文本整理的一次有益的尝试，也是一次成功的尝试，对于如何整理、编辑现代作家全集有许多可资借鉴的地方。

《废名集》最突出的特点是作了数以万计的"注"。除废名的原注外，编者所作的注主要有：

一是题注。书中为所有的篇什建立了题注，交代了各种版本的来龙去脉，把据以排印的底本和通校本、参校本都一一进行了具体的说明。某些全集本，如《鲁迅全集》，虽然也有题注，但是大多没有明确交代排印的依据。就拿《呐喊》来说，鲁迅生前共印行22版次。1923年由北京新潮社初版时，原收短篇小说15篇。1930年1月第13次印刷时，抽掉了其中的《不周山》[1]。人民文学出版社2005年版《鲁迅全集》第1卷《呐喊》中共收14篇，其所依据的底本究竟是第13次印刷前的版本还是第13次印刷后的版本，这在"出版说明"和题注中都没有做任

---

* 原载《长江学术》2010年第3期。
1 后改题为《补天》，收入《故事新编》。

何交代。不过，单从所收入的篇数来看，似应为第13次印刷后（包括第13次印刷）的版本。如果不是这样的话，那就是一个无中生有的成集本（即所谓"编辑本"）。

二是异文注。通过汇校同一文本的不同版本，采取校读记的形式，在页末逐一注录异文，把所能找到的废名在世时各种著作版本的原貌和变迁情况完整、清晰地呈现出来了，为学术研究，特别是为新文学版本研究提供了极大的便利。在现代作家全集中，为所有的版本注录异文，《废名集》当属首例。

《废名集》对那种缺乏原始依据的异文并非照录不误，而是抱着相当审慎的态度的。例如，《莫须有先生传》单行本初版和再版，其最后一章，即第15章《莫须有先生传可以付丙》，末尾都是以"'愿你平安！'"结束全篇的。可是，四川文艺出版社1988年版《废名选集》（李葆琰选编）所收《莫须有先生传》末尾，却多出了一段文字："以上的虽不过仅只几个例，已够使人们认他为怪人了。我以为怪的，是他追求理想的方向，恰恰都在社会习惯所指定的正道的反面。"华夏出版社1998年版《初恋》（刘晴编选）和浙江文艺出版社2003年版《废名小说》（格非选编），所收《莫须有先生传》末尾也有这一段。其实，《废名选集》中《莫须有先生传》末尾多出的一段，阑入的是杨振声短篇小说《他是一个怪人》的最后一段文字。《他是一个怪人》原载《文学杂志》1947年6月1日第2卷第1期，同期有废名《莫须有先生坐飞机以后》第1章《开场白》。《开场白》起始页为第133页，而《他是一个怪人》末尾一段自成一页，排在第132页。《废名选集》编者可能把这两页复印在一张纸上，又将复印后的莫须有先生二传编在一起，如此首尾相连，结果导致张冠李戴。在无法找到足够证据的情况下，《废名集》没有以讹传讹，而是采取较为稳妥的做法，作了一注加以说明："似确乎废名口气，但无以查证所据原始版本。询诸编者，亦已茫然。姑系于此，俟诸高明。"[1] 这种处理可疑异文的态度和做法，是值得提倡的，也是值得其他全集编辑者效仿的。

三是勘误。在校勘上，《废名集》确实花了大功夫，动用了对校、本校、他校、理校等多种"死"法和"活"法，解决了不少长期以来悬而未决的问题，最大限度地恢复了有关文本的本来面目。例如，《谈新诗》第4章《已往的诗文学与新诗》中在引用温庭筠词《菩萨蛮（杏花含露团香雪）》之后，说："在这个灯在月明之外，莺声之前，杏花杨柳在古今路上矣。"[2] 可是，无论是《谈新诗》初版还是1984年由人民文学出版社出版的重印本，引文里都是"觉来闻晓莺"，"莺声"似乎来得莫名其妙。《已往的诗文学与新诗》一章曾在《文学集刊》1944年4月10日第2辑上发表过，《废名集》主要根据文学集刊本，将"觉来闻晓鸳"改为"觉来闻晓莺"。这么一改，前后贯通，疑问顿释。《废名集》对于讹倒、脱文（包括原刊印刷缺漏）、衍文等，无论何法之校勘所得，全部保留更动的痕迹，即随文出注，不予径改，不以意增添；即便是某些显系误植的文字或标点，在勘正的同时，仍然保留更动的痕迹。这是尊重原作、尊重著者、尊重读者、尊重历史的一种表现。

四是释义。《废名集》中还有少量注释，是有选择地解释、说明作

---

[1] 王风编：《废名集》第2卷，北京大学出版社2009年版，第791页。
[2] 冯文炳：《谈新诗》，新民印书馆1944年版，第43页。

品中重要或偏僻的人名、书名、事件、典故等。这一部分的注释，对一般读者甚或研究者都有祛疑解难的作用。如，长篇小说《桥》"第一回"讲了"别的一个小故事"，是"出自远方的一个海国"。《桥》分上下两卷，上卷又分上下两篇，"第一回"原属于上卷下篇第1章，单行本则把它作为上卷上篇第1章。小说以这个故事开篇，显然是有寓意的。废名遗物中有这个故事的英文打印件。或许这个故事实在有些偏僻罕见，我曾请教过几位专治外国文学的学者，他们均不能找到这个故事的出典。看过《废名集》，才知道这个故事是出自希腊现代小说家蔼夫达利阿谛思所作的《火》，收在英国古希腊学者劳斯翻译的《希腊岛小说集》中。我相信，这个注释解除了包括我在内的很多人的心病。有的注释，如"沈海"即是石民、"一字君"（"一个愁字了得"）即是秋心（梁遇春）、"侵君"即是林庚、"福庆居士"即是俞平伯等，尽管注文大多比较简略，但都是费了一番考证的功夫辛辛苦苦得来的。对现代文本的整理，是不是一律应该像《鲁迅全集》那样，凡是作品中所提到的专有名词和所引用的文字都一一出注呢？我觉得没有必要。对于某些常识性的或借助于工具书很容易查找到的内容，完全没有必要作注。整部《废名集》，有关人名、书名、事件、典故等的注释，条目虽然有限，但大都很有价值。为"重要或偏僻"的内容作注，可以视为现代文本整理的一个基本原则。

在已版各种废名作品集的基础上，追根溯源，从头做起，重新开始，这是《废名集》的又一突出的特点。为某个作家编全集，当然离不开这个作家身后出版的各类集子。但这些资料由于多是二手货，所以只可作为参考之用。全集的整理、编辑应以作家生前的已刊未刊作

《废名集》：一个可供讨论的"范例"

品为主要依据。《废名集》就是这么做的。除成集本各版次和集中各篇之初刊、再刊等外，书中还收录了一些手稿和从大大小小报刊中发掘出来的佚文。早知道国家图书馆古籍馆普通古籍阅览室藏有《莫须有先生坐飞机以后》朱格稿本一册，没想到居然是未发表的第18章《到后山铺去》和第19章《路上及其他》。这两章手稿的"出土"，打破了《莫须有先生坐飞机以后》仅有17章的说法。20世纪30年代，废名在《华北日报副刊》上发表的一组散文，如《过中秋》《立斋谈话》（共5则）、《往日记》（共7则）、《斗方夜谭》（共12则）等，从未收入任何集子中。《笼》诗向来只有废名嫡侄冯健男先生的一份抄件，其原刊本的意外发现，使得"这本集子中所有废名文本都找到了他生前的版本"。《废名集》共6卷，有250多万字，其中首次公之于世的内容约占三分之一的篇幅。由此可见，编者在辑佚方面是花了不少时间和精力的。

《废名集》也多少留下了一些遗憾，主要表现在两个方面：

其一，漏收了部分作品。

据我所知，《废名集》失收的作品，有以下数篇：

《〈无题之二〉附记》，即废名写给岂明（周作人）的一封信，载《语丝》周刊1926年4月26日第76期，署名文炳。

曾朴病逝后，废名作了一副挽联："名下士无虚擅文章仕学兼优不显哉远绍南丰遗绪，小说林有几真美善父子合作今去也共悼东亚病夫。"收入1935年由曾朴家人印制的《曾公孟朴讣告》，署名冯文炳。

《殖民地的时期已经过去了》，载香港《大公报》1950年12月22日第二张第6版《文综》副刊，署"北大中文系教授冯文炳"。

《古槐梦遇小引》手迹（俞平伯《古槐梦遇》，世界书局1936年初版）

《殖民地的时期已经过去了》，香港《大公报》1950年12月22日第2张第6版《文综》副刊

《废名集》：一个可供讨论的"范例"

《刺恶篇》，收入吉林人民出版社1957年11月出版的杂文集《刺恶集》，署名冯文炳。

废名继《杜诗讲稿》之后，又补写了3讲，即《杜甫的歌行》《杜甫的绝句》和《诗的语言问题》，总题为《杜诗稿续》，约2万字。废名在《杜甫论》"引子"中说："我们的计划还有一篇《杜甫诗论》。"这里所说的《杜甫诗论》并不是《废名集》在《杜甫论》题注中所讲的"或即后来刊于1956年东北人民大学《人文科学学报》上的几篇有关杜诗的论文"[1]，而是真有一篇《杜甫诗论》。《杜甫诗论》开始动笔于1963年8月，原拟有《生活是诗的源泉》《杜诗的各体》《杜诗的表现方法》《杜诗的语言》《杜诗的风格》《杜诗怎样学习前人》《杜诗对后代的影响》和《杜诗对我们今天的借鉴》等8个专题，可惜作者因患重病而未能竟稿，只写了第一个专题的一部分，约1万字。

此外，《骆驼草》周刊有两则"本刊启事"当出自废名之手，一则始见于1930年6月9日第5期，一则始见于1930年9月8日第18期。废名续写的4章新诗讲义的手稿似尚存于世。据冯健男先生在接力出版社1995年版《我的叔父废名》中称，1984年版《谈新诗》后4章是按照原手稿排印的；1988年四川版《废名选集》中即附有《〈十年诗草〉》手稿1页。

当然，《废名集》也有故意不收的，如书信和《桥》的整部手稿等。我辑录的废名致他人的书信有42通（不包括以书信形式发表的文章），其中致胡适7通、致周作人24通、致钱玄同1通、致林语堂1通、

---

[1] 王风编：《废名集》第4卷，北京大学出版社2009年版，第2043页。

致卞之琳1通、致徐芳1通、致张中行3通、致黄梅县立中学校长廖秩道2通、致黄梅县民政局1通、致子女1通。《废名集》大概因"书信收集情况极不理想,不到十通",故"除以书信形式发表的文章外,私函一律未收"。废名致朱英诞信12通,曾以《冯文炳书简》为题[1],发表在《新北京报·新文艺》1939年8月11日、18日第16期、第17期。废名致朱英诞信属于私函,但可以看作是"以书信形式发表的文章"。《废名集》不收,不知何故。

其二,某些注文尚有可商讨的余地。

1.《"古槐梦遇"小引》初刊《每周文艺》1934年1月9日第5期,署名废名;《芭蕉梦》又载1937年11月18日《泰东日报》,署名废名;《黄梅初级中学同学录序三篇》又载上海《大公报·星期文艺》1946年11月17日第6期,署名废名;《响应"打开一条生路"》又载上海《大公报·星期文艺》1946年12月1日第8期,署名废名;《教训》初刊上海《大公报·星期文艺》1947年1月12日第14期,署名废名;《打锣的故事》又载上海《大公报·星期文艺》1947年2月2日第17期,署名废名;《立志》又载杭州《天行报》1948年4月16日副刊《万方》,署名废名;《新诗讲义——关于我自己的一章》又载重庆《时事新报·青光》1948年6月1日、3日"渝新"第69号、第70号,署名废名;《仰之弥高 钻之弥坚》收入吉林省文联编、吉林人民出版社1962年版《作家的素养》,署名冯文炳;《必须做左派》收入吉林人民出版社1957年版《刺恶集》,署名冯文炳。这些似应在各自所属的题注中分别交代一下,甚至也可

---

[1]《废名集》后记中误作《致朱英诞书简》。

以用作汇校的底本或通校本或参校本。

《跟青年谈鲁迅》1956年7月由中国青年出版社出版,同年11月第2次印刷。《废名集》是本着"版本贵初,印次贵晚"的原则来择定底本的,可集中既没有以第2次印刷的《跟青年谈鲁迅》为底本,也没有在题注中把第2次印刷的信息反映出来。

2.《废名集》中有几条注释,注文为"此函未见",或"此文未见",或"此诗未见"。这几处并非属于那种非注不可的内容,一时注不出来,完全可以不注。不过,如果实在要注的话,有的还是可以注出来的。如第3卷第1218页,《随笔》一文中引用的"齐可是个大学生",见朱倞《齐可死了》,载《北京孔德学校旬刊》1925年6月21日第9期"追悼齐可君特号"。同期有周作人的《唁辞》。又如,《莫须有先生坐飞机以后》第6章《旧时代的教育》中说:"莫须有先生最近有一篇文章,写他小时读四书的情形,是为江西一家报纸写的(不知为什么后来又在南京的一个杂志上转载起来了)……"《废名集》注曰:"此刊未见。""一篇文章"即《小时读书》,初刊南昌《中国新报·新文艺》1947年5月5日第29期,后载南京《生活杂志》1947年6月25日第2卷第2期,署名废名。

3.《关于校对》写作时间为1928年12月19日,载《语丝》周刊1928年12月17日第4卷第49期。《废名集》为写作时间所作的注是:"此处写作时间晚于发表时间,可知有误。"[1]我看未必有误。版权页是著录版本信息的重要依据,但有时候会出现这样一些情况:① 版权页先印好

---

1 王风编:《废名集》第3卷,北京大学出版社2009年版,第1163页。

了，文章却还没有凑齐或排印好。《关于校对》写作时间晚于发表时间，大概属于这种情况。② 版权页上的出刊时间与期号所属年份不相同。如，废名有一篇题为《我对建立辩证唯物主义美学的愿望与实践》的文章，发表在《吉林大学社会科学学报》1962年第4期，出刊时间是1963年2月。③ 版权页上的时间与扉页上的时间不一致。如《文学集刊》第2辑出版时间，扉页署1944年1月，版权页则为1944年4月10日。《废名集》是按照扉页上的时间作注的。④ 版权页本身也不太可靠，如1990年上海书店出版的《莫须有先生传》(影印本)，正文用的是再版本，版权页却是初版的。又如，短篇小说《四火》曾以"实录"为题载《北新》1930年1月16日第4卷第1、2期合刊，原刊把1930年误作1929年；刊末《编者的话》所具写作时间为"十九年三月二十六日"，比发表时间晚了两个多月。再如，废名在《世界日报·明珠》上共发表了21篇文章，其中有4篇，原刊期号本身有误。《赋得鸡》，应为1936年12月5日第66期，不是第65期；《偶感》，应为1936年12月6日第67期，不是第66期；《金圣叹的恋爱观》，应为1936年12月11日第72期，不是第71期；《贬金圣叹》，应为1936年12月17日第78期，不是第77期。

4.个别注文存在失校现象。在校对上，《废名集》的正文部分几乎没有什么差错，所有的文本都值得信赖，完全可以放心使用。1984年以后，出版了数十种废名作品的单行本或选集本。有的本子由于校对不精，误植、错讹现象相当严重。例如，废名曾在《宇宙风》半月刊1937年1月1日第32期上发表了一篇短文，置于"二十五年我的爱读书"栏目内。全文不到两百字，可是有的本子竟然错得一塌糊涂。像这样的文本，不仅不能让人放心使用，反而给学术工作带来了隐患。

《废名集》：一个可供讨论的"范例"

只有认真、细致地校对，才能保证文本准确可靠，具有权威性。对作家全集编辑质量的鉴定，应该建立一套科学、规范且行之有效的评价体系。文本准确与否，无疑是评价全集编辑质量优劣的一个很重要的指标。否则，就算书的版式再精美，印制再精良，也是枉然，于读者、于学术研究，都是毫无助益的。从某种意义上讲，对现代文本的整理并非是一项纯技术性的工作，其实也带有一定的学术含量。要想做到准确无误，必须深入文本内部，揣摩著者的真实意图。《废名集》在这方面应该说是做得很好的。例如，废名有一篇题为《小时读书》的文章，其中有这么一句："读《中庸》'鼋鼍蛟龍魚鳖生焉'，觉得这么多的难字。"[1] 保留繁体字，一望可知"鼋""鼍""龍""鳖"等字难写。如全部转换为简体，则"难"的意味体现不出来，表达效果就会大打折扣。再如，《谈新诗》初版本第2章是讲胡适的诗《一颗星儿》。文中多次提到"一颗星儿"，都标上了引号，这是民国时期的习惯用法，其本身是无对错之分的。但是，当把繁体字转换为简体字时，麻烦就会产生，哪些地方应保留引号，哪些地方该改用书名号，非得深入理解、用心体会不可。人民文学出版社1984年版《谈新诗》，对"一颗星儿"标点的转换存在着一些不尽如人意的地方，而《废名集》则是非常准确、到位的。令人感到奇怪的是，《废名集》的正文和异文注、勘误几乎没有什么差错，可是题注和释义部分的注文却有少量失校的地方。如：第1卷第339页，注① "所谓'陶孟和教授那部大著'" 与原文不一致，应为 "所谓'陶梦和教授那部大著'"；第3卷第1164页，题注

---

[1] 废名：《小时读书》，南昌《中国新报·新文艺》1947年5月5日第29期。

中的"志儁"应为"志傕";第3卷第1186页,注①中"《偏见》"应为"《"偏见"》";第3卷第1243页,题注中"廖翰痒"应为"廖翰庠";第3卷第1330页,注①中"商民印书馆"系"新民印书馆"之误;第4卷第1991页,题注"野有死□"中的"□"应为"麕"。

以上所说,似有求全责备、吹毛求疵之嫌。事实上,《废名集》是一部很有特色的现代作家作品的整理本,其文本值得信赖,编法可资借鉴。编者在前言中说:"编这套书,除了缘分外,只想提出一个可供讨论的例子,丝毫没有创设范例的企图。"依我看,《废名集》正是一个可供讨论的"范例"。

《抗战时期废名论》：
一部填补空白的学术著作*

  2008年3月，张吉兵的新著《抗战时期废名论》由华中师范大学出版社正式出版。这是一部具有探索性、原创性、史料性的学术著作，也是国内外第一部公开出版的真正意义上的废名研究专著。在这部著作出版之前，我就在《江汉论坛》等刊物上读过其中的部分内容。后受出版社邀请，作为审阅人之一，我从头至尾看过书稿。拿到赠书后，我又怀着极大的兴趣通览了一遍。每次阅读，我都或多或少地有所收获，总会受到一定的启发并时时引动我的思考。

  从废名研究的历史和现状来看，研究者主要把目光聚焦在20世纪二三十年代北平时期的废名身上，而很少有人关注抗日战争时期的废名。有关抗战时期废名生活、思想、创作等方面的研究，始终是废名研究领域中一个比较薄弱的环节，几乎成了一个盲点、一个荒区。张吉兵劳心费力，拓荒抉秘，以自己辛勤的耕耘换来了相当丰厚的学术成果。他对抗战时期的废名所做的全面、集中的研究，不仅在一定程度上填补了废名研究领域中的一项空白，也将抗战时期废名研究的价

---

* 此篇收入本书前，未公开发表。

《抗战时期废名论》，张吉兵著，华中师范大学出版社2008年版

值和意义凸显出来了。要想了解废名之全人，无法绕开1937—1946年这一时段。不了解废名避难黄梅期间的生活状况，特别是他的思想面貌（包括其人生观、民众观、诗学观等），也就很难认识、理解共和国时期废名思想的转变。1949年以后，废名极力认同毛泽东思想理论，自觉地将个体与国家、民族的命运联系在一起，其思想中人民性和现实性的色彩相当浓厚，正是他抗战期间走出象牙塔、深入民间、亲近百姓的自然发展结果。某些人对废名思想的转变总感到"不可理喻"，这在很大程度上是由于对抗战时期废名的思想状况缺乏足够的了解而将早期的废名与晚年的废名径直对接所造成的。

《抗战时期废名论》除《读书有感（代序）》（冯思纯）、《国家不幸诗家幸 赋到沧桑句便工（自序）》和《后记》外，共有6辑，即《德性主体：抗战时期废名身份的认证》《家族生活与德性实践》《社会生活与德性实践》《〈莫须有先生坐飞机以后〉综论》《〈莫须有先生坐飞机以后〉篇章解读》和《抗战期间废名避难黄梅生活与创作系年》。这6辑既各有所重、相对独立、自成单元，又前后连属、相互补充、缀成一体，基本上将废名这一时期的主要事迹、思想风貌和创作情况呈现出来了。

抗日战争爆发以后，废名回到故乡黄梅，由一个"都市上文明人"、新文学家、大学讲师而成为一个四处"跑反"的难民、中小学教员。同时，他在家族网络的庇护下，从一个现代自由主义知识分子而变成一个倾向于传统的家族中心主义者。特定时期的社会现实、生活境遇和人际关系，改变了废名的生活方式、生活态度和生命形态，逼迫他一方面对其先前所信奉的所谓"新的理论"（包括进化论、资产阶级自由民主平等观念、阶级斗争学说等）提出质疑并进行深刻的反思，另一方面又从传统文化（包括儒道释思想）中寻找历史根据，作为解决当前现实问题和摆脱自身思想困境的方案和方法。废名尤其推崇以孔孟为代表的原始儒学，他通过对中国国情和民情的总体认识，声称孟子的"仁政"思想是中华民族的"救国之道"。他以儒家所追求的理想人格即君子人格作为自己的人格理想，并主要以一种内心自省的方式努力践行之，在举手投足之间，常常援引《论语》作为他的"就正有道"。张吉兵认为废名这一时期的主体身份的主导面向是儒家学说所主张的"德性主体"，应该说是比较切合实际的。德性主体是儒家特有的主体生命形式，它消泯了主客之间的界限，以完善自我的德性为追求，以成就君子人格为生命的极致。张吉兵从知性和情感方式两个层面对废名的人格特征做了认证，从家庭出身背景、幼年所受教育、避难生活经历等方面探讨了废名德性主体的成因，生动地描述了废名德性主体的生成过程，并基于德性主体这一核心观点，对废名的家族生活、社会（教学）活动等做了具体的论述。

1946年，废名重返北京大学，以其避难生活为蓝本创作了一部纪实性长篇小说《莫须有先生坐飞机以后》（未完）。整部小说计19章，张吉兵总体论述了这部小说的主题和思想属性，认为这部小说是中国现代文学史上唯一以武汉会战（1938年6月至10月）为时代背景的长篇小说，是一部具有文学意义和历史意义双重价值的作品；"客观真实、深切细致地叙写了硝烟与炮火深处中国最普通、最一般民众的生活状况和精神面貌，真实地记录了异族入侵的战争给中国人民带来的深重灾难，深刻地揭露了异族入侵者的暴虐行径及其带来的精神恐怖，真切地表现了乡村民众真实的生存状态及其从容的生存姿态和坚韧的生存意志"[1]。他还有选择地对其中的《卜居》《莫须有先生教国语》《停前看会》《莫须有先生买白糖》《留客吃饭的事情》等部分篇章做了详细而独到的品读和解析，言他人所未言，新意迭出，多有创获，体现了一种独立思考的学术品格。

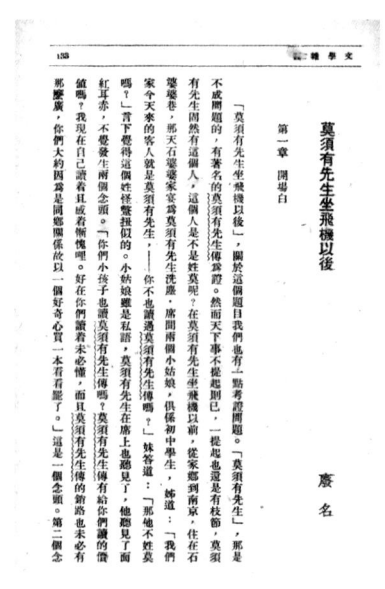

《莫须有先生坐飞机以后·第一章开场白》（《文学杂志》月刊1947年6月1日第2卷第1期）

---

1 张吉兵：《抗战时期废名论》，华中师范大学出版社2008年版，第153页。

《抗战时期废名论》：一部填补空白的学术著作

据我所知，近几年张吉兵多次赴黄梅查阅档案，访问废名的族亲和门生，沿着废名曾经走过的路线实地考察，掌握了大量鲜为人知的原始材料，对废名避难黄梅近十年的乡居生活、教学工作、创作情况等做了比较细致的梳爬和整理。正因如此，所以他的论述不仅言之成理，而且言之有据。这部著作中关于废名的避难经历，关于废名的家族和龙锡桥的冯姓家族，关于熊十力撰《黄梅冯府君墓志》的发微，关于废名任金家寨小学教员、任黄梅县中学教员行状的综说，关于抗战时期黄梅教育状况的论略，关于抗战爆发前黄梅现代教育的发展概况等，都具有一定的史料价值。发掘、搜集、整理这些湮没在历史废墟中的文献资料，对于还原历史真相，对于再现抗战时期黄梅乡村社会图景特别是废名的实际生活情形和思想面貌，无疑有着十分重要的意义，可谓功莫大焉。

张吉兵长期从事文科学报编辑工作，阅读面很广，有比较扎实的文史哲功底。他能够把废名及其作品置于文学史、文化史、思想史、教育史乃至军事史的背景上进行考察，学术视野比较宏阔，立意也比较高远。尽管某些论断难免有令人生疑之嫌（如对废名主体身份的认证，对废名思想转变的认识等），但是就其逻辑本身而言则具有自洽性，能够自圆其说，给人一种不容置疑之感。值得特别一提的是，这部著作文字雅正、简古，文笔老到而富有诗性色彩，耐人咀嚼。相信这部著作会在学术界、读者界引起一定的反响，也会推动废名研究的进一步深化。

这部著作的缺憾主要表现在两个方面：一是以大量笔墨讨论长篇小说《莫须有先生坐飞机以后》的思想内容，而对其艺术成就几乎只字未提（在《后记》中，著者自己也意识到了这一点）。二是对废名的佛学著作《阿赖耶识论》没有进行专题研究。《阿赖耶识论》作于1942年冬至1945年秋，旨在破熊十力的《新唯识论》和达尔文、赫胥黎、斯宾塞等人的进化学说，是废名抗战时期留下来的重要学术成果。《抗战时期废名论》日后如有再版机会的话，希望能够弥补这两个方面的缺欠。

拉拉杂杂说了这么多，鄙意不是存心想写一篇什么书评，而只是报告自己的一点阅读心得，并借此表达我对同道者的敬佩之情。

《关于废名》序 *

记得2003年岁末，即拙著《废名年谱》印行之际，忽然接到梅杰君的一封来信。信中，他说他是一名大学生，学法律的，但自中学时代起就对文学怀有浓厚的兴趣，特别喜爱其黄梅老乡废名的作品，并提了一些诸如"废名小说是否属于中国特色的意识流小说"等问题，希望我能给他一一解答。我和梅杰君之间的交往就是这样开始的。此后，我们或互通书信，或电话联系，或在寒舍聚谈，忽忽已是五年多了。

《关于废名》，眉睫著，秀威资讯科技股份有限公司2009年版

梅杰君是80后，非学院派学人。他勤勉好思，读书甚广，每有心得，即形诸笔墨。几年下来，他

---

* 原载《鲁迅研究月刊》2009年第4期。

以"眉睫"之笔名，在《鲁迅研究月刊》《中国图书评论》《新文学史料》《博览群书》《书屋》《中华读书报》《文艺报》等报刊上发表的文章，计有上百篇。现在，他把这些文章汇编成两本集子，除已由台湾秀威资讯科技股份有限公司于2009年出版的《朗山笔记——现当代文坛掠影》外，另有这本即将付梓的《关于废名》。

收入《关于废名》中的21篇文章，大致可以分为三类：一类是赏析文，如《〈妆台〉及其他》《废名诗的儿童味》《与马力先生读〈五祖寺〉》等；一类是书评文，如《〈废名年谱〉的特色》《谈〈废名讲诗〉的选编》《谈〈新诗讲稿〉的体例》《废名是怎么变回冯文炳的?》等；一类侧重于史料的发掘与整理。相对而言，我比较看重第三类文章，这大概与我本人一向注重史料有关。我始终认为，资料的搜集与整理是一切研究形式的基础和前提，离开原始、真实、准确的资料谈研究，必然是一种虚妄之谈、无稽之谈。近些年，梅杰君一直热衷于搜集废名的研究资料，做了许多扎实的工作。2004年暑假，他通过调查、采访整理出《废名在黄梅》一文，填补了废名研究中某些领域的空白。不久，他又发现废名的数封佚简，并大力呼吁抢救废名书信，在学界产生了一定的影响。他从民国时期的报章杂志中钩稽出不少鲜为人知的文坛故实，写成《讲堂上的废名先生》《并非丑化：废名的真实一面》等文，以众多具体、生动的历史细节再现了一个丰满而鲜活的废名形象。此外，他还对废名与周作人、胡适、石民、冯健男等人之间的关系进行了细致的梳理。总体来讲，梅杰君关于废名的这一系列文章，大多理据兼备，史料丰富、真实、准确、可信。

史料的整理与研究是一项很有意义的工作，也是颇有意思的一件乐事。一旦踏破铁鞋寻觅到所要找的材料或偶尔得到一份意外的收获，总会有一种难以言表的喜悦之情，诚如鲁迅所说的"废寝辍食，锐意穷搜，时或得之，瞿然则喜"[1]。我曾多次分享过梅杰君发现的喜悦。史料的整理与研究也是一项吃力不讨好的工作，尽管自己百般小心，千般谨慎，但难免会万有一失，留下让人诟病的话柄。借写这篇小文之机，索性把我时常告诫自己的话端出来，愿与梅杰君共勉。

一、尽量掌握并采用第一手材料。在这方面，我是吃过亏、上过当的。我在编《废名年谱》的时候，用了一些二手材料。及至年谱出版后，比对陆续查找到的原始材料，发现有许多说法与事实并不相符。如关于废名是否担任吉林省文联副主席一职，我采信的是否定的说法。实际上，1962年5月23日至30日，废名出席在长春市召开的吉林省第三届文学艺术工作者代表大会，并当选为吉林省文联副主席[2]。梅杰君大概也轻信了否定的说法，在《有关废名的九条新史料》[3]中更是依据《黄梅县教育志》里的相关记载加以证实。《黄梅县教育志》是时人修撰的，内中介绍"冯文炳"的文字多不确，以此来实证废名不曾担任吉林省文联副主席之职务，显然是不妥当的。在同一篇文章里，梅杰君仅借哈佛大学田晓菲女史《尘几录——陶渊明与手抄本文化研究》[4]中所披露的一条信息，以说明废名与闻一多有直接交往的可能，似欠

---

[1] 鲁迅：《〈小说旧闻钞〉再版序言》，载《鲁迅全集》第10卷，人民文学出版社2005年版，第158页。
[2] 参见《吉林省举行第三届文代大会》，《长春》文学月刊1962年7月号。
[3] 其部分内容曾以《有关废名的八条新史料》为题，载《新文学史料》2008年第3期。
[4] 中华书局2007年版。

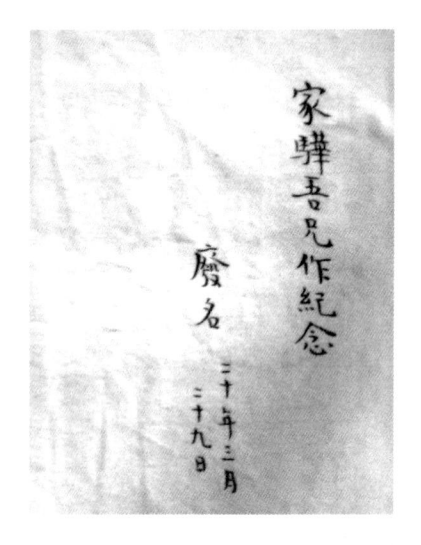

废名赠家骅《陶靖节集》题签

说服力。哈佛大学燕京图书馆藏有一部《陶靖节集》(1876年翻雕本），系废名的签名本，扉页题签"家骅吾兄作纪念 废名 二十年三月二十九日"（据晓菲女史寄赠笔者照片）。"家骅"是否就是晓菲女史所说的闻一多，尚不能完全肯定，或者是指废名的好友、语言学家袁家骅亦未可知。还是在同一篇文章里，梅杰君以《黄梅县教育志》和《湖北考试史》中的有关文字作为依据，推定废名没有入读启黄中学（黄冈中学前身）。也就是说，废名没有在启黄中学读书，是梅杰君推理出来的，究竟如何得靠事实来证明。据湖北省档案馆藏《湖北省立第一师范学校添招预科学生一览表》（档号Ls10-8-106-4），废名是"五年三月"即1916年3月入校的，在"前在何校毕业或修业几年"一栏所填写的内容为"本县高等小学毕业"。这份档案材料并不就是废名没有进启黄中学的铁证，从1915年黄梅高等小学堂停办到1916年3月，废名也许有入读启黄中学的可能。梅杰君认为启黄中学与湖北省立第一师范学校是平级的，如果废名1915年入启黄中学插班就读，1916年毕业后完全没有必要再考进湖北省立第一师范学校（不一定非要毕业了再入第一师范学校，也有转学的可能），可以直接考北京大学的。这仅仅是一种假设而已。既然有废名上过启黄中

《关于废名》序

学一说（出自废名嫡侄冯健男先生），想必是有所依凭的。大胆怀疑此说是可以的，但轻易否定则万万不可，必须小心求证才是。当然，我说尽量掌握、采用第一手材料，并不意味着第二手材料就一无是处、毫无价值，旁证或佐证有时是离不开第二手材料的。

二、尊重原作就是对著者的极大尊重。废名的散文（包括书信）有一个十分突出的特点，那就是很少分段甚或从头至尾不分段。例如，1935年3月13日、14日，废名花两天时间写了一篇

湖北省立第一师范学校
添招预科生一览表

《关于派别》，同年4月20日刊登在林语堂主编的《人间世》第26期上。《关于派别》是一篇近八千字的长文，仅有两大段，这显然是废名有意为之的。林语堂深知其意，他后来在《烟屑（五）》一文中说："娓语笔调，尽可拉拉扯扯，不分段纵笔直谈。谈得越有劲，段落越长。前'废名'有一篇《关于派别》谈岂明的八千字一段长文，是属此类。我知此意，故亦不为分段。"[1] 黄山书社1994年版《胡适遗稿及秘藏书信》收有废名致胡适信5封（影印件），其中有梅杰君在《新发现的一封废

---

1 语堂：《烟屑》，《宇宙风》半月刊1935年12月16日第7期。

名佚信》[1]里提到的那封长信。废名读过胡适的来信，兴致极高，于是"拉拉扯扯"，写了15页信纸。全信一气贯下，自始至终就一整段。若按梅杰君那样强为之分成6段，实可谓不知其意也。时下常见有人为某一作家编文集，随意径改其作品，这么做不能不说是对著者的大不敬。

三、裁断而不武断。梅杰君有一定的史识，对某些史料能够做出令人信服的裁断。但是，因限于条件而无法大量地占有史料，他的某些裁断近乎臆测，未免失之武断。在《又发现废名的三封佚信》[2]中，他说1964年9月30日废名致黄梅县民政局信是其生前最后一封信，"恐怕也是废名最后一篇著名散文《冯文华烈士传略》的'附记'"，又从字迹上判断1964年前后废名"确实没有写作的脑力、体力了"。这种看法大有商讨的余地。废名致黄梅县民政局信是用钢笔书写的，看起来确如梅杰君所说的"颤抖而潦草"，据此认定废名没有写作的体力似勉强说得过去，但说废名没有写作的脑力就有问题了。没有脑力，废名怎会写信，又怎能写出"著名散文"《冯文华烈士传略》？《冯文华烈士传略》作于"1964年国庆前一日"，与致黄梅县民政局信是同一天写的，原件现藏湖北省黄梅县民政局冯文华烈士档案内。这篇文章是废名用毛笔誊录的，有4页稿纸，全系蝇头小楷，极为工整干净。可见，即便单从字迹上也是不能够判断废名有无写作的脑力和体力的。我曾在冯思纯先生处翻阅过废名的好几本笔记，得知1964年前后，废名虽罹病在身，但仍未停止写作。在2009年出版的6卷本《废名集》附录

---

1 载《博览群书》2007年第2期。
2 载《鲁迅研究月刊》2008年第1期。

《关于废名》序

《冯文华烈士传略》手稿

《废名生平年表补》中,节录了废名写给其子女的一封信的部分内容:"你们曾记得我害有重病这件事,其实我自己思想里并没有病魔的影子纠缠着,尤其在最近一季,我很活泼……我念《愚公移山》(毛主席著作)给你们的妈妈听,她的政治空气很好,很可佩服。"[1]这封信的写作时间是1965年10月18日。因此,说1964年前后废名没有写作的脑力和体力,致黄梅县民政局信是废名生前最后一封信,《冯文华烈士传略》

---

1 王风编:《废名集》第6卷,北京大学出版社2009年版,第3509页。

317

是废名最后一篇散文,这样的结论是不是下得有些匆忙或者草率呢?

  梅杰君说我对他最为了解,一再要求我为其大著写点文字。我只好恭敬不如从命,硬着头皮写了以上几句枝叶话,万望梅杰君勿怪是幸。

序《废名先生》*

《废名先生》所收21篇文章，泰半是眉睫君在大学本科学习期间所写的。这些文章在报章杂志上发表之先，他都给我看过。可以说，我是这些文章的第一个读者。

2004年，眉睫君读大一的时候，我给他布置了一个作业，希望他在暑假期间，以《废名在黄梅》为题写一篇文章。7月初，眉睫君返回湖北黄梅老家，在县档案馆、县政协等机构查阅了大量资料，走访了废名旧时的邻居和昔日的学生翟一民、冯奇男、李英俊等人。7月底，他借用其母校即废名曾经任教过的黄梅一中文印室的电脑，将这篇一万多字的长文敲打了出来，特意赶在8月1日之前，作为"生日礼物"送给我。我把文章转给了张吉兵兄，他准备在来年《黄冈师范学院学报》第1期刊出。时隔不久，在同我及废名哲嗣冯思纯先生等人商量之后，眉睫

《废名先生》，眉睫著，金城出版社2013年版

---

* 原载《书屋》2014年第4期。

君又把文章改投给了《新文学史料》编辑部。2005年8月,《新文学史料》第3期正式发表了这篇文章。此前,眉睫君写过《〈妆台〉及其他》《读〈五祖寺〉》《废名诗的儿童味》等数篇读后感式的文章。但相比较而言,《废名在黄梅》则显得更有分量。1901—1916年、1937—1946年,废名在黄梅生活了二十五六年。一般读者和论者主要是通过《一封信》《我的邻舍》《莫须有先生坐飞机以后》等带有自传性质的小说来了解废名在这两个时期的行踪和事迹的。但小说毕竟是小说,不能视为"信史"。《废名在黄梅》一文比较全面、系统地述论了废名在黄梅的生活情形和思想状况,提供了许多鲜为人知的史料,也提出了不少引人深入思考和有待进一步讨论的问题。例如,眉睫君访问废名故居冯家大宅对门邻家,得知新中国成立前"在竹林边开垦菜园,以卖菜为生"的刘香柱即为《竹林的故事》里的三姑娘的原型。再如,眉睫君以众多具体、翔实的史料说明黄梅对于废名文学创作的意义和影响,认为1949年后废名相信共产党、成为一名为人民服务的学者,与其抗日战争期间避难黄梅近10年的乡居生活不无关联。这一判断,是颇有见地的。

《废名在黄梅》的公开发表,无疑增强了眉睫君的学术自信心,同时使他更加认识到史料研究的重要性。从此以后,他的学术兴趣点主要集中在史料的发掘、整理和研究上,撰写、发表了一系列受到读者和学界广泛关注的文章。《废名的书信》《新发现废名的一封佚信》和《又发现废名的三封佚信》披露了废名致卞之琳、胡适、林语堂、廖秩道(时为黄梅县立初级中学校长)和黄梅县民政局等书信数通,并"呼吁抢救废名书信"。《废名与周作人》详细梳理、考证了废名与周

序《废名先生》

作人师徒关系形成、发展的始末。《有关废名的九条新史料》从大量文献中钩稽出与废名有关的一些史料，证明废名"确系'京派'之一员"、废名与同乡闻一多有过交往、郑秉璧是废名《浪子笔记》等小说之德文译者、《"我是梦中传彩笔"——废名略识》的作者"孟实"并非朱光潜等问题，对"废名曾就读启黄中学（今黄冈中学前身）"等流行说法提出质疑与考辨。《并非丑化：废名的真实一面》一文从浩如烟海的民

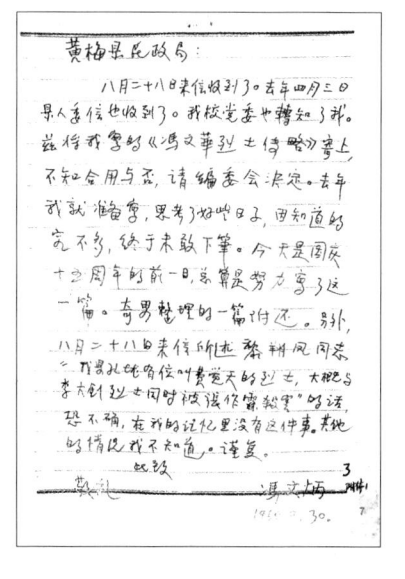

废名致黄梅县民政局信手迹

国报刊中搜查到十多篇描写废名趣闻逸事的文章，读来饶有兴味。实事求是地讲，在有关废名史料的发掘与研究上，眉睫君是立下了汗马功劳的。

自进入21世纪以来，废名研究逐渐"热"了起来。《废名文集》（止庵编）、《废名诗集》（陈建军、冯思纯编订）、《废名讲诗》（陈建军、冯思纯编订）、《新诗讲稿》（废名与朱英诞合著，陈均编订）等作品集相继被整理、推出，《镜花水月的世界——废名〈桥〉的诗学研读》（吴晓东著）、《废名年谱》（陈建军编著）、《抗战时期废名论》（张吉兵著）、《废名小说研究》（田广著）、《废名研究札记》（陈建军、张吉兵著）、《边缘视域　人文问思——废名思想论》（谢锡文著）等研

究著作也陆续问世。眉睫君十分留意废名研究现状和废名图书出版动态，及时撰写书评，对某种图书的选编或体例或特色等发表自己的观感和意见。在他看来，《废名（全）集》一旦出版，"废名热"将达到高潮并会持续相当长的一段时间。事实表明，他的这一预测也是很有眼光和前瞻性的。

2009年年初，眉睫君将其所写的废名研究文章汇编成《关于废名》（即《废名先生》之繁体中文版），由台湾秀威资讯科技股份有限公司出版。大概从这个时候开始，眉睫君的学术研究重心再度发生了转移。他由废名而扩大到"废名圈"，后又跳出"废名圈"而对儿童文学、梅光迪等展开研究，对黄梅地方文化尤其倾注了极大的热情。2004年2月18日，他在写给我的一封信中说过："我很喜欢黄梅文史、方志，像弘忍、瞿九思、喻血轮、汪可受、汤用彤、废名、汤一介、冯健男、邓雅声、石联星等都是我极喜欢的人物，像黄梅戏、禅宗都是我引以为豪的。我甚至认为存在一个以黄梅文化为本位的文化中心，它与楚文化（汉江文化）既有联系更有区别，与其他地方文化也有很大不同。这是由黄梅地理位置的独殊以及其自身的吸引力、凝聚力所决定的。"可见，眉睫君后来从"废名圈"突围出去，进行"战略"大转移，其实在大学时代早就"预谋"好了。

未见眉睫君发表有关废名的研究文章，已有好长时间了。记得在《废名在黄梅》之后，我还给他布置了一个作业，叫他另写一篇《废名在武昌》。后来，眉睫君由省城调到京城，我又希望他写一篇《废名在北京》。我一直期待着在某年的8月1日之前，眉睫君会再次给我一个惊喜！

附录

废名生前未刊著作目录

阿赖耶识论

正文1942年冬至1945年秋作于黄梅,序1947年3月13日作于北平。存手抄本二种。

序
第一章　述作论之故
第二章　论妄想
第三章　有是事说是事
第四章　向世人说唯心
第五章　"致知在格物"
第六章　说理智
第七章　破生的观念
第八章　种子义
第九章　阿赖耶识
第十章　真如

一个中国人民读了新民主主义论后欢喜的话

1949年4月1日完稿。存手稿。

一　自述开卷有得

二　民族精神，科学方法

三　儒家是宗教

四　性善

五　科学与宗教

六　理智与迷信

七　相容并包与严格

八　从为人民到为君

九　新中国的教育

古代的人民文艺——《诗经》讲稿

1950年左右作。存手稿、部分誊清稿（仅《桃夭》《行露》二节）

关雎

桃夭

汉广

行露

摽有梅

野有死麕

匏有苦叶

螽斯

绸缪

东山

车舝

杜诗讲稿

前七讲 1955—1956 年作，存打印本。后三讲 1960 年左右作，题为《杜诗稿续》，存手稿。

第一讲　杜甫《自京赴奉先咏怀》在中国文学史上的意义

第二讲　分析《前出塞》、《后出塞》

第三讲　分析三"吏"、三"别"

第四讲　杜甫的律诗和他的伟大的抒情诗

第五讲　秦州诗风格

第六讲　入蜀诗的变化

第七讲　夔州诗

第八讲　杜甫的歌行

第九讲　杜甫的绝句

第十讲　诗的语言问题

鲁迅的小说

约 1957 年作。存打印本。

鲁迅的《狂人日记》

《药》

新民歌讲稿

1958年8月至1958年年底作。存手稿、打印本。

一　学习新民歌

二　新民歌是革命的现实主义和革命的浪漫主义的结合

三　诗的语言问题

四　诗的形式问题

五　歌颂篇

六　一年之间中国的农民和农村

七　工矿诗都是政治挂帅

八　中国人民子弟兵之一斑

歌颂篇三百首

1959年3月1日至5月10日作。存手稿二种。

一　前言

二　半封建半殖民地

三　歌烈士

四　优先发展重工业

五　抗美援朝

六　矛盾论颂

七　再颂矛盾论

八　整风和反右

九　大字报赞

十　跃进篇一

十一　跃进篇二

十二　妇女篇

十三　赞五员

十四　知识分子改造

十五　伟大的教育革命

十六　人民公社好

毛泽东同志著作的语言是汉语语法的规范

1960年4月作。存打印本。

一、汉语语法的要点

二、毛泽东同志著作的语言是汉语语法的规范

鲁迅研究

1960年8月完稿。存手稿、部分打印本。

引言

一　鲁迅彻底地反对封建文化

二　鲁迅是最早写普通话最有贡献的人

三　鲁迅期待炬火和自己不以导师自居

四　鲁迅的政治路线和文艺实践

五　鲁迅早期思想里的矛盾和中国新民主主义革命现实在鲁迅作品的反映

六　鲁迅重视思想改造

七　鲁迅确信无产阶级文学

八　鲁迅的局限性的表现

九　《狂人日记》

十　《药》

十一　《阿Q正传》

十二　《祝福》

十三　《伤逝》

十四　学习鲁迅和研究鲁迅的方法

美学讲义

1961年作。存打印本、刻印本和部分手稿（第5章、第6章、第8章）。第9章、第10章有目无文。

第一章　美是客观存在

第二章　美学

第三章　群众和美

第四章　民族形式和美

第五章　生活和美

第六章　作品的思想性和作品的美

第七章　内容和形式

第八章　美的创造和美感

第九章　不同的艺术标准

第十章　文学语言的问题必须从美学解决

杜甫论

1963 年 2 月完稿。存手稿、打印本。

一、难得的杜甫的歌颂人民

二、难得的自我暴露

三、杜甫走的生活的道路

四、杜甫的思想的特点

五、杜甫的性格的特点

六、杜甫的妇女形象

七、杜甫的一生对我们的借鉴

杜甫诗论

1963 年 8 月作。存第一节部分手稿，其他诸节有目无文。

生活是诗的源泉

杜诗的各体

杜诗的表现方法

杜诗的语言

杜诗的风格

杜诗怎样学习前人

杜诗对后代的影响

杜诗对我们今天的借鉴

已版废名著作目录

竹林的故事

新潮社 1925 年 10 月初版，北新书局 1927 年 9 月再版。

桃园

古城书社编译所 1928 年 2 月初版，开明书店 1928 年 10 月再版，1930 年 10 月三版，1933 年 6 月四版"普及本"。

枣

开明书店 1931 年 10 月初版。

桥

开明书店 1932 年 4 月初版"普及本"，1932 年 6 月初版"精本"，1933 年 6 月再版。

莫须有先生传

开明书店 1932 年 12 月初版，1933 年 6 月再版。

水边

与开元合著,新民印书馆 1944 年 4 月初版。

谈新诗

黄雨编,新民印书馆 1944 年 11 月初版。

招隐集

开元辑,大楚报社 1945 年 5 月初版。

跟青年谈鲁迅

中国青年出版社 1956 年 7 月初版。

废名小说选

人民文学出版社 1957 年 11 月初版。

谈新诗(增订本)

冯健男编,人民文学出版社 1984 年版。

冯文炳选集

冯健男编,人民文学出版社 1985 年版。

桥(影印本)

上海书店 1986 年版。

废名选集

李葆琰编选，四川文艺出版社 1988 年版。

废名散文选集

冯健男选编，百花文艺出版社 1990 年版。

莫须有先生传（影印本）

上海书店 1990 年版。

田园小说

吴中杰选编，上海文艺出版社 1993 年版。

竹林的故事（影印本）

王彬编，中国文联出版公司 1996 年版。

废名短篇小说集

冯思纯编，湖南文艺出版社 1997 年版。

纺纸记

倪伟编，珠海出版社 1997 年版。

废名小说（上、下）

艾以、曹度主编，安徽文艺出版社 1997 年版。

招隐集（影印本）

王彬编，中国文联出版公司1997年版。

论新诗及其他

陈子善编订，辽宁教育出版社1998年版。

废名集

程光炜、王丽丽选编，沈阳出版社1996年版。

初恋

刘晴编选，华夏出版社1998年版。

阿赖耶识论

止庵编订，辽宁教育出版社2000年版。

废名文集

止庵编，东方出版社2000年版。

竹林的故事

广西师范大学出版社2003年版。

莫须有先生传

广西师范大学出版社2003年版。

废名小说

格非选编,浙江文艺出版社 2003 年版。

废名作品精选

沙铁华、月华选编,长江文艺出版社 2003 年版。

新诗十二讲——废名的老北大讲义

辽宁教育出版社 2006 年版。

桥·桃园

吴福辉选编,复旦大学出版社 2006 年版。

废名诗集

陈建军、冯思纯编订,新视野图书出版公司 2007 年版。

废名选集

岳洪治选编,人民文学出版社 2007 年版。

废名讲诗

陈建军、冯思纯编订,华中师范大学出版社 2007 年版。

新诗讲稿

与朱英诞合著,陈均编订,北京大学出版社 2008 年版。

废名卷

北京鲁迅博物馆编，陈洁选，辽宁人民出版社 2009 年版。

废名集（全六卷）

王风编，北京大学出版社 2009 年版。

莫须有先生传

江苏文艺出版社 2009 年版。

废名作品新编

吴晓东编，人民文学出版社 2009 年版。

桥

桑农编，花城出版社 2010 年版。

桥（手稿排印本）

陈建军整理，海豚出版社 2013 年版。

我认得人类的寂寞：废名诗集

陈建军编订，新星出版社 2018 年版，北京联合出版公司 2021 年再版。

谈新诗

商务印书馆 2018 年版。

少时读书

上海文艺出版社 2018 年版。

竹林的故事

海燕出版社 2018 年版。

如切如磋

中国文史出版社 2018 年版。

废名作品精选（四卷本）

陈建军编订，华中科技大学出版社 2019 年版。

斗方夜谭：废名作品选

长春出版社 2019 年版。

跟青年谈鲁迅

中国文史出版社 2020 年版。

废名谈读书

河南电子音像出版社 2020 年版。

杀像之意：废名的诗

胡少卿编，百花文艺出版社 2020 年版。

小时读书

天津人民出版社 2021 年版。

宇宙的衣裳

广西师范大学出版社 2021 年版。

废名研究著作目录

冯文炳研究资料

　　陈振国编,海峡文艺出版社1991年版;知识产权出版社2010年版。

梦的真实与美——废名

　　郭济访著,花山文艺出版社1992年版。

我的叔父废名

　　冯健男著,接力出版社1995年版。

废名先生

　　湖北省黄梅县政协教文卫文史资料委员会2001年编印。

镜花水月的世界——废名《桥》的诗学研读

　　吴晓东著,广西教育出版社2003年版。

废名年谱

陈建军编著，华中师范大学出版社 2003 年版。

抗战时期废名论

张吉兵著，华中师范大学出版社 2008 年版。

废名小说研究

田广著，中国社会科学出版社 2009 年版。

关于废名

眉睫著，秀威资讯科技股份有限公司 2009 年版。

废名研究札记

陈建军、张吉兵著，秀威资讯科技股份有限公司 2009 年版。

边缘视域　人文问思：废名思想论

谢锡文著，光明日报出版社 2011 年版。

废名·桥

吴晓东著，上海书店出版社 2011 年版。

废名先生

眉睫著，金城出版社 2013 年版。

论废名的创作特征

李璐著,花木兰文化出版社 2014 年版。

徘徊在出世与入世之间:传统文化积淀与废名小说的思想艺术诉求

石明园著,吉林大学出版社 2016 年版。

废名及其他

夏元明著,文汇出版社 2016 年版。

废名简论

谢锡文著,中国书籍出版社 2020 年版。

废名小说叙事与文学思想研究

武斌斌著,山西人民出版社 2020 年版。

说不尽的废名

陈建军著,商务印书馆 2021 年版。

后　记

在我的学术生涯中，废名一直是我重点研究的对象之一。进入21世纪以后，我出版有《废名年谱》（华中师范大学出版社2003年版）、《废名研究札记》（秀威资讯科技股份有限公司2009年版）两部专著，编订了《废名诗集》（新视野图书出版公司2007年版）、《废名讲诗》（华中师范大学出版社2007年版）、《桥》（手稿整理本，海豚出版社2013年版）、《我认得人类的寂寞：废名诗集》（新星出版社2018年版、北京联合出版公司2021年再版）、《废名作品精选》（4卷本，华中科技大学出版社2019年版）等，发表了数十篇有关废名的研究文章。

我的废名研究，"史"的分量远远多于所谓的"论"。我始终恪守"论从史出"的基本原则，力图做到用事实说话、用证据说话、用第一手材料说话。这大概从收入本书的26篇文章中也可以看得出来。

这26篇文章，多数在《新文学史料》《鲁迅研究月刊》《长江学术》《博览群书》《书屋》《名作欣赏》《中华读书报》《中国社会科学报》等报刊上发表过。这些文章涉及的内容比较驳杂，既有对废名生平事迹的钩沉、佚文佚简的发掘、作品版本的梳理、学术研究的研究，也有对具体史实的考辨、商讨或争鸣，还有对废名文集编纂问题的看法、对废名研究著作的介绍与评议，等等。在收入本书之前，大部分做了不同程度的修改。个别文章末尾的"补记"或"再记",是后来添加的。为便于查考,所有文章都在其题注中交代了发表或未刊情况。本想按发表时间先后编次,结果放弃了,弄成了现在这个样子(将内容大体相近者归在一起)。书中所配插图近百幅,有的是首次公之于世。书后所附《废名生前未刊著作目录》《已版废名著作目录》和《废名研究著作目录》,虽属于资料清单,但想必对读者诸君不无裨益。

记得2011年11月,在废名的家乡湖北黄冈召开的"纪念废名诞辰110周年暨首届全国废名学术研讨会"上,与会者一致认为废名及其作品具有"未来性"。从某种意义上讲,在未来相当长的一段时间内,废名及其作品是一个说不尽或难以说尽或不可能说尽的话题,会一直处于未完成时态中。尽管如此,为了逼近废名、抵达其"真",还是不得不"说"的。这也是本书名为"说不尽的废名"的真实意图之所在。

感谢商务印书馆涵芬楼文化总编辑龚琬洁女史将这本小书列入"中国现当代学者书系",给我提供了"说"废名的机会。

感谢责任编辑林烟霞女史!烟霞女史功底扎实,替我订正了许多错误,补充了一些注释,并贡献了不少好的建议。

陈建军

2020年8月26日

图书在版编目（CIP）数据

说不尽的废名 / 陈建军著. — 北京：商务印书馆，2021

ISBN 978 - 7 - 100 - 20310 - 4

Ⅰ. ①说… Ⅱ. ①陈… Ⅲ. ①废名（1901-1967）— 文学研究 — 文集　Ⅳ. ①I206.6-53

中国版本图书馆 CIP 数据核字（2021）第173744号

权利保留，侵权必究。

说 不 尽 的 废 名

陈建军　著

商 务 印 书 馆 出 版
（北京王府井大街36号　邮政编码100710）
商 务 印 书 馆 发 行
山西人民印刷有限责任公司印刷
ISBN　978 - 7 - 100 - 20310 - 4

| 2022年1月第1版 | 开本 889×1194　1/32 |
| 2022年1月第1次印刷 | 印张 11 |

定价：65.00元